シェイクスピアの翻訳

大場建治

研究社

前書き

本書は、この四月に完結した「対訳・注解 研究社シェイクスピア選集」全十巻のいわば補巻である。選集自体がわたしのシェイクスピア翻訳への出発であったので、本書の書名もおのずとこのように定まった。

配本に先立って、わたしは選集の意図するところの解説を兼ねて、『英語青年』(研究社)と『悲劇喜劇』(早川書房)にそれぞれ四回連載を行った。ほかにも翻訳に関連する二、三の文章を発表する機会があった。それらの寄稿に多少加筆して、それに新しい原稿を一篇加えて、本書の第一部とした。

第二部には随想の数篇を集めた。すべて初出のままである。最後に収録した「わたしの留学」だけは十数年前の文章であるが、内容がそのまた三十年近く前の留学の話なので、翻訳への覚悟をめぐる半世紀の回顧の趣きになった。

第三部は選集全体への謝辞に付随して、おこがましくも、翻訳のリズムのことなど、わたしの貧しい *biographia literaria* である。

一、二部の初出についてはそれぞれの文章の末尾に断りを入れることとし、「初出一覧」のようなものは用意していない。

謝辞は第三部である。ここではともあれ本書の出版について研究社のご好意に深く感謝する。

二〇〇九年六月二三日

大場建治

目次

Ⅱ

Ⅲ

シェイクスピアの翻訳

I

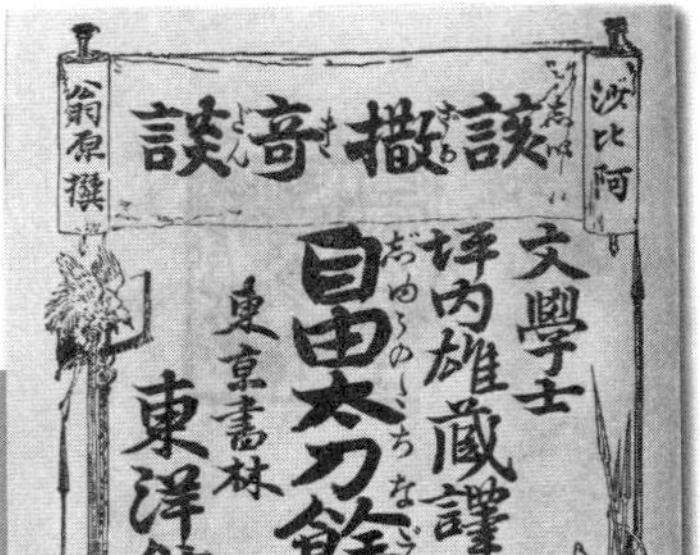

坪内逍遙訳『自由太刀餘波鋭鋒』扉、1884（明治 17 年）5 月出版
（早稲田大学演劇博物館所蔵［ZB2–6］）

シェイクスピアの翻訳

一　逍遙と漱石

三四郎が『ハムレット』を観に文芸協会の演芸会に出かけたのは、歳の暮も二十日足らずに押し詰った寒い日の夕方である。熊本の五高を出て九州から上京した文科大学生、東京のちんちん電車の音にも慣れ、大学の講義の退屈さ加減にも慣れ、夏の終りに大学の池の端で出会った女とその後奇遇が重なるうち、そのたびになまめかしい興味と戸惑いを感じているが、それを恋着の語で呼んでよいものかどうか彼にはわからないままでいる。

演芸会は一番目に旧劇の舞台があった。三四郎は案内人に案内されてその途中から混雑する土間席に坐った。次が翻訳劇『ハムレット』である。舞台のハムレットは「動作が全く軽快で」、「強烈な刺激を与へる」が、「もう少し日本人じみた事を云つて呉れれば好いと思つた」。それでも彼には「詰らないと思ひ切る程の勇気は出ない」、それというのも彼から離れた席に「池の端の女」が連れの一行と坐っていたから。「尼寺の場」の後の幕合の廊下で芝居の間じゅう気になっていた女の連れの男の顔を確認すると、三四郎はそこではっきりと思い切って、席には戻らずに小雨まじりの寒風の中を下宿に帰ってしまう。翌朝起きたら風邪で熱が出ていた。

二十三歳の田舎出の大学生の不安と憂鬱、それと重なって彼の心をいたぶる謎めいた女性の存在、あるいはあこがれの淡い恋、それを断ち切る道具立ての一つに利用されたその演芸会を正確な演劇史的知識で補うと、それは『三四郎』の新聞連載の一年前明治四〇(一九〇七)年一一月二二日から四日間の前期文芸協会第二回演芸部大会である。会場は当時新派の本城と目されていた本郷座、午後五時開演のプログラムは、第一『大極殿』、第二『翻訳劇ハムレット』、第三『新曲浦島』。もちろん『ハムレット』は坪内逍遙の訳・指導(演出)による。「明治四十年十一月二十二日、これが日本の、日本人による舞台の上で、はじめてハムレットをハムレットと呼び、オフィリアをオフィリアと呼んだ歴史的な日であった」(河竹登志夫『日本のハムレット』)。

明治のシェイクスピアは逍遙とともにあった。シェイクスピアの日本最初の翻訳出版は逍遙・坪内雄蔵の『ジューリアス・シーザー』の訳『該撒《しいざる》奇談《きだん》・自由《じゆうの》太刀《たち》餘波《なごりの》鋭鋒《きれあぢ》』東洋館發兌(発行)で、逍遙二十五歳、『小説神髄』上巻上木の前年の明治一七(一八八四)年五月。それまでも文明開化の流れに沿っていくつかシェイクスピア紹介の試みがみられたが、いずれも梗概、再話、翻案の域を出ず、それもラム姉弟の『シェイクスピア物語』経由が主であった。ただし逍遙の場合も、原典からの完訳出版とは言っても、題名からも窺われるように浄瑠璃ふうの院本《まるほん》仕立てでチョボの説明が入る。「獅威差《シイザル》は機嫌よく、(獅)いかに方々、いつしかとおもひしに、光陰に関守《せきもり》なく、已に三月十五日の、祭日と相成りたり、卜言葉もいまだ終らざるに、群集の中より以前の卜者……」、これでは今日の目から見れば翻訳というより翻案、再話に近い。ちなみに日本最初の上演として翻訳史に記録されているのは、翌明治一八(一八八五)年五月の大阪戎《えびす》座、中村宗十郎一座による『ヴェニスの商人』の歌舞伎への翻案『何樱彼樱銭世中《さくらどきぜにのよのなか》』全五幕九場である。ラムの物語の小説化を筋の一部に取り込んだ勝諺蔵《げんぞう》の台本で、辻番付には「趣向《こころ》は沙士比阿《セキスピア》の肉一片」云々とあるが、「肉一片」はもちろんアントーニオの胸の肉一ポンドに掛けた。沙士比阿はすでにして売り口上の文句だったのだ。

歌舞伎式上演からやがて明治三〇年代になると新派(壮士芝居)が「正劇」と称してシェイクスピアを翻案に取り込むなど、現代そこのけのシェイクスピアブームが明治の時代に現出した。一方の逍遙は『早稲田文学』の創刊とともに『マクベス』の「評註」を連載し、シェイクスピアの「没理想」(客観主義)をめぐって鷗外からの論争に受けて立ち、またシェイクスピアに触発されて史劇『桐一葉』(「読本《よみほん》体」)を書くなど、本格的な研究者、演劇人として常にシェイクスピアブームを支えてきた。シェイクスピアは「劇としての様式の上には歌舞伎と不思議な相似性を有する」がゆえに「国劇向上の最も適当な手段」たりうる――これが逍遙の基本的立場である。幼少期から芝居に淫するほど親しんできた逍遙である。団菊左の声色なども彼の得意とするところ。東京専門学校(早稲田大学の前身)に文学科が設けられると早速朗読研究会を組織している。逍遙のシェイクスピアのリズムは歌舞伎のリズムである。あるいは馬琴、種彦の草双紙類、読本《よみほん》の世界のリズムである。シェイクスピアの戯曲の物語的豊穣に加えて作劇の闊達が逍遙のリズムにぴったりと嵌まった。

文芸協会の『翻訳劇ハムレット』は全五幕八場とあるが、この場割りからも完全上演でないことがわかる。たとえばフォーティンブラスは出ないから復讐はハムレット一家のお家騒動の枠内に小さく限られてしまっただろう。ガートルードとオフィーリアは女形が演じた。主役のハムレットの土肥《どい》春曙《しゅんしょ》は朗読研究会以来逍遙の薫陶を受けてきた文士俳優である。漱石はその舞台を、実際の一一月下旬からわざわざ二十日ほど遅らせて、小雨まじりの寒風の一二月中旬に移して設定した。そこまでして三四郎に風邪を引かせたのには、青春の失恋の背景操作ということもあったろうが、漱石自身の不満が背後に隠れているのかもしれない。三四郎は土肥春曙のハムレットから「強烈な刺激」を与えられながら、台詞にはどうもなじめない。「口調には抑揚がある。節奏もある。ある所は能弁過ぎると思はれる位流暢に出る。文章も立派である。それでゐて気が乗らない。三四郎はハムレットがもう少し日本人じみた事を云つて呉れれば好いと思つた」。

逍遙はのちに『シェークスピヤ研究栞』(昭和一〇[一九三五]年)で自分の初期の翻訳を顧みて「現在の新劇風の自然な、自由な台詞廻しなぞは仮にも望まれない時代であつたので、『ハムレット』の訳詞が知らず知らず歌舞伎式となり、七五調となり、その後改訳して完成する段になつても、尚ほ能の狂言口調だけは捨てかねた」と述懐した。「国劇向上の手段」を言い立てる一方で「知らず知らず」歌舞伎式に流されるのが逍遙である。『小説神髄』で新時代の写実主義を標榜しながら、その「小説」の実践作、春のやおぼろ『當世書生気質』には、それこそ知らず知らずの戯作調のうちに書生の恋人の芸妓・田の次が「時たま呼んで下さいナ」と顔を出す。一方、三四郎の「池の女」美禰子は秋の中にすっくと立っている——「風が女を包んだ。女は秋の中に立つてゐる」がはたして「日本人じみた表現」かどうかはしばらく措くとして、土肥春曙の朗唱する「存《なが》らふる？　存へぬ？　それが疑問ぢや」の台詞は確かに東京で初観劇の三四郎を辟易させるに十分だったろう。もちろん『當世書生気質』の小町田粲爾と三四郎の二人の書生の間には、目まぐるしいテンポの明治の四半世紀の時の隔たりがある。だがそれ以上に逍遙と漱石との資質の差がここでは大きかった。

文芸協会は第二回演芸部大会のあと一時頓挫したが、あらためて逍遙が直接全責任を負う形で再出発した(後期文芸協会)。協会付属の演劇研究所が設けられ松井須磨子もそこの生徒である。敗戦直後、須磨子と島村抱月の恋愛を描いた東宝映画『女優』(監督衣笠貞之助)があった。逍遙が『ハムレット』の原文を講義している教場に、山田五十鈴の須磨子が髪も顔も田舎ふうの粗末なつくりで、目だけきらきら輝かせて入ってくる。明治のその時代と、折から復興にたぎりたった敗戦直後の時代とが熱く重なり合って、今も目に浮かぶ名場面、名演技だった。

後期文芸協会の第一回の演目ももちろん『ハムレット』である。その年三月に開場したばかりの帝国劇場を会場に、明治四四(一九一一)年五月二〇日から七日間の興行。逍遙の気の入れようもまた格別で、舞台稽古に張り切って「新しい仙台平の袴の裾がすり切れた」ほどだった。今度はあらためて通しの上演になる。配役は土肥春曙のハムレットに東儀鉄笛《てってき》のクローディヤスと墓掘男甲(この墓掘男が絶讃された)。そのほかは演劇研究所の卒業生が占めた。もう女形はいない。オフィリヤに抜擢されたのが目を貪婪に輝かせた松井須磨子である。

漱石の劇評「坪内博士のハムレット」は『東京朝日新聞』六月五日・六日の両日にわたって連載された。上演期間中を差し控えたのは、先輩逍遙に対する漱石の礼儀というものであったろう。だがいざ劇評の文面となると、今度は小説の人物の口を借りるのとはわけが違って、漱石の筆は直截的で容赦なかった。沙翁のせっかくの「詩美」の世界の「高雅な幻境に誘《いざな》はれる心持に幾分でもなり得ず」、また「写実」の面でも「普通の人間を舞台の上に見る様な切実な面白味を味はひ得なかつた」という結びはいかにも手厳しい。それというのも、漱石によれば、坪内博士の訳は原文に「忠実」で「鄭重」でありすぎて「無理な日本語を製造された」がためである。三年前に三四郎を辟易させたのもその「無理な日本語」の歌舞伎調だった。「もう少し日本人じみた事を云つて呉れれば」と三四郎が嘆じたのはこのことである。そもそも沙翁劇なるものは「一種独特の詩国」の世界であり、その詩国の「市民」でなければこれを「享楽する権利」を有しないと漱石は言う。英国人ですら「年来修養の結果として」ようやく「順応の境地」を「意識的に把捉」しうるほどの難しいものだ。漱石がロンドンで一年近く週一回英作文の個人指導を受けていたW・

J・クレイグは著名なシェイクスピア学者であった。「アーデン・シェイクスピア」(第一次)の編纂責任者であり、彼自身その頃『リア王』の巻の注釈を終えて「序論」を執筆中だった(『日記』)。『永日小品』の「クレイグ先生」にはシュミットの『レキシコン』を凌駕するシェイクスピア辞典の著作を目ざしているクレイグ先生の抱負への言及がある。一九世紀から二〇世紀にかけて、シェイクスピアの注解がシェイクスピア学の主流であった。そのぶんクレイグはむしろ演劇的感性に欠けた地味な学者である。「年来修養の結果」とか「意識的に把捉」とかの漱石の用語におそらくクレイグの面影を認めることができる。あるいは漱石自身の「自負」と言ってもいい。しかし、それだからといって、「沙翁劇は其劇の根本性質として、日本語の翻訳を許さぬものである」とまで言い募るのは、それこそ無鉄砲な一足とびの論理というものだろうに。「其翻訳を演じて、我等日本人に芸術上の満足を与えやうとするならば、葡萄酒を正宗と交換したから甘党でも飲めない事はなからうと主張すると等しき不條理を犯すことになる」に至っては、漱石流の諧謔が比喩として爽快に腑に落ちない。「博士はただ忠実なる沙翁の翻訳者として任ずる代りに、公演を断念するか、又は公演を遂行するために、不忠実なる沙翁の翻案者となるか、二つのうち一つを選ぶべきであつた」——時代に逆行する体のこの暴論に対し、八歳年長の逍遙は、シェイクスピアブームの支え手として、また演劇界の長老として、早速にも論争を挑むべきところであった。「存ふる?存へぬ?」が舞台の上でいま現在無理な日本語であるかどうか。あるいは逆に「女は秋の中に立つてゐる」が日本語の台詞としてはたして舞台に成立しうるものかどうか。

芝居に淫してきた逍遙に比べて、漱石は芝居が好きでなかった。「何時でも虚子に誘はれて行く丈で、行つた後は大いに辟易する」、「早々自分の穴へ帰りたくなる」。今度の帝劇でも、午後四時の開演に「一寸した差支のため、後れて席に着いたのみならず早く席を立つた」と劇評の冒頭で言い訳している。その「ちょっとした差支」が虚子と「謡ひを二番うたつたので」(『日記』)というのでは逍遙も浮かばれないだろう。『日記』には続けて「坪内さんがあんなに沙翁にはまり込まないうちに、注意して翻へさせるとよかつた」とある。七時からの三〇分の幕合では二階のロビーで千葉掬香《きっこう》ほかに会い、「千葉先生は葉巻をふかして」舞台の未熟を言い立てたと、これまた『日記』にある。掬香・千葉鑛蔵は有楽座の大株主で、翌大正元年、上山草人《かみやまそうじん》が旗挙げした近代劇協会の『ヘッダ・ガブラー』の翻訳者である。帝劇のロビーでは、漱石を前に、イプセンの名前をひとしきりまくしたてたかもしれない。

大正はイプセンの時代だ。いや、元号が大正に改まる前の明治四二(一九〇九)年、文芸協会の『ハムレット』とともに日本演劇史にその名を刻む自由劇場の『ジョン・ガブリエル・ボルクマン』の上演があった。自由劇場は二世市川左團次と小山内薫が演劇の革新を旗じるしに起した劇団で、有楽座でのその第一回公演に選ばれたのが鷗外訳のこのイプセン劇である。初日一一月二七日の舞台の「赫耀の」輝きは若き日の谷崎潤一郎が『青春物語』で感動をこめて伝えるところだ。若い知識人、学生(もはや書生ではない)の支持はシェイクスピアの「物語性」を離れてイプセンの「思想性」に移っていた。明治三九(一九〇六)年五月二三日のイプセンの死がブームの一つの出発となった。シェイクスピアブームからイプセンブームへ。(それにしてもブームの流れのうたかたの、なんという頼りなさ。)もう一度『三四郎』をむし返せば「池の女」の美禰子は「イプセンの女の様な所がある」と評されている。「女は秋の中に立つてゐる」は、大正期のイプセン劇ならば、社会劇でも、象徴劇でも、十分に台詞として似合うのかもしれなかった。

ここで逍遙の名誉のために付け加えておくと、日本で最初のイプセンのまとまった紹介者はほかならぬ逍遙であった(「ヘンリック・イプセン」明治二五[一八九二]年)。逍遙は八方に目の届く怜悧な、しかし穏健な啓蒙家だったのだ。漱石のためにも付け加えておくと、劇評でのシェイクスピア翻訳不可能論はいささか騎虎の勢いめいたところがあって、「沙翁劇のセリフは能とか謡とかの様な別格の音調によつて初めて」生かされるのかもしれないなどと、同じ劇評の中で翻訳の方向を示唆している。「晴嵐梢を吹き払つて」のような表現を「おい一寸来てくれ」の調子でやってては「双方共崩れに終る丈」という具体的な示唆もある。三四郎も土肥春曙のハムレットを「口調には抑揚がある。節奏もある」と評していた(「節奏」は「リズム」)。逍遙はそこを突くべきだったのだ。自分の目ざすのも「別格の音調」の探究であると後輩の新聞小説家漱石に対して開き直るべきだったのだ。黙阿弥、近松、あるいは馬琴、彼が淫してきた薬籠中の宝をいよいよ出藍のリズムに向けて高めながら、舞台の奥に隠れたシェイクスピアの思想を大きくとらえ込む——

だが五十二歳の逍遙は、イプセンの赫耀の登場の中、シェイクスピアを古く重く背負ったまま劇壇から退場してしまう。『ハムレット』に続く帝国劇場の第二回公演は『オセロー』の予定から島村抱月訳『人形の家』(中村吉蔵共同演出)に変更され、松井須磨子のノラが一大センセーションを巻き起した。

大正二(一九一三)年六月、『ジュリアス・シーザー』(松居松葉演出)を最後に文芸協会解散。抱月と須磨子の恋愛問題も大きかった。

その後の逍遙は書斎の人となり、シェイクスピアの全訳の偉業を成し遂げた。しかしわたしは、残念ながら、書斎の逍遙訳に感心することができない。「現代語本位」に大きく舵を切ったのはいいが、用語も、リズムも、陸に上った河童というか、いかにも泥くさく、漱石の言う「共崩れ」に終っているとわたしは思う。昭和十(一九三五)年二月二五日、その死の直前まで校正の筆を入れていたという『オセロー』の訳は品位がなく雑駁であるし、今日一般に逍遙訳を賞讃する場合に引き出されることの多い喜劇の台詞にしても、『當世書生気質』の闊達な会話からはほど遠い。結局逍遙は『ハムレット』のリズムを超えて新しい時代に大きく乗り出すことができなかったのである。「文語や、よし文語でなくても、特殊な連想を伴う語で訳すると、とかく解りにくくなつたり、日本臭味が勝つたり、古臭を帯びたりするが、現代語で訳して見ると、さうでない。……(シェイクスピアの登場人物のそれぞれが)わが昭和の今日に、どこかそこいらにゐるのではないかとさえ思はれる」――この逍遙の言葉がわたしには痛々しい。

二　福田恆存と木下順二

『ジューリアス・シーザー』第三幕第一場、逍遙の『自由太刀餘波鋭鋒』では「議事堂珍事の場」、キャスカの短剣が一閃してシーザーに襲いかかる。わたしの編纂のテキストだと——

CASCA　Speak, hands, for me.

『ジューリアス・シーザー』編纂の底本は第一・二つ折本(F1)である。うるさいようだが、F1の原文を引くと——

Cask.　Speake (= speak) hands for me.

となっていて、わたしは hands を vocative(呼格)にとって、それを明確にするために前後にコンマを補って編纂した。この編纂は一八世紀中葉のエドワード・ケイペル以来編纂史に定着してきている。近年はF1尊重の傾向からコンマなしの編纂もみられるが、それだと 'Let my hands speak for me.' の意味に回りくどくとられてしまう(じっさいその意味にパラフレーズしている注記も多い)。それともう一つ、わたしのテキストは、諸版に逆らって、最後に感嘆符(!)を付さない。その理由についてはやがてふれる機会がある。

さて、キャスカのこの台詞をどう訳すか。

逍遙訳(新修版)は、「もう……此上は……腕づくだ!」。

逍遙のあと、大正末から昭和の戦前にかけて「世界文学全集」「古典劇大系」「世界戯曲全集」、それに「岩波文庫」などの企画が相次いで、シェイクスピアの翻訳もそれぞれに乗じて行われたが、逍遙の「現代語本位」を大きく出るものではなかった。翻訳劇優先を主張に掲げた築地小劇場でもシェイクスピアの上演がわずかに試みられているが、『ジュリアス・シーザー』は逍遙訳(演出小山内薫・土方与志)。ようやく戦後に入って一九四八年に中野好夫訳の『ジュリアス・シーザー』が出る。その中野訳では「かうなれば、腕に物を言はせるのだ!」。

この訳を逍遙訳と並べて福田恆存が「飜譯論」で槍玉に挙げた(『私の演劇教室』一九六一)。それは逍遙の「現代語本位」への退却への批判、大正・昭和戦前の翻訳への批判でもある。

俳優の動きをここで考えてみることだと福田は言う。キャスカは「いつ短剣の柄に手を掛けたらよいか、いつ足を踏み出したらよいか」、中野訳ではその大事に考えが至っていない。ようやく「腕に」で俳優の動きが始まるとして、訳の前半は無駄な構えのまま動きがない。「このせりふは長すぎるし、説明的で理屈つぽく、激しい挙動に適しない」。これに比べると逍遙訳にはともかく「挙動」がある。「『もう』で柄に手がゆき、『此上は』で上体が迫つて相手に躙り寄る。やや歌舞伎的である。附廻しの形になり、シーザーは殺意を感じて警戒しながら、周囲を見廻すといふ段取りだ」。言われてみれば逍遙の訳文の二個所の「……」は確かに歌舞伎の動きを予定していた。だが、福田に言わせれば、「キャスカは今、自分で自分を鞭打ち、自分の手足を動かす掛声を欲してゐるのである。その掛声が動きに転じ、そのしぐさがさらに叫声を引出すやうな、いはばせりふとしぐさがほとんど一瞬にして相互に因果をなしうるやうな、さういふ言葉が必要なのだ」——

そこから彼の訳「この手に聞け!」が生れた。

'Speak'を「聞け」に逆転させた発想は、真実を裏側からパラドクシカルに照射してその逆光の中に真実の姿をより鮮明に浮かび上がらせるこの人ならではのあざやかさだが、ことシェイクスピアの翻訳に対する彼の思いの丈はむしろ正面きって真剣で、率直なものだった。

彼のシェイクスピア開眼は、彼自身の告白するところ、一九五四年四月オールド・ヴィック劇場の『ハムレット』だった。マイケル・ベントール演出、リチャード・バートン主演。その感動はシェイクスピアの舞台を超えて、彼の演劇論、日本語論、さらに人間観、世界観にまで広がっていった。それは帰国後早速の『人間・この劇的なるもの』の出版(一九五五)からも明らかである。だがここでは話題を狭く翻訳の問題に絞り込むとして、彼が方々で語ってきた「開眼」を、後年の思い出話の形で聞いてみることにする(『演劇入門』一九八一)――「一番私を驚かせたのはそのせりふの喋り方でした。シェイクスピアの人間の意志と行動力とは、とりもなほさずそのせりふが意志的であり、行動的であるといふ事に他ならない。とすれば、すべては翻訳に懸つてゐる、逍遙訳ではどうにもならない。私はさう思ひました」(やはりこの続きも引かないわけにはいかない――「逍遙一人が悪いのではない、またそのシェイクスピア訳だけが悪いのではない、言文一致の運動が、あるひはその精神が間違つてゐるのです」)。そう思った福田は彼自身の訳・演出の『ハムレット』に乗り出した。それが日本演劇史に一時期を画したとされる文学座『ハムレット』(東横ホール)。一九五五年五月八日初日、翌五六年一月再演。

ハムレット役の芥川比呂志の述懐——「坪内逍遙訳で読みなれていた『ハムレット』のイメージは、はじめて上演台本を読んだ時、たちまち粉砕された。せりふは簡潔で力づよく、律動的で、歯ぎれがよかった。……速く、より速くひたすら速く語ることが私たちの最初の、そして最後の仕事になった。せりふを速く語るためには、せりふをつらぬく意識と感情とが、それに伴って、あるいはそれと相前後して、速く働かなければならなかった。急激に、強く、揺れ、変化し、高まり、流れなければならなかった」(『決められた以外のせりふ』一九七〇)。それは何のためのスピードなのか。福田自身の説明のさわり——「ハムレットの最大の魅力は、彼が自分の人生を激しく演戯してゐるといふことにある」、「ハムレットは演戯し、演戯しながらそれを楽しんでゐる。そのことはシェイクスピア劇の主人公すべてについて言へることで、ハムレットの場合、それが今日の私たちの眼には度を超えるほどに過剰だといふだけのことに過ぎない」。また、「ハムレットを演じる役者には、ほんの一寸した心がけが必要である。シェイクスピア劇においては、自分の役の内面心理の動きや性格をせりふから逆に推理し帰納して、その表現を目ざすといふ写実主義的教養は有害無益である。ハムレットの演技法はハムレットに教はることだ。シェイクスピアの演技法はシェイクスピアに教はることだ」(ここでもやはり福田のためにぜひとも続きを引かないわけにはいかない——「これは私の持論だが、人生においても、そのもつとも劇しい瞬間においては、人は演戯してゐる。生き甲斐とはさういふものではないか」(新潮社版『ハムレット』解題、一九五九)。福田訳の眼前の敵はいまや明らかである。それは、逍遙の歌舞伎のリズムもさることとながら、それ以上に、日本の「新劇」の写実主義、心理主義。『演劇入門』にはこうある――「問題は新劇の歴史始つて以来今日に至るまで、役者も演出家もせりふが目に見える物体であり、それが力学の法則にしたがつて動くものであるといふ事実に一向気付かず、作者の思想だの、人物の性格、心理だのと、目に見える内面的な『掘下げ』と称する曖昧模糊たる領域で自己欺瞞を続けてきたといふ事にあります」。ついでに、快作『キティ颱風』(『人間』一九五〇年一月号)の文学座上演プログラム――「ぼくはただおもしろいのであります。人間同士が結びつかうとして結びつきそこなふときに生ずる心理のずれのメカニズムがおもしろいのであります」。

翻訳の「技術論」に引き返すとして、たとえば福田訳での体言止めの多用、それはせっかくの情念の高まりを日本語動詞の悠長で説明的な語尾で落してしまいたくないから。またあえて倒置法を辞さないのは原文の語順を無視しては身振りを伝えることができないから。となれば、歌舞伎のリズムから離れるといっても、彼のシェイクスピア訳は現代口語訳を目ざすのではない。シェイクスピアの原文自体「日常会話とは次元を異にした緊張感の持続」を生命としている。それがすなわちシェイクスピアの「詩」である(新潮社版全集「月報」)。その「緊張」を翻訳に移すために、七・五はもとより四・四あるいは六・六など日本語に固有のリズムが、意図的と探り当てられることのないような、まるで自然な隠し味として用意されることになるだろう。なにも原文の改行にかかずらうことはない。福田訳が改行なしの「散文訳」で通しているのは、彼のそのリズム感、福田用語で言えば「律動感」への絶対の自信からだ。言文一致によって日本語は「詩」を失ったと『批評家の手帖』(一九五九)は言う、「私たちの散文は第一に律を失い、語勢や格調を失つた。第二に造形的抽象力を失つた。私たちは和文脈の、あるいは漢文脈の、さらにまた両者の融合によつて完成された文体の修辞学とあえて絶縁したのである」——散文に失われたリズムの、「散文訳」による力づよい回復。

と、ここまで福田訳の解説を進めたところで、少々道草をして、彼・福田恆存の不幸な出会いについてもふれておきたいと思う。一九五四年と言えばとうに半世紀以上も昔のことになる。時の経過を坐り心地よい肩車にしてさも歴史を見すかしたかのような手柄顔はいさぎよくないが、それもこの際やむをえない。福田のシェイクスピア開眼となったオールド・ヴィックは、シェイクスピアの近代劇運動の伝統の劇場であった。たまたま一九五三年から五か年計画で二度目のシェイクスピア全作品完全上演に乗り出したところ、マイケル・ベントールはその総指揮者(芸術監督)である。基本舞台を裸の形に固定してシェイクスピアのスピードに対応するなど、ヴィユ・コロンビエ座ふうの革新を取り入れたのをはじめ、二〇世紀中葉の時点での演出の新しさは確かに新しさの連続だったが、それもこれも引っくるめて、結局のところ、近代劇の歴史的枠組みから抜けきれぬままのベントールだったろう。ついでに俳優ではやはりハムレット役のリチャード・バートンが問題だった。もちろんエリザベス・テイラーとのセンセーショナルな結婚(そして離婚、再婚、再離婚)前の、オックスフォード出身のみずみずしい二十八歳、彼は彼の初役のハムレットを「心理学などに瞬時もかかずらうことなく突進と攻撃をもって演じた」(デイヴィッド・ルーイン『デイリー・エクスプレス』〕)のはよいとして、一方で「彼には詩を伝える感覚に欠けていた。台詞は堂々たるものだが発声が苦しげで単調であった」(J・C・トレウィン『八十五人のハムレット役者』)という評もつきまとった。歴史に「もしも」はナンセンスだが、もしも福田の観たハムレットが、同じオールド・ヴィックの伝統でもギールグッドかオリヴィエだったなら、彼の切羽詰った翻訳のリズムにも多少の余裕が生じたのかもしれない。それともう一つの「不幸」は、彼が彼の翻訳のために選んだテキストである。

ジョン・ドーヴァー・ウィルソンの「第二次ケンブリッジ版」(一九二一—六六)は、二〇世紀に入って急展開をみせた科学的「新書誌学」の驚異の成果として、世紀の前半に世界のシェイクスピア学界を席捲した全集である。特に一九三四年出版の『ハムレット』は多くの新解釈で熱心な信仰の対象になったが、現在の目からみると、その新解釈自体やはり近代劇的論理に毒されていると批判されても仕方なかった。シェイクスピアのテキスト編纂は日進月歩である。それにウィルソン自身その資質上演劇的というよりはむしろ文学的感性の人だったとわたしは思う。一九五四年の時点では、ウィルソンの編纂は、戦争のせいもあってやや遅れ気味の日本ではまだ十分に戦慄的であり続けたが、論理的にみえてじつは危険に独断的なウィルソンのト書きの暴走は彼・福田恆存を誤った方向に導いた感が否めないのである。彼の翻訳自体、巻を重ねるにつれ、ウィルソンを重荷にしているところが垣間みえる。福田『ハムレット』の東横ホール初日のちょうど一年後の五月八日は、ロンドンのロイヤル・コート劇場『怒りをこめてふり返れ』「革命」のその日付である。これもまた時の経過の肩車に乗った上での指摘に過ぎぬのだが。

というところで、道草から話題を冒頭のキャスカの台詞に戻す。少し長くなるが以下に引用を——「'Speak, hands, for me!'　僅か四語、四つの音節だが、いずれも日本の母音のように短くまたは幅狭くはないその四つの母音のいずれにも強烈なストレスを置いて発音されるこのせりふ（いくつかのレコードを聴いてみても皆そうだ）の持っている激しいヴォリュームやうねり、つまりエネルギーは、『この手に聞け！』という短い日本語、原文にくらべて敢えていうならあっけないほどに短いこの日本語によっては到底代置され得ないと私は思う」。ここの「私」は木下順二、引用は『随想シェイクスピア』（一九六九）から。

木下訳のシェイクスピアは戦後いち早く一九四七年、福田訳の『ハムレット』に先んじていた。しかし長く『オセロウ』（改訳で『オセロー』）一作にとどまっていたのは、『夕鶴』をはじめ戯曲の創作に専念していたためで、彼のシェイクスピアへの興味自体は、それら多彩な劇作の背後にはもちろん、具体的に『私たちのシェイクスピア』（一九五三）や『ドラマの世界』（一九五九）などの評論にじっくりと見てとれた。翻訳への彼の志は「休火山」の比喩がここで最もふさわしいようにわたしには思える。日本語としての台詞への関心、「ぶどうの会」を通しての現場とのつながり。それによく思い出話に語られるデクラメーションの実践、それは加藤道夫に誘われて倉橋健たちと実際にイギリス人から教わったという戦後の青春物語である。もう一度手元の『随想シェイクスピア』から引くと、「私はシェイクスピアの——とは限らぬこと当然だが、ここで問題を散らさないためにもっぱらシェイクスピアに限って話を続けるが——シェイクスピアの翻訳で一番肝腎なことは、その原文が本来持っていることば、それもせりふという特殊なことばとしてそれが持っているエネルギー、エネルギーのうねりを、日本語としてどう再生産するかということにあると思う」。木下には福田の場合のような翻訳技術論はあまりみられないが、それでも「原文のセンテンスは、それをいくつかに切って訳すほうが分りやすい場合でも切らないで、やはり一つのセンテンスとして訳す」というのがあった。安易なわかりやすさを彼は断然拒否する。一九五一年に彼の『オセロウ』が俳優座で上演されたことがあった。ある俳優が台詞が言いこなせないとこぼしていたと、人づてに聞いたと彼は言っている。また別の機会に土方与志がセンテンスが長過ぎると直接彼に感想をもらしたことがあったという。これは、木下の翻訳のリズムが、福田の場合とは逆の形で、やはり築地以来の新劇リアリズムとの対決であることを示すものだ。

一九七〇年代に入って『ハムレット』を皮切りに休火山はふたたびヴォリュームとエネルギーの活動を開始して、木下訳シェイクスピアは十五篇に及んだ。キャスカの台詞も「ならばこの手に言わせてやる！」の訳（『ジューリャス・シーザー』）を得た。

六〇年代後半からの「山本安英の会」の「ことばの勉強会」のことも付け加えておかなくてはならない。「日本古典の原文による朗読はどこまで可能か」のテーマのもと、シェイクスピアとともに作品として『平家物語』が木下の前に大きく浮かび上がり、「群読」の実験をへて、やがて「木下戯曲の総決算」とされる『子午線の祀り』（『文藝』一九七八年一月号）が生れる。——知盛「影身よ、本三位の中将のお前は女。だがあの好き者《もの》の本三位の愛にくらべて、心の奥深いところでおれはお前をいとおしんでいる。近江の百姓の娘、いかなる次第あってか知らぬ、厳島の巫子《みこ》となったばかりに本三位に見入られ戦さの庭を引き回されて、影身よ、今度はこの知盛から京へ上らされることになったが――／それにしても(苦笑)ゆうべもまたおれの問いかけに邪魔がはいったな、影身よ。」このリズムの到達――まさしく一つの到達――に加えて、ぎりぎりに錬磨された用語の選択。これのあとでは、それまでの自身の訳にあきたらず、既訳のシェイクスピア十五篇の全体に徹底的な改訳の筆が加えられたのは至極当然のことだった。『子午線の祀り』の五年前にもすでにこの決意の表明がある――「日本語としての古い言葉が持っている荘重な響きや重みと、それから現代語が持っている分りやすさや軽快さというものが統一されたような、そういう文章というか文体、そういうものを、シェイクスピアを訳す場合には探し出して駆使しながら定着させなきゃならないんじゃないか。そういう意味で、自分の訳を含めて今の日本の訳がいずれも中途半端だということを感じざるをえないのです」(『シェイクスピアの世界』一九七三)。「私が目ざしたのは現代語訳ではありません。勿論私は現代の日本人の一人であり、現代の日本語しか喋れもせず書けもしません。だからあへて現代語訳を目ざす必要は無い。大事な事は先に述べた様に寝そべつてゐる様な現代日本語を起上らせ、シェイクスピアの躍動的なせりふの力をどうしたら生かせるかといふ事であります」――こちらは福田恆存の文章である(『演劇入門』)。

　木下改訳で最も重大な変化は新しい行分けのスタイルだった。福田訳は原文の行分けにかかずらわない、彼自身の絶対の自信による「散文訳」である。逍遥訳も同様。木下訳はそれまで原文の行分けを一応尊重してきていたが、改訳では訳者自身による自由な行分けになった。これは、『子午線の祀り』で到達した台詞のリズムへの自信によるところが大きかっただろう。逍遥にしろ、福田にしろ、木下にしろ、劇作家として、それも一つの行き方である。

だが、ここでわたしは彼ら先達と袂を分かたざるをえない。

シェイクスピアのテキストの行分けは、シェイクスピア編纂の第一歩、その最も重大な要めである。原文の韻文と散文とを区別するといった単純なことなのではない。韻文について、原文のリズムの流れを、舞台上の台詞として、テキスト編纂の上でどこでどう区切り、どことどう繋げるか、それは、もう一度繰り返すがテキスト編纂の第一歩であり、要めであり、それを翻訳者の自信(というより恣意)に丸投げにするわけにはいかない、翻案ではなく「翻訳」である以上。

シェイクスピアの韻文の基本は、弱音節と強音節との組合せ(弱強調[iambus])が一行に五回繰り返されるいわゆるブランクヴァース(無韻詩[blank verse])である。つまり一行は基本的に十音節から成り、その基本のリズムに多様な技法による変調が仕込まれる。その変調の重大な一つが、音節の不足する短い行(short line)の挿入である。ただしその short line は、たとえば植字工の介入など、作者の意図に直接係わらない印刷上の現れなのかもしれない。いやいや、それとも、やはり作者の明確なリズムの意図によるものなのか——編纂者は彼の主体性を賭してそこの判断を迫られる。『ジューリアス・シーザー』(念のため、わたしの題名訳は「ジューリアス」)第三幕第一場、キャスカの‘Speake hands for me.’（F1）の四音節は、そうした切実な問題の short line の形に印刷されていた。福田も木下もその重大な一事に気づいていない。

キャピトルの元老院、ブルータスをはじめ一同がシーザーに追放者の追放解除を願い出る。しかしシーザーの心は北極星のように動くことがない――「見よ大空に散りばめられた無数の星屑、／それらは悉皆《しっかい》火であって火と輝く、／だが不動の位置を保持するのはただの一星のみ。／この世も同じだ。世にあふれる人間は／どの人間も血と肉でできており理解力を備えている。／だがな、その中にあって厳然として他に侵されることなく、／四辺の動きに惑わされることなく、その尊厳を維持するのは／ただの一人を知るのみ。よいか、その一人がわたしだ」――拙訳は原文のブランクヴァースの韻文八行の行分けに応じて、行分けのリズムになっている。このあともブランクヴァースの五行が続き（ここで大場「対訳・注解 研究社シェイクスピア選集」『ジューリアス・シーザー』当該個所を参照していただけるとありがたい。後半の二行は緊迫した short line の連続をブランクヴァースのリズムにきっちりと納めて編纂してある。これは一八世紀以来定着してきた編纂である）、そこに問題のキャスカの四音節‘Speak, hands, for me.’（以下テキスト大場版）がくる。次のシーザーの‘Et tu Brutè?―Then fall, Caesar.’もうるさく言えば八音節（なお‘Et tu Brutè?’はラテン語、有名な台詞）。F1ではいまの二行の端にそれぞれ‘*They stab Caesar.*’‘*Dyes* (= dies).’のト書きが印刷されている。つまり台詞のリズム、舞台のリズムは、シーザー刺殺のクライマックスに入ってゆっくりと乱調に転じる。わざわざ「ゆっくりと」と強調したのは、四音節の short line だと十音節のブランクヴァースの定型を基準にして、単純な算術計算で六音節(10−4＝6)の「間」が生じる。その間をゆっくりと生かすのがここの演出だと思うから。もちろんブランクヴァースのリズムは機械的であるはずがない。弱強のリズムの単位自体に変化が仕込まれることがあるし、まして舞台上演ともなれば俳優のデクラメーションの質的な差がそこに当然加わる。先の木下解説はキャスカの四音節について「いくつかのレコードを聴いてみても皆そうだ」と付け加えていたが、それはこの四音節の最大公約数的なデクラメーションへの言及というべきだろう。だがそうしたもろもろの状況を考慮に入れてもなお、ここのキャスカの short line には、転調に伴うリズムの「間」が確実に意図されているとわたしは思う。そのリズムを「ゆっくりと」と言ってみた。うるさついでに編纂の細かな問題をもう一つ。F1の ‘Speake hands for me.’ と次の ‘*Et Tu Brutè?*’(F1の印刷はイタリックス)とを繋げてブランクヴァース崩れの一行にする編纂の試みも調べてみるとあることはある。だがその場合でも次の ‘—Then fall, Caesar.’ が四音節の short line としてリズムから外れて残ることに変りない。いずれにせよブランクヴァースのリズムが回復するのはそのまた次のシナの台詞、‘Liberty, freedom. Tyranny is dead.’ から。

となると、ここでのキャスカの動きは必ずしも「せりふとしぐさがほとんど一瞬にして相互に因果をなしうるやうな」切羽詰ったものとばかりは言えない。「激しいヴォリュームやうねり」も一つの解釈の筋道に過ぎない。わたしが諸版の編纂にあえて異を唱えて、キャスカの四音節の最後に!を付さないのは、そうした切羽詰った激しさからこの台詞を解放したいからである。わたしの版はここに「キャスカは舞うように(「劇中劇」の中の人物のように)シーザーを刺す」の注記を加えた。ここには劇中劇的な演出への誘いがあるようにわたしには思われた。その誘いは、たとえばこの場(第三幕第一場)がキャピトル外の街頭からキャピトル内の元老院へと(観客の意識の上で)自然に移動する形に仕組まれているあたりに、そして決定的なのはシーザー刺殺から三十行ほど後のキャシアスの台詞――「これから幾世代の／先までも、われらのこの崇高な場面は繰り返し演じられるだろう、／いまだ生れぬ国々、いまだ知られぬ言葉でもって」に明瞭に示されていると思う。ついでに先ほど来問題の台詞 ‘Speak, hands, for me.’ の拙訳も、その前後を含めて参考までに――キャスカ「こうとなれば、語れよこの手、この刃《やいば》。」［一同シーザーを刺す］／シーザー「ブルータス、お前もか。――ああシーザーよ、やんぬるかな。」［死ぬ］／シナ「自由だ、解放だ、圧政は死んだぞ。」拙訳は逍遥訳への先祖返りの趣きか。

　ちなみに福田訳の底本のウィルソン編纂 *Julius Caesar* (第二次ケンブリッジ版)は、ここのト書き［一同シーザーを刺す］を、まずキャスカが［シーザーを背後から刺す］とした上で、その後に延々演出者を気負った長いト書きを加えていて、福田訳はそれにていねいに付き合っている。彼の「この手に聞け！」の訳はいくらかウィルソンのト書きの影響を受けているのかもしれない。一方木下訳が最終的に底本としたのはピーター・アレグザンダー編纂のテキストだった。一九五一年出版の中正穏健な一冊本であるが、一冊本となるとスペースの点からも編纂上のもろもろの問題についてその解釈を注記するだけの余裕がない。そのぶん理論武装がひ弱で二〇世紀後半のテキスト編纂の変動に耐えられなかった。

福田も木下も、逍遙と同じく、シェイクスピアの翻訳者として、テキスト編纂の重大性に気づくことがなく、砂上の楼閣を築いていた、そういう気がする。

三　一九六〇年代か、八〇年代か

「シェイクスピアブーム」の掛声がジャーナリズムを賑わすようになったのは一九七〇年代に入ってからである。もっと具体的には、七一年の暮に東京の大手劇団の翌年の演目が発表になってみると、シェイクスピアが目白押しに並んでいる。中でも文学座アトリエが四月からの三か月「シェイクスピア・フェスティバル」を打って若々しい熱気にあふれた。「シェイク、シェイク、シェイクスピア。シェイクスピアと手をにぎって今日のるつぼをかきまわそう」の宣伝コピーが時代の勢いの表現になっていた。その年七二年の二月にはロイヤル・シェイクスピア劇団（RSC）の二度目の来日があり「芸術監督」（artistic director）の制度が知られるようになった。そのまま新しい制度が今度の文学座のフェスティバルに導入され、三十二歳の出口典雄がその任を担った。ピーター・ブルックがパリに設立した「国際演劇研究センター」（CIRT）のジェフリー・リーヴィスが初来日したのもこのとき。彼も出口と同い歳の三十二歳だったはずである。演目は四月『トロイラスとクレシダ』（出口・リーヴィス共同演出）、五月『ハムレット』（出口演出）、六月『ロミオとジュリエット』（木村光一演出）。小田島雄志訳はこのフェスティバルで波に乗った。最初の『トロイラスとクレシダ』が若々しい冒険の演目選定だったろう。もちろん日本初演。イギリスでも不可解不安定な作品として不人気が長く数世紀に及んだ。ようやく二〇世紀に入るとその不可解性が徐々に批評研究の対象になり、特に第二次大戦後の「不安の時代」にその不安定性が逆に舞台で熱心な興味を呼ぶことになった。ヤン・コットは『シェイクスピアはわれらの同時代人』の『トロイラスとクレシダ』論に「驚くほど現代的な」の副題を付した。「現代的」——これが文学座フェスティバルの芸術監督出口のコンセプトである。

「現代的」は新生のロイヤル・シェイクスピア劇団のものでもあった。シェイクスピアの生地ストラットフォード・アポン・エイヴォンに「シェイクスピア記念劇場」があった。一九六〇年、弱冠二十九歳のピーター・ホールがここの劇団の芸術監督として活発な活動を開始する。翌年三月には劇団名から後退的な「記念」の文字を外して「ロイヤル・シェイクスピア劇団」とした。劇場名もその名前になった。ホールはオックスフォード大学の学生演劇出身、一九五五年八月にベケットの『ゴドーを待ちながら』のイギリス初演を果した気鋭の演出家である。念のため、その翌年五六年五月八日がロイヤル・コート劇場の『怒りをこめてふり返れ』の「革命」の日付。演劇界の「新しい波」が、折から「怒れる若者たち」の変革のエネルギーと相乗していよいよ全世界的なうねりとなった。シェイクスピアの広大無辺な劇的世界がそのうねりの中に取り込まれ、あるいはむしろシェイクスピアがそのうねりを取り込んで、シェイクスピアブームの波はやがて日本にも及ぶことになる。一九六〇のラウンドナンバーが一つの画期の年として日本でも演劇史に定着してきている。「新劇」はもはや旧世代の演劇の代名詞になった。『シェイクスピアはわれらの同時代人』の英語版の出版(ポーランド語の初版は一九六一年)の一九六四年はシェイクスピア生誕四百年記念の年である。六〇年代の画期に応じて、日本のジャーナリズムにも七〇年代のシェイクスピアブーム前夜の動きがみられた。渠成って水到る。新しい日本語訳は時代の要請だったと言える。

小田島シェイクスピアのスタートは一九六四年の『間違いの喜劇』である。その頃筑摩書房が「世界古典文学全集」全五十巻を企画しシェイクスピアの全訳に六巻を当てた。ほとんどが新訳で小田島が『間違いの喜劇』を新訳することになった。これは双子の主人と双子の召使の取り違えがめまぐるしく回転するスピーディな「笑劇」である。と同時に、人間のアイデンティティの問題、あるいは人間存在の不条理性の問題が、笑劇のスピードのうちにふと垣間見える恐怖の瞬間があって、しかしその危ういバランスも一族再会の物語的枠組みの中に「間違い」の「喜劇」として観客の安堵とともにめでたく納められる。劇作を開始したばかりの頃の若いシェイクスピアの満々の覇気。シェイクスピア受容史ではこれまたただの笑劇の習作として手軽に扱われるのが常だった。その点、一九六二年、新生のロイヤル・シェイクスピア劇団がこれを演目に取り上げたのはやはり満々の覇気によるものだったろう。演出のクリフォード・ウィリアムズもまだ三十代である。これが「戦後の舞台成果の里程標」(マイケル・ビリントン[『ガーディアン』])の評価を受け、同じ年のピーター・ブルックの伝説的な『リア王』とともにアメリカ・ヨーロッパの世界巡演の演目になった。

小田島訳もスピーディな覇気と活気にあふれた。「もうもどってきたですと。やっとやってきたと言ってほしいですな。鳥肉は焼けこげ、豚肉は焼串から落っこち、時計がカンカンと十二なりゃあ、おかみさんがカンカンになって私のほっぺたを一つならす。おかみさんが熱くなるのは食事が冷えるため、食事が冷えるのはあなたの帰りがおそいため、帰りがおそいのはあなたのおなかがすかないため、おなかがすかないのは朝御飯をたべたため、だが朝めし抜きでお祈りすべしとこころえているあたしらは、あなたの罪のおかげで罰のご馳走をいただきます」——小気味よく回転するスピード、躍動する軽快なリズム。あるいは、「モード、ブリジェット、マリアン、シスリー、ギリアン、ジン！」と下働きの女の名前を並べると早速「もうろく、ブリキ頭、まぬけ、ヒステリー、あんぽん、たん！」と打てば響くように語呂合せが返ってくる言葉遊びの感覚(いずれも筑摩書房版の初訳による)。

井上ひさしの颯爽の登場(『日本人のへそ』、テアトルエコー屋根裏劇場)もやはり六〇年代の末である。井上はのちに小田島完訳が成ったとき、『朝日新聞』の「文芸時評」(一九八〇年九月二五日夕刊)に「小田島訳の最大の手柄は、言葉の多義性に細心の注意を払っていること」と書いて『ハムレット』第二幕第二場のポローニアスの台詞を例に引いた、「まことにぞくぞくするような手腕であり、われわれはまたもや新しいシェイクスピアに接することが可能になったのである」。福田訳の弾みあるいは律動感、木下訳のうねりあるいはエネルギー、これに対し小田島訳の基本のリズムはスピードである。それは、はじけるような笑いとともに、ラウンドナンバーの六〇年の画期以降、舞台の革新の流れに最もふさわしく寄り添った。

出口典雄の「シェイクスピア・シアター」が小田島訳のスピードの伴走者になった。出口は一九七五年に若い俳優たちとともにその名前の小劇団を結成して、小田島訳によるシェイクスピアの全戯曲上演に乗り出した。渋谷の地下小劇場ジャン・ジャンを主な舞台に、装置はほとんど飾らない。衣裳はジーンズなどの若者の普段着、音楽はロック系の生バンド。この演出スタイルは「ジーパン・シェイクスピア」と呼ばれることになる。小田島の三十七篇全訳完成は一九八〇年八月、出口の全戯曲上演達成は翌八一年五月。逍遙訳が半世紀を要したのに対し、小田島訳はその三分の一、特に七〇年代後半に入ってからの集中のスピードは驚異的だった。そのぶんテキストの詳細にうるさくこだわらない思い切りのよさが身上である。『間違いの喜劇』の初訳も改行なしの散文訳。

福田訳、木下訳には「台本の文体が、役者の演技の肝要な部分を規定し、指導できるという信念、あるいは信仰がひそんでいるように思う」と、劇作家八木柊一郎は評したという。これに対し小田島訳はその信仰を捨てたところから始まっているとして、「台本の文体よりも生身の役者の問題だという、ヤケではないところの演劇観が小田島さんにあり、戯曲主義からの自由が、平明さを生んでいるのだと私は思う」と続けたという。小田島には、福田と大いに違って、また木下ともやはり違って、自身の翻訳態度を解説した文章はほとんどみられない。おそらく唯一のものが、全訳への覇気満々の一九七三年の暮『英語青年』千五百号記念号(一九七四年二月号)に寄稿した「言葉・言葉・言葉―シェイクスピア翻訳ノート―」だと思う。いまの八木柊一郎の評言はそこに紹介されているもので「これはぼくの翻訳態度をはっきりつかんでくれているとありがたく思った」と小田島は結んでいる。

「劇作品を翻訳することは、ある意味で演出することである。特にシェイクスピアのような可塑性のある台本の場合、そうである。しかし、それはあくまで架空の舞台における想像上の演出であって、訳者があまりにも具体的に彫刻しすぎると、演出家や役者や観客や読者の想像力を縛り止めることになりかねない」――これもその寄稿にみられる文章である。福田訳、木下訳は、それぞれにその彫刻がみごとなまでに意志的であった。そこには日本語の表現力に対するゆるぎない信頼――八木の表現で言えば「信仰」がみなぎっていた。その信頼はあまりに絶対的なので、近代劇リアリズムを超克すべき舞台語の創造に向けて果敢な歩みを進めてきた訳者たちを、よくも悪くも、もう一度近代的合理主義の磁場に引き戻してしまう場合もありえたかもしれない。一時期を画したとされる文学座の『ハムレット』以来、福田訳・演出のシェイクスピアが、ときとして合理的過ぎる次元に小さくすぼまってしまった例が、彼の底本のウィルソンのテキストの限界とともに、この際思い合わされてくる。

だが一方の小田島訳はどうだろうか。「戯曲主義からの自由」のその平明なスピードのゆえに、逆に舞台の表層を流れるだけに終ってしまうこともあるのではないか。せっかくの「言葉の多義性」への「細心の注意」にしても、ただの上っ滑りの笑いのうちにわけもなく消費されてしまうのでは訳者としても切なかろうに。

小田島訳は出口のシェイクスピア・シアターだけでなくやがて多方面の舞台の上演台本に用いられ、七〇年代以降の日本の演劇界を席捲した。大劇場での最初は一九七四年五月、東宝の『ロミオとジュリエット』(日生劇場)あたり。演出の蜷川幸雄もそれが商業劇場への初登場になった。そのときわたしは劇評にこう書いた。「現在『ロミオとジュリエット』を演出しようとすると、だれしもまず若いエネルギーにあふれた二人の恋を中心にすえて、猥雑な官能性を強調しながら、ひた走りに死に向かって走っていくその猛烈な速度を表現しようとするだろう。……しかしそれでは、あまりに今日的な若者の情念の噴出に足をとられて演出の歯止めがきかなくなり、確実な作品世界の構築がおろそかになるおそれがある。この作品のもつ本来の抒情的な悲劇性が安直に安売りされて、舞台の表現にまで結晶しきれないというわけだ」(『テアトロ』一九七四年七月号)——これはもちろん蜷川演出への批判である。だがもしも台本が福田訳だったならば(木下訳に『ロミオとジュリエット』はない)、日生劇場のタッパの高い舞台を三層にして俳優たちをひた走りに走らせる蜷川の演出は不可能だったろう。「肉体が叫びシェイクスピアが吠える」がこの上演のキャッチ・コピーだった。

肉体と笑い、ジーパンとロック、そしてスペクタクル——七〇年代以降日本のシェイクスピアがブームの掛声に乗って舞台の表層をひた走りに走っているうちに、シェイクスピアの翻訳にとって重大な一つの問題が次第に顕在化してきていた。ここでもラウンドナンバーの一九八〇年を持ち出すことにするが、これを「画期」と言ってももちろん突如の区切りなどではありえない。問題は二〇世紀の後半のあたりから、文芸・文化批評の広範な分野で切実に論じられ始めていた。たとえばそうした動向を象徴する宣言に一九六八年のロラン・バルトの「作者の死」を挙げることができる。視野をさらに大きく社会現象にまで広げるなら、「権威の死」を宣告する全世界的な「怒れる若者たち」の大波のようなうねりを含めて考えてみたっていい。

四世紀にわたるシェイクスピアのテキスト編纂史を通観してみて、その長い歴史には何度か重大な変化があった。それらはやはり画期と言ってよい変化であるが、二〇世紀に入って早々の時期も確かに一つの画期だった。自然主義の時代、科学の時代にふさわしくテキスト編纂の分野への積極的な科学的分析の導入。その方法は「新書誌学」と呼ばれた。たとえば一九〇九年のA・W・ポラードの『シェイクスピアの二つ折本と四つ折本』の出版。それは不安定のうちに放置されてきたシェイクスピアの四つ折本を「優良」(good)と「不良」(bad)の二種類に分別して、テキスト編纂での優良四つ折本重視の方向を理論的に切り開いたそれこそ画期的な業績であった。研究組織の面では一九〇六年のマローン協会の再出発。マローンはシェイクスピア学の基礎を築いた一八世紀後半の学者であるが、その名を冠したこの協会の活動によってシェイクスピア時代の戯曲版本の研究が急速に進展した。ジョン・ドーヴァー・ウィルソンの「第二次ケンブリッジ版」が新書誌学のめざましい成果であることは先にふれた。福田訳のシェイクスピアがこの版を底本としていることも。それにまたその記念すべきウィルソン版が新書誌学の日進月歩によってやがて危うい限界を露呈するようになったことも。ともあれこうしてシェイクスピアのテキスト編纂は、われわれに失われているシェイクスピアの「最終決定稿」の再構築という絶対の目標に向かって、より精緻に、より以上精緻に、日進月歩の歩みを進めてきたが、さて、最終目標であるシェイクスピアの決定稿なるものがはたして到達可能な実在なのか、それは進歩主義のもたらすただの幻想に過ぎぬのではないか——絶対から相対へ、あるいは受容の復権、「作者の死んだ」二〇世紀後半というこの時代、そういう時代の流れにシェイクスピアのテキスト編纂も当然巻き込まれざるをえない。その時期に一九八〇年代をとりあえず当ててみた。

一九八〇年代の象徴となった出版が一九八六年のオックスフォード版『シェイクスピア全集』である。このことについては次の「シェイクスピアのテキスト」で一節を立ててまた詳しく説明を試みるが、その全集では『リア王』は第一・四つ折本から編纂した『リア王の物語』と第一・二つ折本から編纂した『リア王の悲劇』の二つの作品に分裂している。この冒険の編纂の背後にあるのは、戯曲は上演を俟ってはじめて作品として成立する、あるいはシェイクスピアは最終決定稿を持たない劇作家である、そういう転換の考え方だ。これに比べるなら六〇年代の画期は演劇史での画期というに過ぎない。

この事態に直面して日本のシェイクスピア翻訳はいかにあるべきか。

逍遙以来の翻訳は、ことテキストの問題について、おしなべて牧歌的、楽天的であった。シェイクスピアの最終決定稿が英米の諸学者の編纂を通して確定されたものとして安心しきっていた。福田訳にとってのジョン・ドーヴァー・ウィルソンも、木下訳にとってのピーター・アレグザンダーも、もちろん小さな読みではこまごまと不安がつきまとったことだろうが、全体としては動くことのない権威の底本でありえた。小田島訳の「戯曲主義からの自由」にしても、そういう絶対の権威の掌の上で走り回る自由ということに過ぎなかった。一九世紀の末から一九八〇年代までの一世紀、日本のそれぞれの訳者たちの翻訳態度、翻訳表現の相違は、所詮はコップの中の嵐というか、長い四世紀の編纂史からすれば、たまたま一つの時代の中での奮励努力というふうにみえてきてしまう。彼らはテキスト編纂の重大性に気がついていない、あるいは目をつぶったままでいる、それをいまも牧歌的、楽天的と言ったのである。

さてしかし、八〇年代を過ぎた今、たとえば『リア王』を訳すとする。訳者は彼の依拠するテキストをどこに求めるか。英米(だけとは限らない)の諸学者のテキストを選ぶのが最も安易な方法だが、その場合はシェイクスピアの翻訳というよりはその学者の成果の翻訳ということにならざるをえない。なぜなら、シェイクスピアのテキスト編纂は、それ自体が一つの文学的「作品」なのだから。それは長い編纂の歴史のどの時代でもそうだったはずだが、特に八〇年以降は急激にそのはずである。目をつぶったままではいられない。ロイヤルティの問題も当然派生してくるだろう。ましてや複数のテキストを机上に並べてつまみ食いするなどの翻訳態度が許されるはずがない。「作者の死んだ」時代であればこそ、訳者は彼自身のテキストを、彼自身の責任においてまず用意しなくてはならない、翻訳はそこから始まる。

シェイクスピアのテキスト

一　二つの『リア王』

『リア王』を訳していて筆が止まった。しばらく訳が乗ってこない。

それは第一幕第四場、と言っても幕や場の表示は一般にはわずらわしいだけのことだろうが、問題の個所を示すにはやはり幕・場による以外にない。『リア王』第一幕第四場は国土を分割して娘たちに与えた老王が、長女ゴネリルの屋敷でゴネリルから冷酷な仕打ちを受けておのれの愚行を次第に思い知らされる場面である。第三幕の嵐の場に繋がるリアの自己認識への第一歩、そのためにこの場に導入されるのが道化だ。道化は警句や歌でリアの置かれている現実をえぐり出してみせる。第一幕第四場全体で三百数十行のうち三分の二ほど進んだところでリアの台詞、「わしがだれか知っている者はおらんか？　これはリアではない／リアがこうして歩くか、こうして話すか、リアの目はどこにある／……／わしはだれだ、だれか教えてくれ、さあだれだ」、すると道化が答える、「リアの影法師」（大場訳、以下の引用も同様）。

いまのリアの台詞の最後の部分をシェイクスピアの原文で引くと、'Who is it that can tell me who I am?'（大場編）である。この問い自体、問いの力点を後の who から前の Who に移動することで、道化の答えは 'You are Lear's shadow.' から 'It is Lear's shadow (that can tell you what you are).' へとくるりとすり変わる。「実体（王権）を欠いたリアの影法師」から「いま答えているリアの影法師の自分（道化）」へ、そして「その自分という鏡に映ったリアの映像＝道化」へ、というふうに意味内容が何重にも反転して交錯する。翻訳の面から言うと、だから「リアの影法師」の答えを引き出すリアの最後の問い掛けは、二重の意味をもち得るように訳されなくてはならない。（この際訳文の構造が原文と変るのはやむをえないだろう。）

これだけ意味の輻輳する衝撃的な「リアの影法師」の後では深い沈黙が舞台を支配する。リアを演じる役者は容易に言葉を発することができない。それが演技の、あるいは舞台の、そして観客の「生理」だと思う。道化は道化で自分の答えの衝撃力に自分で金縛りになっておそらく舞台に立ちすくんだままだ。その舞台の生理を、舞台のリズムを、あえて暴力的にねじ曲げて、従来のテキストは「リアの影法師」のあとにすぐさま続けて、リアに問いの二の矢を放つことを強いる。わたしが立ち止まったのはその個所である。無理にも訳を続けるとすればこうなるだろうか、

「わしはそれが知りたい。これこのとおり／国王としてのしるしがある（注、ここで何か身につけたしるしを示すリアの演技がある）、知識も理性もある、／わしに娘があるというのは思い違いだったのか」。続いて道化も「その娘があんたをどうしても聞き分けのいい父親に仕立てたいんだってさ」などと、まるで掛け合い漫才のような合いの手を軽々しく口にする。もしもこれらの台詞を正式に訳の中に繰り込もうというのであれば、ここでのリアは、道化の答え「リアの影法師」の衝撃とは無関係に位置しなければならない、少なくともそう納得しない限り訳を続けることは不可能のはずだ。その点木下順二訳（講談社一九八九）がリアの台詞の前に「道化の言葉は耳にはいらず」のト書きを加えているのは（おそらくケネス・ミュアの「第二次アーデン版」の脚注を介した）さすが劇作家の感覚である。わたしはリアの続けての問いと道化の軽口とを訳注に回すことでようやく安堵することができた（「対訳・注解 研究社シェイクスピア選集」『リア王』）。リアには「リアの影法師」の衝撃を自己認識の第一歩に転化するだけの重い間が与えられなければならない。あるいは舞台の（そして観客の）全体にその衝撃を十分に消化するだけの余裕の間が与えられなければならない。その間が与えられて初めて、ゴネリルに向けてのしぼり出すようなリアの台詞「美しい奥方、あなたのお名前は？」が来る。舞台のリズムはそういうことだとわたしは思う。

シェイクスピアのテキストのリズムも本来はその通りだった。

一六二三年出版の最初のシェイクスピア戯曲全集は一般に「第一・二つ折本」（略号Ｆ１）と呼ばれているが、死後出版のこの全集については本連載中あらためて節を変えて解説しなくてはならない。とりあえずＦ１の略号で話を始めると、Ｆ１ではリアの続けての問いと道化の合いの手の軽口はきっぱり削除されていた。「リアの影法師」に続く台詞はリアの「美しい奥方……」。テキストのリズムと言ったのはこの流れのことである。それでは削除される前のテキストはいったい何なのかというと、Ｆ１に先立つ十五年前の一六〇八年、シェイクスピアの生前に出版された『リア王』の四つ折本単行本。この四つ折本(略号Ｑ)についても後ほど説明するとして、これをＱ１の略号のままで話を続けると、このＱ１にはＦ１で削除された部分が含まれているだけではない。「リアの影法師」の台詞も道化のものではなくじつはリアのものだった。念のためその前後をＱ１に従って訳してみるとこうなる、「わしはだれだ、だれか教えてくれ、さあだれだ？　リアの影法師か？(注、Ｑ１には？がある)　わしはそれが知りたい。これこのとおり国王としてのしるしがある、知識も理性もある……」――なんのことはない、これはリアの自問自答のひとり芝居なのである。こういうひとり芝居ならばリア役者は演技の生理に逆らうことなくここを演じ切ることができるだろう。道化もそのひとり芝居に付き合って漫才めいた合いの手を入れることができるだろう。舞台のリズムはＱ１はＱ１なりに流れるように進み、訳の筆が立ちどまることはおそらくありえない。その代わり「さあだれだ」の意味の二重性は消える。「リアの影法師」の衝撃も消える。

ここで一つ付け加えておくと、シェイクスピアの『リア王』には先行のリア王劇があった。シェイクスピアの劇作のほとんどは明らかな材源をもっている。史書、古譚、翻訳を含む多種多様な物語類、それに先行の戯曲などなど、それらを単数ではなく複数を適宜取り混ぜて、劇作の手元に引き寄せて換骨奪胎するのがシェイクスピアの常だ。『リア王』では先行の戯曲がまず主たる材源になった。事情は『ハムレット』の場合とよく似ているが、『ハムレット』では先行戯曲(『原《ウル》ハムレット』と呼ばれている)が湮滅して伝わらないのに対し、『リア王』ではそれが完全な形で現存している点、材源との比較の面で『リア王』は幸福な作品だと言える。その先行の戯曲とは一六〇五年出版、作者不詳の『リア王実録物語』(*The True Chronicle History of King Leir*)、初演は確実に一五九〇年代の前半だった。晩年のトルストイが「この古い劇の方がシェイクスピアの改作などよりあらゆる面で比較を絶して優れている」と言い張って有名になった「古い劇」がこの『実録物語』である。そこにもやはり「リアの影法師」が出てくる。側近に向かってリアがこう言う、「もうわしのことをわが君などと呼ばないでくれ、わしはただの影法師にすぎんのだから」。Q1のリアの自問自答はこのセンチメンタルなリアの述懐を一歩推し進めた形だろう。だが一歩とは言ってもシェイクスピアにしては至極平凡な、あえて言うならF1に向けてのただの中継の一歩という気がする。ちなみにQ1の『リア王』の扉の題名も先行の「古い劇」と同様『リア王実録物語』(*True Chronicle Historie of*…*King Lear*)、ここでの'Historie (= history)'は「古い劇」の場合と同じく「物語」の意味(story は history の語頭母音消失形)で、ここからもQ1の中継的位置が妙に納得されるが、これに対しF1の『リア王』の正式の題名は『リア王の悲劇』(*The Tragedie* [= tragedy] *of King Lear*)。F1はQ1の「ひとり芝居」の自問自答から、原文ではわずかに二語の「リアの影法師」を道化の台詞として取り出すことで、中継的習作的「物語」を衝撃の「悲劇」へとすっくと立ちあげてみせた。従来の『リア王』のテキスト――もう少しシェイクスピアのテキスト編纂の歴史に即して正確を期するなら一九世紀中葉からの『リア王』のテキストは、ここ「リアの影法師」の個所について、問題の二語をF1に従って道化の台詞とした上で、F1では削除されたリアと道化の台詞の方もQ1に従って採用するという、まるで無理無体な「合成」をあえてしてきた。いまの無理無体は、一八世紀以来数世紀にわたるテキスト編纂の合成の伝統に対してあるいは傲慢の表現になるのかもしれない。しかしQ1とF1の『リア王』を別個の作品に認定した上で、『リア王の物語』(*The History of King Lear*)と『リア王の悲劇』(*The Tragedy of King Lear*)の題名のもと二つの『リア王』を押し立てた一九八六年のオックスフォード版『シェイクスピア全集』の出版は、三百年のシェイクスピア編纂史上やはり一つの画期となる「事件」でありえた。

Q1とF1との相違はもちろん「リアの影法師」の個所だけではない。これの八十行ほど前、「苦い道化と甘い道化」をめぐる道化の台詞(「領地なんかさっさと譲ってしまえって／あんたをけしかけたお方がいたっけな、／……」)、これに続くリアの「こら小僧、わしを道化だと言うのか」、さらにケントを交えてのやりとり、これらの二十行近くがやはりF1で削除されている。この削除は、「わしを道化だと言うのか」の台詞を先行させると「リアの影法師(＝道化)」の衝撃の効果が減殺されると計算してのことだろう。

戯曲は上演によって動く。それが演劇の面白さである。その変動の責任は必ずしもすべて「作者」のものとは限らない。現代であれば責任の所在を記録的に明確にできるのかもしれないが、四百年前のシェイクスピア時代ではそれはとうてい不可能な話だ。いまこうして問題にしている相違についても、それをもたらした主体がシェイクスピアであるという保証はないのである。にもかかわらず、そういう演劇に特有の事情を十分に承知した上で、それでもなおかつ、これだけ質的に一貫した「相違」(あるいはむしろ「改訂」)の背後に、シェイクスピアという一個の強烈な作家精神の発動を想定しないわけにはいかない。このことは、二つの『リア王』を押し立てたオックスフォード版全集の方向性のその先、またあらためて問題にする機会がある。

Q1とF1との相違は、第一幕第四場を一つの例に、当然『リア王』全体へと広がっている。その相違を行数で示すと、合成版『リア王』約三千三百行のうち、Q1にあってF1に欠ける台詞は約三百行、逆にF1にあってQ1に欠けるのが約百行、ほかにも「リアの影法師」のような話者の相違、ト書きや細かな表現の相違が約千五百個所、それらをいちいち取り上げて論じていけば浩瀚な研究書をもってしてもなお足りない。ここではあと一つだけ、いよいよ戦いに向けてあわただしく展開していく後半の中で、最も重要なものに思われるコーディーリア像の変化についてふれてみる。

第一幕第一場、リアから勘当されたコーディーリアはフランス王に伴われて舞台から消える。しかし彼女のイメージは娘たちに裏切られたリアの姿を通して常に舞台に重く存在し続ける。プロットの展開の上でも彼女はリアの窮状を完全に把握していることがケントによって再度適切に観客に伝えられる。こうして第四幕第三場、嵐の夜のリアの苦しみを聞き知って「神々しいお目から／はらはらと流れ落ちる聖なる水」で始まるコーディーリアの姿の報告があって、その「神々しい」イメージが観客の期待となっていよいよ高まる中、続く第四場でコーディーリアが侍医とともに静かに登場する。リアの狂気を介護し治療する役割の侍医はコーディーリアの聖なる愛のいわば象徴である。ヴィクトリア朝を代表する画家フォード・マドックス・ブラウンに、リアとコーディーリアの再会(第四幕第七場)を描いた有名な作品がある。寝台に横たわるリア。その右方から手を差しのべる天使のようなコーディーリア。場面には音楽が流れているだろう。(「音楽をもっと高く！」という侍医の台詞が第七場にある。) ブラウンの絵とほとんど同時期、一九世紀中葉のケンブリッジ版「シェイクスピア全集」の『リア王』第四幕第七場冒頭のト書きは、ブラウンの絵そのまま、いかにもヴィクトリア朝好みのセンチメンタルな演出の指示になっている。「フランス軍陣営の天幕。リアが寝台に眠っている。静かな音楽。……コーディーリア、ケント、侍医登場」――

しかし以上はすべてQ1のテキストに基づくものだ。F1ではまず「神々しいお目」云々のコーディーリアの描写を含む第四幕第三場の全体が完全に削除されている。第四場に登場するコーディーリアは鼓手と旗手を先頭に兵士たちを引き具している。「鼓手と旗手」はシェイクスピア劇では戦場を示す「記号」である。ついでに前の第三場で突如帰国したフランス王に代って元帥ラ・

ファーが総指揮をとるとの説明があるが、F1ではこの場全体が削除されているからコーディーリアがフランス軍総指揮官の役割を担うことになるだろう。ここでの彼女はおそらく軍装がふさわしい。侍医は登場しない。侍医の台詞はすべて紳士に委ねられる(シェイクスピア劇の紳士は身分を示す用語である。ここは従軍中の将校待遇ぐらいの人物を想定すればよい)。第四幕第七場(F1では第三場が削除されているから正確には第六場)のリアとコーディーリアの再会の場にも音楽はない。侍医の「音楽をもっと高く!」の台詞は削られている。F1のト書きではリアは寝台に横たわっているのではない。椅子に乗せられ召使たちに運ばれて登場する。ここはなんといっても戦場なのだ。そういう苛酷な現実の中でリアとコーディーリアの再会は演出される。それは十分に感動的な場面ではあるけれども、感傷に向けての煽情的な傾斜は苛酷な現実への意識によって常にきびしく抑え込まれている。ここでもコーディーリアに軍装させた方がF1のシェイクスピアの意図にふさわしいのかもしれない。

しかるに一九世紀中葉のケンブリッジ版全集『リア王』のテキストは、第四幕第四場に登場するコーディーリアに、鼓手と旗手と兵士たちを従えさせたその上で、侍医までも戦場に伴わせた。たとえばここでのコーディーリアはどういう服装にすればいい?

二　一つの画期——一九八〇年代

ケンブリッジ版全集というのは、一八六三年から三年をかけて出版された全九巻である。編纂に当ったのはケンブリッジ大学トリニティ学寮の三人の学者たちだった。この学寮には、一八世紀を代表するシェイクスピア編纂の学究が蒐集した膨大な文献が一括して寄贈されていた。これの活用が後代の研鑽に委ねられていたという因縁もあって、この全集はそれまでのシェイクスピア編纂の総決算との評価を得た。特にマクミラン社が、注釈を除いたテキストの部分を同社のグローブ文庫(表紙カバーに地球儀のマークがある)の一冊として出版したこともあって、グローブ版の愛称でほぼ一世紀にわたって標準版としての世界的名声を保持し続けた。シェイクスピアの戯曲は台詞の参照に幕・場だけでなく行数も示される。この場合、幕・場はともかく動かないが行数表示の方はそれぞれの版によって当然違いが出てくる。その行数の表示もグローブ版によることが学界の常識だった。当時出版されたシェイクスピア用語辞典や用語索引もグローブ版によっていた。特に日本ではテキストの出版に長くグローブ版を底本にしてきたため影響も大きかったのである。

シェイクスピア編纂の歴史は一八世紀初頭のニコラス・ロウに始まる。ロウは現代ではただシェイクスピアの最初の編纂者、そしてシェイクスピア伝の最初の執筆者としてその名を残すにとどまるが、当時は劇作家であり、桂冠詩人であり、やはりひとかどの文学者だった。その後一世紀半、個人の編纂によるシェイクスピア全集が次々に出版された。それらの名前を並べてみてもただわずらわしいだけのことだろう。ここではせめて文学史上に残る名前を挙げておくと、たとえばイギリス古典主義を代表する一八世紀前半の詩人アレグザンダー・ポープ、また一八世紀中葉の文壇の大御所サミュエル・ジョンソン(ジョンソン博士)などなど、彼らはそれぞれがそれぞれの編纂理念に従って、真実のシェイクスピアを復元しようと努めた。

「真実」とはこの場合シェイクスピアによって書かれたはずの唯一絶対の「最終決定稿」である。われわれに残された古版本は、その最終稿が上演(演技、演出)や印刷(誤植その他)などさまざまな経過によって不純に歪められた派生物である、その不純の要素を取り除き作者シェイクスピアの意図したであろう決定稿に一歩でも近づくこと――ポープやジョンソンは彼らの文学的感性によってその接近を図ったのに対し、トリニティ学寮に集った学究たちは、折から急速に展開しつつあったシェイクスピア「学」に寄り添う形で、もっぱら学問的方途に頼ろうとした。総決算と評される所以である。

特に『リア王』のテキストでは、ヴィクトリア朝的調和の精神のもと、Q1とF1の合成を完璧な形に達成しようとした。「リアの影法師」についてのそれまでを一応歴史的にさらっておくと、ロウはF1の系統をそのまま引き継いだが、ポープはQ1に拠った。これに対しジョンソンはF1。Q1のテキストも注に引いて「わたしはここではF1がすぐれていると思う」と記した。そういう右往左往の不安定な一世紀半を総括してケンブリッジ版はQ1とF1の両方を円満に取り込む編纂を行ったのである。

その後ケンブリッジ版『リア王』は一世紀以上もの安定を保持し続けた。明敏な演出家ハーリー・グランヴィル＝バーカーが『リア王』の演出はF1に拠るべきだ、なぜならF1の方に「改訂」の跡が明確なのだからと、彼の演出ノート（『シェイクスピア序論』）に書き挟んだのが一九二〇年代末、だがせっかくの問題提起も『リア王』編纂の大勢を動かすには至らなかった。これほどの堂々たる安定の背後にあるのは、Q1もF1もシェイクスピアの原稿から派生したものである以上、両者の「合成」によってシェイクスピアのテキストの「真実」により近づくことができるはずだという理念である。

真実は一つ。

一九八六年のオックスフォード版全集は、この「絶対の真実」に対する二〇世紀後半の異議申し立てという一面がある。

ロラン・バルトが『ラシーヌ論』を発表したのが一九六三年、これが一つの導火線になって、ソルボンヌのレーモン・ピカールとの間に激しい論争が交わされた。ギュスターヴ・ランソン以来のフランス・アカデミズムとの正面対決である。二〇世紀後半の文学・思想界に地滑り的変動が始まる。『零度のエクリチュール』（一九五三）のバルトのことだ。ここで、作品が作家の意図から解放されなくてはならないとするのは当然の主張である。作品の不確定性、流動性。読者の意識の内部に向けてのテキストの複数化。やがてバルトは六八年にマルセイユの同人誌『マンテイア』に騒然たる題名の「作者の死」を掲げる。「マンテイア」はギリシャ語で「予言」の意味である。

そのラシーヌ論争のさなかの一九六五年、ロンドンの出版社から二百ページほどの論文集『シェイクスピアのテキストの安定性』が出版された。著者はE・A・J・ホニグマンという当時グラスゴー大学の中堅シェイクスピア学者、「安定性」というその書名とは裏腹に、内容はシェイクスピアのテキストの不安定性、流動性、複数化を論じたものだった。従来のテキスト編纂で措定されてきた唯一絶対の「最終決定稿」の存在への疑念の表明である。それまでの書誌学者・編纂者たちにしても、そうした疑念をふと不安とともに感じることはあっただろうに、それが一つのまとまった研究書の形で発表されたのはこれが初めてだった。そのときホニグマンは三十代の後半、いま調べてみたらバルトが『零度のエクリチュール』を発表したのも同じ三十代後半の三十八歳。だが、たちまちフランスのヌーヴェル・クリティクの中核的存在となりレヴィ＝ストロースやラカンらと並んで構造主義の最前線に躍り出たバルトの場合とは違って、ホニグマンの著作はそれほど華やかな反響を呼びはしなかった。書誌学の分野は、好むと好まざるとにかかわらず、即物的な活字によるテキスト編纂をその目標として意識せざるをえない。流動性などと言ってすましているわけにはいかぬのである。それでも波紋は小さな輪になってざわざわと広がっていった。オックスフォード版全集の編纂責任者となるスタンリー・ウェルズはこの動きを*Zeitgeist*と呼んだ。二〇世紀後半の「時代精神《ツァイトガイスト》」に、シェイクスピアのテキスト編纂も次第に組み込まれていくのである。

一般の興味からかけ離れているであろうシェイクスピア学界の動きをここに紹介するのは本意ではないが、オックスフォード版全集への筋道だけは一応辿っておきたい。ホニグマンから十年たった一九七六年の春、ワシントン市で開かれた国際シェイクスピア学会大会での研究発表で二つの『リア王』問題が取り上げられ、八〇年代に入ると、マサチューセッツ州ケンブリッジでのアメリカ・シェイクスピア協会年次学会に同じ問題をめぐるセミナーが組織された。このセミナーが契機となって、三年後の一九八三年、論文集『王国の分割―シェイクスピアの『リア王』二つの版』が「オックスフォード・シェイクスピア研究叢書」の一冊として出版される。編者の一人ゲアリー・テイラーは、ウェルズとともに、やがてオックスフォード版『シェイクスピア全集』の編纂責任者に名を連ねることになる気鋭の書誌学者である。「ツァイトガイストが作動しているとしか思えない」というウェルズの言は、この論文集の序論の中にある。だがその一方で、作動する「時代精神」にどこまでも忠実に従うとすれば、『リア王』のテキストは二つで納まるはずがない。

演劇は本来舞台での上演を俟って初めて作品として成立する。そしてその上演なるものは作者を含めて舞台関係者による共同作業であってみれば、それこそ舞台は一期一会。不確定性、流動性はそもそも演劇の本質であるわけだ。となれば、上演がらみの『リア王』のテキストについて、これを、印刷された形で今日に残るQ1やF1だけに限ることはできない。いまここで「作者の死」の宣告を受け容れるなら、それはたちまち細胞分裂状の増殖を開始するだろう。極端な例を持ち出せば、一七世紀末にはネイハム・テイトの悪名高いハピー・エンディングの『リア王』が現れた。リア王はめでたく復位し、コーディーリアはエドガーと結ばれてこのカップルに王位が譲り渡され、リアは忠臣ケントと盲目のグロスターとともにしあわせな引退生活に入る。あるいはまた二〇世紀後半にはエドワード・ボンドの『リア』がある。文学座アトリエでの上演は一九八六年の夏だった。翻訳・演出は鵜山仁。四トンの砂を床に敷きつめたという舞台に、『リア王』よりはむしろシェイクスピアの歴史劇を思わせる残酷な権力闘争劇が汗みどろにくり広げられた。映画だってある。コージェンツェフ、ピーター・ブルック、そして黒澤明の『乱』、などなど、たえず変容しながら無限に続いていくテキストの行列。だが、いったんシェイクスピアの「戯曲全集」を編纂するという以上は、作者シェイクスピアを「死」から復活させて、シェイクスピアの『リア王』の「テキスト」を明確な形に固定させなくてはならない。それは編纂の当事者にとって、時代精神に流されているだけではすまない断固たる義務なのである。

二つの『リア王』への道を準備した『王国の分割』には十二篇の論文が収録されていたが、それらはすべて、F1の『悲劇』がQ1の『物語』の改訂であることの証明に捧げられていた。改訂者として想定されているのはもちろん「作者」シェイクスピア。わたしは先に「これだけ質的に一貫した相違(あるいはむしろ改訂)の背後に、シェイクスピアという一個の強烈な作家精神の発動を想定しないわけにはいかない」と記した。

だが、彼らの「改訂説」のその先まで推し進めて行けば、全集に収めるシェイクスピアの『リア王』はＦ１一本でこと足りるはずである。なぜならＦ１はＱ1の「改訂」なのだから。Ｑ1は「資料」としての意味はあるとしても、テキストとしては二次的な興味に過ぎない。全集に加えるにしては特殊である。だいいち『リア王』以上に複雑なテキスト問題を抱える『ハムレット』について、オックスフォード版『シェイクスピア全集』は一本だけの『ハムレット』ですませた。『ハムレット』はＱ1、Ｑ2、Ｆ1というそれぞれ成立を異にする三つの古版本を持っている。しかしウェルズとテイラーは、彼らの全集に、三つの『ハムレット』を収めることをしない。Ｆ１を『ハムレット』の正式の「テキスト」として立てて、Ｑ2に独自の部分は最後に「追加」としてひとまとめにした。(その中で最も重要なのは第四独白を含む五十八行であるがこの問題は節を改めて述べる。)

なのにどうして『リア王』だけが二つなのか。他の作品では、とウェルズは彼らの全集の序論の中で説明している、改訂は部分的である、「しかるに『リア王』では二つのテキストの相違はもっと根元的なものだ。……われわれは『リア王』には明確に相違する二つの戯曲があると信じざるをえない」。別冊として刊行された『テキスト便覧』には「改訂版Ｆ１はおそらく最初の創作(Ｑ1)からかなりの年数をへているであろう」という文言もみえる。しかしわたしにはこの基準はまるで曖昧というか、『ハムレット』のテキスト間の相違の方がより根元的のように思える。特に、かなりの年数をへた改訂などの理由づけはまるで独断的。

だがしかし、独断的にせよ、曖昧にせよ、オックスフォード版『シェイクスピア全集』の編纂責任者たちは、二〇世紀後半という変動の時代に際会して、まずもってそのツァイトガイストに寄り添うことを重大事に意識した。（彼らはわずか十年の短期決戦でこの仕事をなしとげた。オックスフォード大学出版局は二〇世紀に入って二度もシェイクスピア全集を企てて挫折していたのである。）テキストは流動する。唯一絶対の原稿など幻想に過ぎない――彼らはそのことを彼らの（そしてもちろんわれわれの）時代の中で身にしみて実感している。とすれば、翻って、いま彼らの全集にしたところで流動するテキストの一つの相を留めるに過ぎぬのではないか。そういう自覚がおそらく（勘ぐれば短期決戦の）彼らにはある。そしてその自覚は当然われわれにも共有されなければならないだろう。

オックスフォード版『シェイクスピア全集』を一つの画期とするのは、われひとともに、その自覚に係わっている。

三　シェイクスピアの四つ折本

というところで、二つの『リア王』論の出発点になった四つ折本についてやや詳しく立ち入ってみる。

「四つ折本」というのは印刷用語の quarto（ラテン語、Qと略記）の訳語である。これは quartus

(四分の一)の変化形で([in] quarto)、印刷用の全紙を二回折って四葉八ページにした書物のつくりを言う。シェイクスピア時代の全紙の大きさはほぼ一定していたから、四つ折本は縦二四センチ、横一八センチ前後の大きさになった。ついでに二つ折本(F [folio] < folium [=leaf])は一回折った二葉四ページの大型本。こちらは史書や地誌、大部の全集、楽譜の印刷等に重々しく用いられたが、四つ折本の方は文芸書、説教集、論争パンフレット等広く手頃に使われた。戯曲単行本はもちろん四つ折本である。通常百ページ前後になる。値段は一般に六ペンス。当時の大衆劇場の最低入場料が一ペニーとは解説書によく出る情報だが、すなわちこれの六倍に当たる。なお、当時の職人の給金が日給に換算しておよそ一シリング(=十二ペンス)とされるから、これに照らせば当時の値段の感覚が一応実感できるだろう。もう一つ、当時のペニー(複数ペンス)は、一ポンドを百ペンスに改めた十進法通貨改革(一九七一年二月一五日)以前の古い通貨単位(一ポンド=二十シリング=二百四十ペンス)。

シェイクスピアの戯曲も、一六二三年の第一・二つ折本戯曲全集(F1)刊行以前に、全集収録の全三十六篇のうちの約半数が、すでに四つ折本単行本で出版されていた。シェイクスピアの戯曲は売れ筋だったのだ。フォールスタッフの活躍する『ヘンリー四世・第一部』などF1までに六回版を重ねている。『リチャード三世』も六回。そこで四つ折本も、二つ折本戯曲全集の場合と同様、第一、第二……と番号がつく。Qと略記するときもF1と同じくQ1、Q2……。なおF1に収録されなかった『ペリクリーズ』は、一六〇九年にシェイクスピアを作者名に明記して四つ折本で刊行され、同年再版、一六三五年のQ6まで六回版を重ねたあと、F3の第二刷(一六六四)に収録された。現在シェイクスピアのいわゆる「正典」とされる戯曲は、この『ペリクリーズ』を加えて三十七篇である。ただし、近年ではあと二篇、一篇はシェイクスピアとジョン・フレッチャーを作者名に一六三四年に四つ折本で刊行された『血縁の二公子』、もう一篇は一五九六年刊の四つ折本(九九年再版)の『エドワード三世』(作者名なし)、これらを部分的な執筆にせよシェイクスピアの作品に認定しようとする動きが強くなってきている。なお(「なお」とか「ついでに」が多くて恐縮であるがこうした解説の文章ではやむをえない)シェイクスピアの詩作品も四つ折本または八つ折本で版を重ねて人気があった。ついでに戯曲にも一回だけ八つ折本の刊行がある。

なお、と、またまたうるさい但し書きになるが、先に全三十六篇のうちの約半数と言ったその「約」を訝る向きも多いであろう。せっかく本数を話題にしているのにどうして正確に言えないのか。しかしそこには、やがて『リア王』の四つ折本にも係わってくるはずの厄介な問題が介在していた。

一五九四年に四つ折本『じゃじゃ馬馴らし』が出版された。二年後に再版、一六〇七年に三版。作者名はない。一六二三年の第一・二つ折本戯曲全集にももちろんシェイクスピアの『じゃじゃ馬馴らし』が収録されているが、この二つの『じゃじゃ馬馴らし』の関係が論議の的になってきた。原題は翻訳では違いの出しようがないが、四つ折本の方は *The Taming of a Shrew* で、二つ折本の方は *The Taming of the Shrew*。「じゃじゃ馬」(Shrew)の前の冠詞が一方が不定冠詞、他方が定冠詞。内容も違うといえばかなり違う。まず登場人物名が、じゃじゃ馬のケイトを除いて全部違う。場所もパデュアではなく「不定冠詞」の方はアテネ。ケイトの妹も一人増えて三人姉妹。それに応じてプロットにも違いが出てくる。特に、解説などで重大な相違点とされているのが劇中劇の枠組みの問題だ。シェイクスピアだと、序幕で居酒屋のおかみから叩き出された酔っ払いの鋳掛屋が道ばたで寝込んでいると、狩りから帰った領主がこれを見つけて屋敷に運び込み、領主と思い込ませてその前で「じゃじゃ馬馴らし」の芝居を上演させる。そういう劇中劇仕立ての趣向になっているが、その後鋳掛屋は一回だけ滑稽な感想をもらすだけで早々に舞台から消えてしまい、劇中劇の終りが劇全体の終り、枠組みの方は尻切れとんぼのまま閉じられることがない。だが閉じられないままの方が、虚構と現実との境界の消失というか、虚構と現実間の往復の永久運動というか、この方がシェイクスピアらしいと言えばいかにもシェイクスピアらしい(この問題については拙訳『じゃじゃ馬馴らし』〔岩波文庫、二〇〇八〕「補注」「解説」で詳しく論じたので参照していただけるとありがたい)。

一方「不定冠詞」の『じゃじゃ馬』では、元の姿に戻された鋳掛屋が領主の従者二人に運ばれて元の道ばたに置き去りにされる。夜が明ける。居酒屋の給仕が出てきて鋳掛屋を起こす。おれはすばらしい夢を見ていた、もう女房に怒られたって平気だ、じゃじゃ馬の馴らし方を教わったから、という落ちがつく。晩年の千田是也の演出、俳優座の『じゃじゃ馬ならし』(一九八八年一一月、東京グローブ座)で、「不定冠詞」のこの最後の場面があらたに訳されて台本に組み入れられたのは、いかにも千田演出らしいこだわりだった。さてそれでは「不定冠詞」と「定冠詞」はどういう関係なのか。一般に定説とされてきたのは、シェイクスピアが先行の「不定冠詞」の『じゃじゃ馬』を「定冠詞」の『じゃじゃ馬』に改作した、つまり「不定冠詞」は「定冠詞」の材源であるというものであった。それが、一九二〇年代の末、その順序を逆転させた新説が現れた。「不定冠詞」は「定冠詞」の崩れた形の「異本」である、つまり材源ではなく派生。となると四つ折本『じゃじゃ馬馴らし』も、崩れた異本とはいえシェイクスピアの作品になるわけで、既刊四つ折本の数は一本多くなる。この異本説を認めるなら全三十六篇中十九篇が既刊、認めなければ既刊はちょうど半数の十八篇。中を取って、「不定冠詞」と「定冠詞」の両方を今では湮滅して伝わらない作品からの派生とする兄弟説も現れた。それにしても何でこれほどけたたましい異本説なのか。

二〇世紀に入った頃から書誌学の分野に新しい科学的分析の方法が導入され、その最初の成果の一つとなったのが一九〇九年のA・W・ポラード『シェイクスピアの二つ折本と四つ折本』だった。ポラードは新書誌学を率いた最も重要な研究者の一人、それまで曖昧のうちに放置されてきた観のあるシェイクスピアの四つ折本を、素性の正しいgood quartoと、作者の意図が著しく歪められたbad quartoに明確に分類してみせた。(「善本」「悪本」等の訳語が用いられてきたが本稿では以下「優良四つ折本」と「不良四つ折本」とする。) 不良四つ折本が生れたのは疎漏不完全な印刷所原本による海賊出版のためである。これに分類されるのは一五九七年刊『ロミオとジュリエット』、一六〇〇年刊『ヘンリー五世』、一六〇二年刊『ウィンザーの陽気な女房たち』、一六〇三年刊『ハムレット』。この分類が契機となって印刷所原本への興味がにわかに高まった。まず海賊出版の原本はどのようにして作製されたのか。たとえば速記術による観客席での盗み書き。この速記説は現在では支持者はほとんどいないが、代わって一般化したのが上演関係者の記憶による台本再構成説。これをベースにいよいよ精緻な研究が版本ごとに推し進められ、『「ハムレット」の「不良」四つ折本』(一九四二)のようなすぐれた成果が生れるが、これは次節での話題になる。印刷所原本の分析の進展に伴い不良四つ折本の範囲も次第に広がった。従来は材源とされていた戯曲も不良な異本と見なされるようになった。その一つが一五九四年の四つ折本『じゃじゃ馬馴らし』だったのだ。この新説の提唱者ピーター・アレグザンダーは、グローブ版全集に代わって二〇世紀後半に広く用いられたコリンズ版一冊本全集(一九五一)のすぐれた編纂者である。『リア王』の四つ折本も当然そうした精緻な書誌学的分析の対象になる。

一六〇八年刊の『リア王』四つ折本が『リア王』の「第一・四つ折本」(Q1と略記)である。このQ1の問題は第一節で取り上げた。出版者がまだら模様の牡牛を看板にしていたので「まだら牛四つ折本」の呼称もある。「第二・四つ折本」(Q2)は、扉の出版者名もQ1と同じ、出版年まで同じ一六〇八年になっているが、実際は別の出版者による一六一九年の出版だった。(このあたりの事情についてはまた後の節でふれる機会がある。) いずれにせよQ2は基本的にQ1の再版であるからテキスト編纂上の権威を持たない。重要なのはあくまでもQ1。

しかしこのQ1が、前にもふれたように不安定な乱れを多く抱えている。そこで研究者の中には「不良四つ折本」に分類する者が現れた。あるいは「疑わしい」四つ折本の名称も。それほどの「疑わしい」乱れはどうして生じたのか。これの解明が二〇世紀中葉の研究課題の一つに浮上する。たとえば速記説がむし返される。あるいは劇団が地方巡業中に必要に迫られて全員の記憶を寄せ合せて台本を再構成したとする説。またゴネリルとリーガンを演じた少年俳優(当時の女役は声変わり前の少年俳優によって演じられた)が印刷所原本の作製に関与したとする説。そうした精緻な分析がいよいよ精緻に入り乱れる中、八〇年代に入って『王国の分割』が出版され、その三年後に二つの『リア王』が別個の作品としてオックスフォード版全集に立てられたのだった。

しかし『リア王』のテキストをめぐる困難は『ハムレット』に比べればまだしも単純である。『ハムレット』の場合対象となる版本は二ではなく三。Q1は確実な不良四つ折本、Q2は優良四つ折本、その上さらにもう一つ、Q2とは系統の異なる印刷所原本によるテキストF1が存在する。

四　『ハムレット』の問題

『ハムレット』のQ1は一九世紀の中葉に発見された。今日ではもはやこうした劇的な発見はありえないだろう。

一八二三年、イングランドの地方の名家当主が扉に一六〇三年刊とある奇妙な『ハムレット』を見つけた。それはシェイクスピアの四つ折本十二冊(うち一冊は一六三四年刊『血縁の二公子』)を合本にした中の一冊だった。粗雑な製本で、『ハムレット』も最後のページが欠けていた。彼はこれをロンドンの書籍商と、百八十ポンド相当の書籍と交換した。書籍商は第六代デヴォンシャー公爵ウィリアム・キャヴェンディッシュに二百三十ポンドで売却した。デヴォンシャー公爵は演劇の監督権を持つ宮内大臣の要職にあり、古書蒐集家として聞こえていた。(現在はアメリカのハンティントン図書館蔵。) しかし最終ページは不明のままである。

その発見から三十三年後の一八五六年。今度はアイルランドのダブリン。トリニティ・カレジの大学生が古本屋に扉を欠いた『ハムレット』の古版本を持ち込んだ。古本屋はそれを一シリングで買った。それは『ハムレット』のQ1だった。古本屋は七十ポンドで売った。千四百倍である。当時錚々たるシェイクスピア学者J・O・ハリウェル(のちにハリウェル＝フィリップス)がこれを聞きつけ二倍以上の百五十ポンドで買い受けた。(現在は大英図書館に収められている。)こうして、アイルランド海を挾んで、形と影とが相求め合うように、『ハムレット』Q1が完全な姿を現した、稀覯本売買にまつわる値段の悲喜劇を伴って。

それまでの『ハムレット』は一六〇四年のQと一六二三年のF1である。両者の合成が編纂の基本だった。だが新発見の『ハムレット』はこれとは著しく異なっていた。総行数の二千二百二十行は(キャスリーン・O・アイレス編［一九九八］による)合成版のほぼ半分と言っていい。そのぶんエピソードの削除、長台詞とくに独白の短縮がある。場面の展開も急激で、いよいよ中段に入ると、ハムレットの恋文披露→第三独白→「修道院(尼寺)の場」→「魚屋の場」→旅役者の登場→第二独白(第二、第三独白が入れ替わっている)→劇中劇……と、筋は復讐に向けて一瀉千里、その他たとえばガートレッド(ガートルード)は殺人への関与を否定しハムレットの復讐への協力を誓う、試合の剣に毒薬を塗る提案も国王の方からなされる、等々。

この奇妙に荒々しい四つ折本に対するシェイクスピア学界の即座の反応は、これをシェイクスピアによる若書きの習作、あるいは『ハムレット』の第一稿と見なすことだった。やがて一八八〇年に当時著名な写真石版家ウィリアム・グリッグズによって『ハムレット』のQ1Q2の複製版が出版されたが、F・J・ファーニヴァルがこれに序言を寄せて「Q1はシェイクスピアのハムレット劇への最初の試みである」とした。ファーニヴァルは当時のシェイクスピア協会会長である。

ここで上演史への脱線を一つ。この出版が契機となって翌一八八一年四月一六日(土)の午後、ロンドンの小さな公会堂セントジョージズ・ホールでウィリアム・ポールによる『ハムレットQ1』の実験上演が行われた。ファーニヴァルは舞台挨拶に付き合っている。ポールはこれに勢いを得て「エリザベス朝舞台協会」を設立、「エリザベス朝に還れ」を合言葉に、商業主義、スペクタクル路線のシェイクスピア上演に前衛の叛旗を翻した。これがグランヴィル＝バーカーからオールド・ヴィックへと受け継がれて、やがて二〇世紀前半のシェイクスピア上演の主流となる。

先の日付はそういう意味からも上演史上重要な日付になるのである。

一方テキストの面では、ファーニヴァルの「最初の試み」説に逆転が起こった。だいたいがQ1の発見時にもQ1とQ2は同一の『ハムレット』の異本同士であるという少数意見があった。Q1の方は、内密に入手した不完全な印刷所原本に基づく杜撰な印刷であるというような。その説が二〇世紀に入って新書誌学の分析によって補強され、一九四一年G・I・ダシーの『「ハムレット」の「不良」四つ折本』で集大成された。地方巡業の弱小劇団が人気作『ハムレット』の上演を企て、俳優の記憶によって台本を再構成した。その俳優は衛兵のマーセラスと劇中劇のルシエイナスを演じたであろう(これはそれらの役及びその周辺の台詞がきわめて正確なところから出た推定である)。この台本による海賊出版がつまりQ1である、云々。その後ダシー説にも修正が加えられてきているし、また非合法上演とか海賊出版というのではなくシェイクスピアの劇団自体に脚本の短縮化、再構成の必要が生じたための上演用台本であるとの説も現れ、Q1をめぐっては依然として波乱含みの状況にあるが、いずれにせよQ1の存在は『ハムレット』という作品自体の不安定性を裏書きしている。有名なオリヴィエの映画(一九四八)をはじめQ1の場面展開に近接する舞台上演も多いのである。

Q2の方は、一六〇四年刊の版本が現在アメリカに三部、出版の日付が一六〇五年に変わっているのがイギリスに三部とポーランドに一部ある。日付の変化は出版の途中で年度が変わったための処置で内容自体に変化はない。扉に「真正かつ完全なる原本に基づき先行版のほぼ二倍近くに増補、あらたに印刷された」とあるが、「ほぼ二倍近く」という文言はただの宣伝ではなく実質的なものだった。この「優良四つ折本」のあとＦ１までにＱ３（一六一一）、Ｑ４（一六二二？）が出たが、いずれも先行版の再版なのでテキスト編纂の権威を持たない。それではＦ１はというと、これが『リア王』のＱ１とＦ１の関係によく似て、まずＱ２の約二百三十行が欠落していて、代りにＱ２にはない七十行強が加わっている。その他細部の表現、語句、句読点等Ｑ２との相違がおびただしい。

一八世紀以来の『ハムレット』のテキストは、『リア王』の場合と同じく、Ｆ１とＱ２の合成によって編纂されてきた。最初の編纂者ニコラス・ロウは、Ｆ１（正確にはＦ１を引き継ぐＦ４［一六八五］）に、Ｑ２固有の約六割近くを加えた。その後もＦ１＋Ｑ２の編纂が進行して四千行に近い厖大な『ハムレット』が誕生することになった。この場合合成の主体はあくまでもＦ１の方にあった。一般的に四つ折本は、Ｆ１に比べて重要度が劣るとの認識が支配的だったのである。二〇世紀初頭のポラードによる四つ折本の書誌学的研究が画期的だった所以である。

その二〇世紀に入って、ケンブリッジ大学出版局が第二次シェイクスピア全集を企てた。第一次全集がグローブ版として全世界を制覇しているさ中、あえて新書誌学の研究成果に基づく全集編纂に乗り出したケンブリッジはまことに敏なるものがある。編纂に当ったのはケンブリッジ大学英文学の重鎮アーサー・クウィラ＝クーチと新進気鋭の書誌学者ジョン・ドーヴァー・ウィルソン。意気軒昂の彼らは彼らの全集を「新シェイクスピア」と称した。一九二一年に第一巻『あらし』。その後クウィラ゠クーチが退きウィルソンの独力の編纂になる。これの一九三四年出版『ハムレット』が二〇世紀前半の新書誌学を代表する成果となった。

ウィルソンが「新シェイクスピア」編纂の重要な柱の一つに据えたのは、ポラードの言う「優良四つ折本」の重視である。特に『ハムレット』では、合成の主体をF1からQ2に転換させたことが成果に直結した。F1の印刷所原本は、ウィルソンの推論では、劇団に保管された上演台本の筆写である。上演台本ともなれば演出の都合による改変が当然ありうる。俳優による意識的あるいは無意識的改竄もありうる。筆耕が介入したとなればこれの誤りも起こりうる。これに対しQ2は、扉にも謳われているように「真正かつ完全なる原本」を底本としている。すなわち、Q2の方に当然読みの優先権が与えられなくてはならない。問題はQ2の印刷状況がきわめて劣悪なことだ。植字工の拙速は拙速として、扉で言う「原本」をシェイクスピアの自筆原稿に想定するなら、その原稿自体の読みにくさに起因する誤植もありうるだろう。

ウィルソンはその誤植問題の解決にシェイクスピアの筆蹟推定を援用した。『ハムレット』はもとより、シェイクスピアの原稿は湮滅して一切伝わらない。残されているのは六種類の署名だけ。ただ『サー・トマス・モア』という戯曲が原稿の形で現存していて、これの加筆三ページ分百四十八行がシェイクスピア自身によるものとの推定がしきりに行われていた。ウィルソンはこれを出発点にシェイクスピアの読み誤られやすい文字を想定した。たとえばu→a。この想定による最も有名な校訂の例が、第一幕第二場、第一独白第一行目の「汚れた肉体」の読みである。従来の読みはF1による「固い肉体」(solid flesh) だった。Q2にはsalliedとありこのままでは意味が不透明である。このaをウィルソンはuの読み誤りによる誤植としてsullied(汚れた)とした。ハムレットの肉体は汚れている、近親相姦の寝床に白い蛇《くちなわ》のようにするすると急ぐ母親の汚れた血によって——この、わずか一語の校訂が、第一独白を読み解く、さらにはハムレットという人間、『ハムレット』という作品を読み解く鍵となって、折から「不安の時代」の戦慄を呼んだ。ほかにもウィルソンの『ハムレット』はこうした創見の連続で、たちまち全世界のシェイクスピア学界を魅了した。舞台演出もこれに追随した。「新シェイクスピア」の全体が時代の寵児としてもてはやされた。(日本でも福田恆存訳が「新シェイクスピア」を底本としている。) だが独創的なだけに危険も大きい。二〇世紀も後半に入ると、ウィルソンへの批判が猛然と起こり、それはあたかもバブルの崩壊を思わせた。空の空なる哉。

たとえばsulliedの校訂であるが、ウィルソンはQ2の全体を未熟な植字工による拙速な作業とした。しかしその後の研究によって植字工は二人、その植字歴も明らかになってきた。となると、ここでのu→aの誤植の想定はあまりにも単純過ぎるというか、総じてウィルソンの書誌学的分析は、一見科学的にみえて、じつは思い込みによる文学臭が強すぎるところがある。第二次ケンブリッジ版「シェイクスピア全集」は四十五年の歳月をかけてようやく一九六六年に完結したが、最後の十年間は数人の新進書誌学者の協力を求めざるをえなくなった。たとえば『リア王』(一九六〇)には『「ハムレット」の「不良」四つ折本』のG・I・ダシーが協力している。完結の三年後ウィルソンは卒然と他界する。その一九六九年がバルトの「作者の死」の翌年であることをここで思い出しておいてもよい。

こうして七〇年代に入り、八〇年代を迎える。

一つの画期——

一九八四年、ケンブリッジ大学出版局は、作品ごとに編者を立てて、またあらたに第三次シェイクスピア全集を発足させた。『ハムレットQ1』も『ハムレット』とは別冊の形で刊行された(先に引いたキャスリーン・O・アイレス編)。オックスフォード大学出版局も、一九八六年の一冊本全集は全集として、一九八二年から同様の作品別オックスフォード・シェイクスピアの刊行を開始した。

さて、こうした趨勢の中、『ハムレット』のテキスト編纂では、Q2からF1への再転換の動きが顕著になってきた。二〇世紀前半の旗手ウィルソンは印刷所原本の「原稿」の絶対性を信じた。これに対し、二〇世紀後半の編纂理念は上演舞台の重視である。それは、上演によって舞台は変動するという認識に連なる。第三次ケンブリッジ・シェイクスピアに『ハムレットQ1』が加えられたのはそうした認識によるものだ。(『リア王Q1』も同様にこのシリーズに加えられている。)近年『ハムレットQ1』の上演がしばしばみられるのも、一九世紀末のポールの「歴史的実験」とはまた違って、上演台本としてのQ1への興味に基づいている。日本でも一九八三年五月、安西徹雄訳・演出による円の公演があった([旧]ステージ円)。

舞台の次元での変動ということを「作者」のレベルに引き上げて言うなら、シェイクスピアは上演のたびに改訂し続けた、つまりは死の時点まで決定稿を持たなかった舞台人ということになる。この基本的認識に立って、一九八六年のオックスフォード版全集はF1を『ハムレット』の正式の「テキスト」に立てて、Q2に固有の部分は「追加」としてひとまとめにした。シェイクスピアはいったん原稿(というよりこの場合は「草稿」)の形で『ハムレット』を書き上げ、これがQ2の印刷所原本になった、その後上演用に大幅な改訂を加えたが、筆耕によるその上演台本がF1の印刷所原本である——彼らの説明の骨子をかいつまめば以上のようになる。この編纂方針は作品別オックスフォード・シェイクスピア『ハムレット』(一九八七)の編纂者G・R・ヒバードのものでもあった。一方、第三次ケンブリッジ版『ハムレット』(一九八五)のフィリップ・エドワーズは、Q2の印刷所原本の原稿(草稿)にはシェイクスピアによる抹消の指示があったと推定する。それを植字工が無視して、あるいは見落として植字をした。ただしF1の印刷所原本となった上演台本の方も、エドワーズによれば、筆耕の介入によって必ずしもシェイクスピアの意図に忠実とは言えない。つまりシェイクスピアの意図したであろう『ハムレット』は、正確にはQ2とF1の中間にある、したがって自分はQ2に固有の部分は［　］で区別して印刷する、云々。いずれの場合も、「追加」として一括するにせよ［　］で区別するにせよ、Q2に固有の部分はもはや副次的な意味しか持ちえないだろう。

Q2固有の最長の個所はハムレットの第四独白を含む五十八行である。第四幕第四場、ローゼンクランツとギルデンスターンに伴われてイギリスに向かうハムレットはフォーティンブラスの軍勢と出会ったあと、その心情を切々と吐露する。これがF1にはない。Q1にもこれに相当する台詞はない。つまりここはQ2に固有の個所。(念のため、わたしはここの独白を第四とするが、独白の数え方により第五、あるいは第七とする研究者もいる。)

数あるハムレットの独白の中で第四独白はとりわけみごとな独白だと思う。「人間とはいったい何だ」(以下大場訳)で始まる思索と内省。その内省は、名前に「強い腕」の意味をもつフォーティンブラスとの対照を通して波打って進み、「ああこれから先は/思いは血に、ただただ血のひと筋に」の二行連句で決然と閉じられる。だが、それほどにみごとな独白ではあるが、いまこの段階でこれは必要な独白であるか。第三幕第四場のポローニアス刺殺を境に舞台はいよいよ激しい展開をみせる。シェイクスピアはここでいったんハムレットを舞台から退場させ、オフィーリアとレアティーズの芝居でその不在の間隙を埋めようとした。やがて登場するハムレットは「墓場のハムレットだ。とすれば、この第四独白は、むしろ舞台の展開の勢いを停滞させるのではないか。いやそれどころか、結果として、せっかくのハムレットの不在の神秘を舞台上の絵解きで説明してしまっているのではないか——

一六七六年に王政復古期の上演の実態を伝える四つ折本が刊行されている。一般に「役者の四つ折本」と呼ばれるが、書誌的には一六三七年のQ5を引き継ぐQ6である。これの第一ページに「この芝居は上演の都合には少々長すぎるので、戯曲の理解にほとんど支障がないと判断される個所は舞台で削除された」との断りがあって、削除の台詞八百行以上に印が付けられている。第四独白はそこでも削除の対象になっていた。その後も同種の版本で第四独白は削除され続け、一八世紀に入ると登場人物のフォーティンブラスまでもが消去される。第四独白が舞台で語られるのは、二〇世紀に入ってF1とQ2の合成による「完全版」上演が学問的に珍重されるようになってからのことだ。だがオリヴィエの映画を持ち出すまでもなく、最近来日のピーター・ブルックの『ハムレットの悲劇』(二〇〇一、世田谷パブリックシアター)でも、ペーター・シュタインの『ハムレット』(二〇〇二、新国立劇場)でも、F1への転換といった明確な意図によるものではないにせよ、ともかく第四独白はともに削られていた。やはり舞台的にどこか過剰なのである。Q2の印刷所原本のシェイクスピアの原稿(草稿)には、エドワーズの推測ではないが、おそらく第四独白に削除の印があったのではないか、いやその草稿自体本来破棄されるべきシェイクスピアの下書きだったのではないか。となるとこの先、同じ四つ折本でも、Q2よりはむしろQ1の方が上演台本としての独自性から重視されるようになるのかもしれない。

ともあれわたしは『ハムレット』の編纂・翻訳を進めながら、Q2に固有の個所をいちいち吟味してみて、F1の優先権をあらためて確認できたように思った。翻訳にはまず訳者自身によるテキストの編纂がなくては叶うまい。

五　第一・二つ折本全集

第一・二つ折本全集の出版は、シェイクスピアの没後七年目、一六二三年の一一月から一二月にかけてである。出版部数は諸説を勘案して一千部。値段はこれまた諸説を勘案して一ポンド(仔牛の革装の場合)。いずれも切りのいい数字を採ったが、一ポンドは四つ折本単行本の通例六ペンスの四十倍に当たる。売行きは当時にすれば順調だったようで、九年後の一六三二年に同じく二つ折本で再版が出た。いわゆる「第二・二つ折本」(F2)である。F2には約千七百個所のF1の改訂があり、うち八百以上は考慮に値いする改訂とされてきた。

その後ピューリタン革命があり、王政復古があり、演劇界も激動を余儀なくされたのち、一六六三年に第三・二つ折本(F3)が出版され、翌六四年に第二刷が出た。F2の改訂約九百五十個所、ただしF1や既刊の四つ折本を校合した校訂ではないから権威はない。なおこの第二刷に四つ折本既刊の七篇があらたに加えられたが、このうち『ペリクリーズ』だけがその後正典に認知された。第四・二つ折本(F4)は一六八五年、収録戯曲はF3第二刷と同様。約七百五十個所の改訂。このF4が次の世紀に入り、ニコラス・ロウの編纂による全六巻の戯曲全集(一七〇九)の底本となった。

第一・二つ折本全集は現在二百二十八冊の所在が確認されている(A・J・ウェスト『シェイクスピアの第一・二つ折本』第一巻、二〇〇一)。うち三分の一以上の八十二冊がアメリカのワシントン市のフォルジャー・シェイクスピア図書館に所蔵されている。この物量のもと、F1をめぐる新書誌学が第二次大戦後特にアメリカで発展をみた。ついでながらわが国の明星大学図書館が現在十二冊所蔵し世界第二位。

フォルジャー・シェイクスピア図書館はスタンダード石油の社長ヘンリー・クレイ・フォルジャーの遺贈によるものである。フォルジャーは生前シェイクスピアの古版本の蒐集家だった。夫妻に子供がなく、彼の死の二年後の一九三二年に彼の熱心な蒐集の全体が夫人からアメリカ合衆国政府に寄贈された。その後蒐集はシェイクスピア周辺の稀覯本等広範囲に及び、いまやこの図書館は全世界の研究者が集まるシェイクスピア研究のメッカとなったが、一九世紀末にフォルジャーが蒐集を始めた頃はシェイクスピアといえば第一・二つ折本の時代だったから、彼の情熱は特にこの貴重な版本に向けられた。F1のフォルジャー誕生の所以である。

第二次世界大戦後、アメリカの豊富な資料と発達した技術のもと、シェイクスピア書誌学の大勢はイギリスからアメリカに移った。版本の調査分析がいよいよ微細にわたり精緻を極めるようになり、「分析書誌学」の名称がこれに与えられた。アメリカ分析書誌学を率いた最も重要な一人がカンザス大学のチャールトン・ヒンマンである。ヒンマンは彼の研究の対象をフォルジャー所蔵のF1に見定めた。シェイクスピアの時代、印刷の活字はそのほとんどをヨーロッパ大陸からの輸入に頼っていた。当然高価であるから損傷した活字も廃棄されることなく反復して用いられる。つまり精密丹念な観察を施せば、ページの上で活字の同定が可能になる。ヒンマンが行ったのは同定された活字のF1上での出没調査だった。その他調査の項目は当然多種多様にわたった。「ヒンマン校合機」とみずから名づけた器機を用いて、彼はその調査をフォルジャー所蔵のF1すべてのページに及ぼした。十年以上ものこうした執念によって、第一・二つ折本全集の印刷行程についてじつに多くの重要な発見がもたらされた。

その成果をまとめたのが一千ページを超える大著『シェイクスピア二つ折本の印刷と校正』全二巻(一九六三)である。特に重要な点をここにかいつまむと、F1は印刷用紙を三枚重ねて二つ折六葉(十二ページ)にした「帖」を単位としている。これの植字は一ページ目から順に行われたのではない。まずいちばん内側の六ページ目、七ページ目が植字され、つづいてその裏の五、八ページ目、次に中の用紙の表(四、九ページ目)、裏(三、十ページ目)、最後に外側の表(二、十一ページ目)、裏(一、十二ページ目)へと進んで、一帖の植字が完了する。この工程であれば複数の植字工による効率的な作業が可能になるが、そのためにはあらかじめ正確な割付けが必要になってくる。割付けに誤差が出れば行間を詰める、あるいは空けるといった工夫で処理する。だがそれで処理しきれぬ場合はどうなるか。植字工は綴字やト書き等の操作に頼ろうとするだろう。ときには正確よりも体裁を優先させることもありうる。特に問題なのは韻文の散文化、逆に散文の韻文化も。

シェイクスピアの台詞の主体は一行十音節、弱強のリズムのいわゆるブランクヴァース(無韻詩)で書かれている。もちろん無韻ではなく有韻の詩行もあり、またブランクヴァースの定型が場面に応じて融通無碍に変化するところがシェイクスピアの「詩」の魅惑のみなもとだ。さらにその韻文に散文が混じり合う。（韻文と散文の割合は当然作品によって異なるが、シェイクスピアの戯曲全体で平均すればおよそ韻文七・五対散文二・五。作品全体が韻文仕立ての『リチャード二世』のような歴史劇が三篇ある一方で、全体の九割近くが散文の『ウィンザーの陽気な女房たち』のような喜劇もある。）さて、ブランクヴァースはその柔軟な詩型から容易に散文に転じうるし、また散文もリズムに勢いがつけばブランクヴァースに転じうる。その微妙な「あわい」に付け込んで植字工が印刷所原本を意図的に改竄することもないとは言えない。しかも二つ折本は大型本ではあるが二段組であるから、一段組の四つ折本と比べて欄の横幅が三分の二と狭くなっている。ブランクヴァースの一行を印刷の一行に納めるのが無理な場合も多いのである。植字工の理解力、誠実度、作業の習熟度が問題にならざるをえない。

ヒンマンは植字工の数を五とした。それまでは二人の植字工による作業というのが一般的な理解だった。その五人の植字工の綴字や句読法の癖、担当の個所等もヒンマンは明確化した。五人のうちBが全体の半分近くを植字した、Eは見習工で仕事が進むにつれ技術も徐々に向上した、等々。しかし分析書誌学の研究は日進月歩というか、ヒンマンは一九七七年に亡じたが、その後たとえば植字工の数ひとつとっても、現在では八人から九人とされ、それぞれの植字工によるF1のページごとの作業分担表もつくられている。それにしても、見ようによっては些末主義の悪しき見本のようなこうした分析は、シェイクスピアのテキスト編纂にどのように係わるのか。

たとえば『マクベス』の場合。

『マクベス』はQを持たない。つまり複数の本文を持つ『ハムレット』や『リア王』と違って、本文の権威はF1に限られる。編纂はその分単線的であるが、それだけに比較を持たない不安が付きまとう。シェイクスピアの戯曲は、このように、その一篇一篇について、テキスト編纂上個別別種の困難を抱えているのである。『マクベス』は特にブランクヴァースの定型がうねるように変化して、舞台はあたかも時々刻々と変容する大海原のごとくである。第二幕第二場、ダンカン殺しの直後のマクベス夫妻の対話など、シェイクスピアの詩の極致と言っていい。しかしこの「極致」は、F1では悲劇の部一三六ページ右欄に当たり、そこはたまたま組みに余裕のある個所だった。そこを担当した植字工Aは、最近の植字工分析では、ブランクヴァースの詩行を不規則に変えてしまう「憂慮すべき植字癖」の持ち主だった。となると、変容する詩の大海原をテキストの形に定着させるためには、シェイクスピアの表現への洞察力に加えて、F1への書誌学的に十全な知識が不可欠になる。翻訳にもそれは当然当てはまる。

ヒンマンの重要な業績をもう一つ挙げる。一九六八年、ニューヨーク・ノートン社発行、チャールトン・ヒンマン編『シェイクスピア二つ折本全集複製版』。出版社の名を取って一般に「ノートン・ファクシミリ」と呼ばれる。先に紹介した全二巻の大著が後進からデータの修正を迫られている現状と比べて、これは少なくとも当分の間他の追随を許すことはありえないだろう。

シェイクスピア時代の印刷は木製の印刷機による手刷りである。当然一枚一枚刷り上りに差が出てくる。こうした実態に加えて、当時の校正がまた現代の常識とはまるで違っていた。印刷中にも校正が行われる。途中で誤植その他不都合が見付かると、いったん印刷を止めてこれを訂正した。紙は貴重品であったから訂正前のものも、ときには修正の跡の残るものも、破棄されることなく製本に回された。（『ハムレット』Q２の扉の日付に一六〇四年と一六〇五年の二通りあるのはこのため。印刷の途中で年度が変わったことによる訂正である。）となると、たとえばF１の一千部はその仕上がりにおいて一冊として同じものはない。これは現代の書物の均一性からは思いも及ばぬことである。ヒンマンはフォルジャー所蔵のF１を「ヒンマン校合機」で綿密に調査分析したその実績を利して、全体の中から特に優良な版を三十冊選び出した。さらにその三十冊について、九百ページ余りの各ページをいちいち丹念に比較検討して、それぞれ最良の状態のページを採って、究極の一冊を複製本に仕立て上げることに成功した。一六二三年のF１の編纂者、出版者が意図しながら当時の出版印刷事情から結局実現できなかった理想の版本、それに可能な限り最も近い一冊である。「究極の」はその意味だ。出版とともに「ノートン・ファクシミリ」の声価にたちまち定まった。たとえばシェイクスピアの戯曲では、幕・場の表示はともかく、行数の表示が版ごとに相違して一定しない。かつてはグローブ版の表示が常識だったがその常識が崩れて久しい。そうした現状の中で、近年はノートン版に付せられた各戯曲ごとの通し行数TLN (through line number) が学界で受け容れられるようになった。権威化の一つの証左である。一九九六年再版。初版にはヒンマンによる懇切な序論が二つ折の大判十九ページにわたっていたが、それが再版で後進によって全面的に書き改められたのは、日進月歩の学界にあってはやむをえぬ次第だった。

以上、第一・二つ折本全集について、一九六〇年代のチャールトン・ヒンマンの業績を中心に、特にテキスト編纂に係わるあたりを手短かに紹介した。しかし聖書に次ぐこの「本の中の本」について、興味ある話題はあまりにも多く、広い。出版に至る経緯を初め、編纂者、印刷者の話だけでも、小説的な一冊を試みたい誘惑にかられる。ここではあと一つだけ、『リア王』Q2とからめて約束の落穂拾いをしておくと(第三節六一ページ)、シェイクスピアの死から三年をへた一六一九年、トマス・ペイヴィアという出版業者が、印刷業者のウィリアム・ジャガードと組んで、シェイクスピア作品集と称して十篇の戯曲を四つ折本で出版した。しかしその内容はというと、先行の不良四つ折本の再版があり、シェイクスピアの作品とは認知されていないいわゆる「外典」があり、しかも出版権を持つものは一篇だけという無責任なものだった。当然出版権所有者の一人から厳しい申し立てがあり、ペイヴィアはこれへの対応に迫られた。その十篇の中に『リア王』Q1の再版(つまりQ2)が含まれていた。ペイヴィアはこの『リア王』Q2の扉にQ1と同じ出版年、出版者名を麗々しく印刷して販売した。これまた現代ではとうてい考えられぬ話である。このペイヴィアの試みが、シェイクスピアの劇団による「正規の」全集(F1)出版への一つの呼び水になった。(ペイヴィアの四つ折本作品集を「偽りの二つ折本」と呼ぶのはこのためである。)シェイクスピアと言えば必ず出てくる例の肖像は、F1の扉に大きく印刷された銅版画。その上にわざわざ「真正なる原本に基づく出版」の宣伝用の一行がみえる。「尊敬すべき友人であり同僚であったわれらのシェイクスピアの思い出を永遠のものにするため」という有名な文言は、劇団の有力座員二人が名を連ねたパトロンへの献辞の中にある。

面白いのは、ペイヴィアの「偽りの二つ折本」を印刷したウィリアム・ジャガードの息子アイザックがF1の印刷者になっていることだ。まだ二十代の若さだったが父親のウィリアムはすでに視力を失っていたし、印刷所を切り盛りしていたのは息子の方だった。ペイヴィアの危険な企画に印刷者としての参加をうながしたのは、若いアイザックの冒険心だったのかもしれない。F1の出版にまつわる物語はこうしてほんのとば口を垣間みただけで小説的興趣が尽きない。どうも落穂拾いが興味本位の脇道に迷い込んでしまった。

シェイクスピアのテキスト編纂の本道に戻らなければならない。

六　展望――シェイクスピアの翻訳

F1に初出の作品は、先に『マクベス』を例に簡単な説明を試みたように、Qを持たないぶん編纂の手続きは単線的になる。ただし、同じF1でも、それぞれの戯曲の印刷所原本の性質がじつは同一なのではない。とりあえずその原本を作者の原稿と上演台本に大きく二分してみて、さて原稿と言っても草稿から清書原稿、さらに筆耕の介入と、さまざまな段階がありうる。上演台本の場合も、筆耕の介入は当然として、舞台監督による台本整備(ト書き等)の問題が加わる。『マクベス』で言えば、印刷所原本は明らかに上演台本であるが、宮廷上演用の短縮台本の可能性が示唆されてきたし、また具体的に第三幕第五場などに他の劇作家の筆の介入が疑われている。というふうに、単線的といってもそれぞれの出発点がそれぞれ異なってくる。同じF1でも、一つの作品への対処法が他の作品にも通用することはありえない。

一方、先行にQを持つ作品ではQとF1との関係がまず問題になる。既刊のQがF1の印刷所原本に用いられたと考えられる作品(たとえば『から騒ぎ』)では編纂は単線的であるが、多くの作品では両者の関係は複雑に入り組み、『ハムレット』や『リア王』のような困難へと進展する。現在出版されているシェイクスピアのテキストは、単行本であれ、全集(あるいは作品集)であれ、それらの問題の一つ一つを、それぞれの編纂者がそれぞれの責任においてすべて解決した上での、編纂者による独自の「作品」なのである。

こうしたテキスト編纂の状況にあって、今後日本のシェイクスピアの翻訳、上演はいかにあるべきか。

まず翻訳の底本の問題から。率直に言って、逍遙以来日本のシェイクスピア翻訳は、底本についてあまりに無頓着、無防備でありすぎた。底本をグローブ版とかウィルソンの新ケンブリッジ版とかにひとまず定めて翻訳をするが、その底本が明らかにされることさえほとんどなかった。ここ五十年ほどは、第二次アーデン版という、作品ごとに編纂者を立てた定評あるシリーズが底本に選ばれる場合が多い。わたし自身、四十年以上も前、その一冊を底本に一篇訳している(共訳)。だがそうした無防備な楽天は現状ではもはや通用しない。いまも無防備と言ったのはロイヤルティの問題とも関連する。シェイクスピアのテキストは編纂者による明確な「作品」なのである。たとえばチェーホフをマイケル・フレインの英訳を介して翻訳、上演する場合、フレインの権利は当然保障されている。それと同様に、いやそれ以上に、シェイクスピアの編纂者の権利は保障されなければならなくなるだろう。特に八〇年代を画期としてシェイクスピアのテキスト編纂はいよいよ困難な問題を抱え込んできている。

これまでの翻訳者にも、もちろん楽天は楽天なりに、編纂の問題に係わっているという自負はあった。四十年以上前のわたしの場合、第二次アーデン版を底本とした上で、その時点で参照できるほとんどの版を手許に取り揃え、注釈ということだけでなく、それぞれの版の読みの異同にも十分に目を配って、自分なりの「改訂」を局所的に試みたつもりであった。近年のシェイクスピアの翻訳の後書き等にみられる「Aを主に、B、C、D、Eなどを参照した」といった断りは、かつてのわたしの方式を明文化したものである。しかし冷静に考えてみるとこれは底本の編纂者に対しまことに失礼な態度と言わなくてはならない。先のチェーホフの例で言えば、底本にマイケル・フレインの英訳を用いながら所によってはクリストファー・ハンプトンの英訳を採るというに等しい。第二次アーデン版を底本として選んだのなら(その選択の妥当性はともかくとして)選んだ版で翻訳を通すのが筋というものであろう。

しかも最近のテキスト編纂の現状からすれば、翻訳者はとうてい一人の編纂者にテキストの問題のすべてをゆだねるわけにはいかない。シェイクスピアの翻訳は、翻訳者みずからの責任によるテキストの編纂をおのずと含み込む。これが、この連載で明確にしておきたかったまず第一。そして第二に、これはわたし自身の気構えとしてあえて書くのだが、その翻訳には、編纂で除外されたテキストの情報も注釈の形で可能な限り併記されることが望ましい。『リア王』の場合で言えば、「リアの影法師」は当然F1に従って訳すとして、Q1のテキストの訳も、あくまでも参考の意味で注記に留める。あるいは『ハムレット』の場合で言えば、F1に従って第四独白を削除するのであれば、その削除したQ2の第四独白の訳も同様に注記に留める。その他読みの異同をすべて注記するのは量的にとうてい不可能だとしても、重要と判断される個所は最小限ぜひとも説明を注記に留めたい。それは、その翻訳を基に演出者が上演台本をつくる場合を考えてのことである。

もちろん対象は演出者や俳優だけに限らない。シェイクスピアの戯曲を「読む」読者にも、それだけの解釈の幅が与えられるべきだとわたしは考える。

ついでに、そのようにして成ったシェイクスピアの翻訳は、当然シェイクスピア学四百年の伝統を誠実に背負っているはずである。二〇世紀後半以降のシェイクスピア批評は、特に近年の日本では、それまでの文学的(研究室的)批評への反動として、算を乱して、舞台の演出効果に感動的な過大評価を与えたがる傾向がみられるが、それでは立場が逆である。上演の舞台で基本となるのは、あくまでも、誠実に、真摯に編纂されたテキストであり、日本の場合で言えば注記を最小限万全に備えた翻訳である。その翻訳から上演台本が舞台のためにつくられる。演出者が翻訳者に翻訳を依頼する場合も含めて。翻訳者にはそれだけの覚悟が求められなくてはならない。

（『悲劇喜劇』二〇〇三年八月―一一月号連載に加筆）

翻訳雑記

一　When shall we three meet again?（『マクベス』一・一・一）

今月からの四回の連載に標記の題を掲げたが（注、『英語青年』連載時には「シェイクスピアの翻訳」の題であった）、これは翻訳論などではない。比較文学・文化、言語学、意味論、記号論、それに情報工学等々の多方面で翻訳が重要なテーマになっていることは承知しているが、そういう分野に踏み込むのはわたしの任ではない。翻訳機械の実験などに至ってはまるで手の届かぬ 'brave new world' だ。また、それこそ二葉亭の「一字一句と雖も」（「余が飜訳の標準」）以来の直訳対意訳、これではあまりにむき出しだというのなら吉川幸次郎・大山定一の名著『洛中書問』にならって scientia 対 ars と言い直してもよいが、両碩学には失礼ながら、そうした対立にはわたしはまったく興味がない。万の心を持ったシェイクスピアの台詞に迫るためには、直訳が切実な場合もあるだろうし意訳が適当な場合もある。わたしにとっての翻訳論はつまりは翻訳技術論であって、対象は標題どおりあくまでもシェイクスピア。そのシェイクスピアの翻訳をいざ始めてみると具体的な問題が次々と湧いて出てくる。そういう問題を、体系化などに一切配慮することなしに、際会した問題のその都度の台詞を具体例にして話題を広げていく、そういう連載である。言ってみればきわめて私的な翻訳ノートだが、明治以来の翻訳史に当然係わってくることもあるだろう。というところでたとえば『マクベス』開幕劈頭の台詞をどう訳すか。

木下順二訳（改訳全八巻、講談社一九八八—八九）でもこの台詞の訳が「改訳本全体の序論」の形で問題にされているが、まずこの第一幕第一場で解決しておかなくてはならぬのは底本となる第一・二つ折本（F1）の乱れである。具体的には一一行目（以下F1の行数表示はNorton TLN）の ‘*All. Padock* calls anon: faire is foule, and foule is faire,’ ——この一行をケイペル（Edward Capell）のようにこのままで読むのも依然として一つの見識でありうるだろうが、やはりこの場全体の詩型からみて、scribal transcription による誤りを想定した上での校訂が無理のないところだろう。ポープ（Alexander Pope）は ‘2 *Witch.* Padocke calls — anon!’ / として以下を ‘*All*. . . . ’ と続けたがジョーゼフ・ハンター（Joseph Hunter）の推定を採ったシンガー（Samuel Weller Singer）第二版（一八五六）の ‘2 *Witch.* Padocke calls. / 3 *Witch.* Anon! / *All* . . . . ’ が現在まで広く編纂の同意を得てきている。ただし lineation の問題は残る。わたしは一一行目の ‘1. I come, *Gray-Malkin.*’ から ‘. . . anon:’ までを iambic pentameter の渡りの一行として読む。それまでの trochaic tetrameter のリズムをここでいったん断ち切って、blank verse でひと休みして貯めこんだエネルギーを次の場末の couplet に向けて一気に解き放ったというのがわたしの解釈である。新ペンギン版のG・K・ハンター(Hunter)も同じ lineation であるが注がないのでわたしと同じ理由かどうかはわからない。テキストではもう一個所三行目行末の？の扱い。これは要らざる介入というか、政治家上りのサー・トマス・ハンマー(Sir Thomas Hanmer)がいかにも小むずかしい二流編纂者らしく？を取り、おまけに四行目の‘or’まで‘and’に変えた(一七四四)。チャールズ・ジェネンズ(Charles Jennens)がこれを受けて‘The question is not which of the three they should meet in, but when they should meet for their incantations.’としたり顔で解説している。その後さすがに‘and’は‘or’に回復されたが、？の削除はJ・D・ウィルソン(John Dover Wilson)の第二次ケンブリッジ版(一九四七)まで二世紀もの主流になった。この流れを‘superfluous’の一語で断ち切った第二次アーデン版(一九五一)のケネス・ミュア(Kenneth Muir)に快哉の評を呈したい。逍遥の「いつ又三人が一しょにならう、鳴る時か、光る時か、降る時かに?」(新修版)の、奥歯にものの挾まったような歯切れの悪い訳は一九三四年の時点のテキストの状況ではやむをえなかった。

　ということで一応第一幕第一場のテキストの問題は切り上げて、後はたとえば一行目(以下テキスト、行数表示とも大場版)の‘shall’にどこまで speaker’s volition を認めるか(*OED*, 8b(a) 参照)、それに一〇行目の‘Hover’――これはこの語本来の意味からも「飛ぶ」は避けるべきだと思う。日本の舞台で魔女たちがサーカスの空中ブランコのように飛び交うのを観て、ああ原文では hover

なのにといつも思ったものだ。訳語で最大の問題はやはり九行目の'fair'と'foul'である。わたしは「きれい」と「きたない」とした。頭韻を意識したわけではなくたまたまそうなっただけ。脚韻の方も、たとえば六—七行目のheathとMacbethは第一幕第二場のMacbeth—deathへの展開を予示していて、訳者はだれしもなんとかと歯ぎしりするところだがここではやむをえない（脚韻の訳の問題は後ほど一節を立てる）。引くべきところはあっさり引くのがtraditoreのtraditoreたる所以だが、第一幕第一場で絶対に引けぬのは訳のリズムの問題だ。これまで挙げてきた問題はいずれも大事の前の小事というか、ここの出の訳のリズムが翻訳『マクベス』の死命を制することになるだろう。

第一幕第一場全十行のうちblank verseの渡りの八行目を除く九行はrhymed trochaic tetrameterである。（ただし二行目はiambicの出、また五行目の'ere the'は[ɛəð]、七行目は'meet'と'with'の間に期待の一拍を置く。）この詩形はシェイクスピアでは稀で魔女や超自然の人物に用いられているというアボット（E. A. Abbott）の*A Shakespearian Grammar*の指摘は現在でも貴重である。しかし『マクベス』の場合、「雷鳴と稲妻」とともに現れる魔女たちの台詞には、エアリエルやパックとは異なる地鳴りのような響きがある。第一声の'When'には『ハムレット』の'Who's there?'以上に全篇のテーマが凝縮されている。これをどういう訳のリズムに乗せるか。

逍遙訳は先に引いたが、一九三八年、「無色的翻訳」を『飜訳論』（岩波書店）で開陳した野上豊一郎が、同じ年同じ書店の文庫の一冊に『マクベス』を上梓して、「いつごろ今度はまた出逢はう。／かみなり、いなづま、雨の中。／どさくさごつこが片づいて、／いくさの勝負のついた時。」と、モノクロームどころかそれこそ「汚ない安つぽい絵の具」の七五調を魔女の台詞に塗りたくっているのがいかにもおかしい。「夕焼小焼で日が暮れて」は大正一二(一九二三)年だからもう十五年も前。七五調は大正期の童謡運動高揚の中でさんざんいじくり回されて、童謡の連想の手垢まみれで地鳴りの響きを立ち上げるエネルギーなどとうてい無理な話だった。日本語に流れる七・五のリズムの文学的郷愁は郷愁として意識しながら、それに溺れようとする寸前にきっぱり引き揚げる強靭な精神がここには必要なところだと思う。木下訳、永川玲二訳の驥尾に付してわたしは「いつまた三人で会うのかのう、／かみなり、稲妻、雨の中かのう。／今度のどさくさが収まったときだわさ、／戦さが負けて勝ったときだわさ。」と試訳したが、七五調の誘惑が出たついでに、シェイクスピアの数ある歌の中でも特に訳に疑問の多いオフィーリア狂乱の歌に早速話題を広げる。

それは第四幕第五場のバラッド形式の二曲、一つは巡礼に出たまま帰らぬ恋人を待ちわびる娘が、巡礼から帰った連れにその消息を訊ねると恋人は異郷の地で葬られたと知らされるとぎれとぎれの六連、もう一つはヴァレンタインの祭日の朝結ばれた男女の交わすひと続きにまとまった四連、いずれも正確な原型は見出されていないが、当時流行のバラッドの内容をオフィーリアの境遇と響き合うよう多少の変更を加えたものだろう。特に巡礼との問答歌は common meter のリズムが狂乱に合わせて後半崩れていくあたりが哀れである。これの前半の三連の訳が独立した抒情詩として、明治二二(一八八九)年八月『國民之友』夏期付録の訳詩集「於母影」に収録された。

「於母影」の中の英詩というとバイロンの「マンフレッド一節」の十十調の「句訳」が名高いが、「オフェリアの歌」も「いずれを君が恋人と／わきて知るべきすべやある／貝の冠とつく杖と／はける靴とぞしるしなる」と、七五調に交互韻を配したみごとな訳筆で、藤村は「友だち仲間でこの歌を愛誦しないものはない」と当時の若者たちの興奮を『春』の中に書き挟んだ。一方逍遙の『ハムレット』は明治四二(一九〇九)年の出版(早稲田大学出版部)まで変遷があり、その後も改訳が重ねられたが、試みに新修版で巡礼との問答歌第三連の訳を見てみると「雪と見るよな蠟かたびらよ、／花でつゝまれ、涙の雨に／濡れてお墓へしょぼしょぼと。」と、さすが歌舞伎に淫するほどに親しんだ人の七七調、わざと一行欠かせて最後を七五で端唄《はうた》ふうに切り上げたのがみごとだ。だが鷗外にせよ(「オフェリアの歌」の訳者が鷗外だとして)、逍遙にせよ、七・五の情緒に流されて、肝心の物語の立ち上がりの足元がいまひとつおぼつかない。問いと答えの区別が曖昧なのである。それに葬られた場所の遠い異郷の感覚。

一九六〇年代に入ると日本の流行歌の歌詞のつくりが大きく様変わりした。七・五や五・七のリズムからさわやかに吹っ切れたバラード調というか。オフィーリアの歌の歌詞も、もっと以前から、「カチューシャの唄」の影響など振り切って、曖昧な「情緒」ではなく正確な「意味」に向けて改められるべきだった。その方が俳優も演じ(歌い)やすいはずである。なのに、近年の新訳でも総じて意味不透明の五七調もどき。そこでわたしの試訳は、「あなたのいとしい恋人は／どういう姿なのですか、娘さん？／巡礼なのよあの人は、だからね、／貝殻をつけた帽子と杖、それに巡礼の靴でわかるわ。」（これぐらいの歌詞を現代の作曲がこなせないはずはない。）
特に第三連の後半 'Which bewept to the grave did not go / With true love showers.' の二行（三八—三九行目）——このうち三八行目の 'not' をポープがいかにもポープらしく傲然と削除して、その傷は第一ケンブリッジ版（グローブ版）にまで及んでいったが、それにしても逍遙の「涙の雨に／濡れてお墓へしょぼしょぼと」は確かにイメージはみごとだが意味はというと判然としない。「於母影」の方も同様で、「柩をおほうきぬの色は／高ねの雪と見まがひぬ／涙やどせる花の環は／ぬれたるまゝに葬りぬ」と原文からまるで離れてしまい（テキストは独訳だったのか？）、藤村は「高ねの雪」を「高ねの花」と誤って引用したほど。'not' が回復された現在でもかならずしも意味の回復は万全とは言えない。「墓にしょぼ降る涙雨」ふうの情緒が先行しがちである。これは答える側の歌詞なのだから、その方向がまず明確でなければならないと思う。試訳、「峰の雪のような白い布にくるまれて／花いっぱいの中に眠っていたけれど、／お墓までの道を泣いてくれる人はいなかった、／いとしい恋人の涙がさぞほしかったろうに」。七五調の字数で訳語を惜しむよりは、意味に向けて開いた説明をバラッドのメロディに託した方が歌詞の荷が軽くなる。ついでにもう一つ、オフィーリアが再登場してからの花配りの場、一八六—八八行目も答える側の歌詞である。とくに一八七行目の 'Go to thy death-bed,' は、せっかく逍遙が「おのが命の際まで待とゝ」と、七七調ながら正確に訳しているのに、命令法をそのまま「おまえも死になさい」の訳の方向ではオフィーリアにあまりに乱暴だろう。「いっそわたしも死んでしまおう」はひと昔前の日本の流行歌のセンチメントというか、だいいち答える側と訊ねる側とを取り違えている。試訳、「ええ、帰ってきませんとも、死んだのだから、／死ぬまで待っていたって、娘さん、／もうけっして帰ってきませんよ」。七・五や五・七がシェイクスピアの歌の訳からすべて排除されるべきだというのではない。定型のリズムがぴったりとふさわしい歌もある。だがその場合でも、リズムにまつわる陳腐の連想を滑稽に転落させないための緊張が訳筆に必要だと思う。逆に場を締めくくるcoupletなどの訳で、滑稽を狙ってわざと七・五を採用することもありうるだろうが、それはまた項を改めて述べる。ましてblank verseの本体を七・五の定型で訳す無謀は、すでに明治の詩歌の先がけ『新體詩鈔』(『新体詩抄』、一八八二)での『ハムレット』第三独白の競訳に明らかだったはずで、福田恆存が「各行を、たとへば七・五・七・五の二十四音節づつの定型にする……」と書いたのは、おそらくゝ山(外山正一)、尚今(矢田部良吉)の両ディレッタントによるその競訳を思い浮べてのことだったろう。

二　O, vengeance! / For Hecuba!　(『ハムレット』二・二・五五二／五二六)

いまの引用は、福田が彼の「全集」訳(新潮社)を始めた際の「月報」からのものだが、この後を続けると、自分の訳はそういう定型によらない「散文訳」なのだから、「改行なしの書流しになつてをります。……西洋の定型詩を日本の定型詩である七五調で訳したからと言つて、あるいはさう訳したはうが、原文の趣きをよく伝へうるとは限らない。むしろ逆の場合の方が多いのです。それなら、詩であるシェイクスピアのせりふをどう訳したなら、その律動感を伝えうるか……」。

ここまで言ってのける福田は彼の訳の「律動感」に絶対の自信をもっている。その自信満々の律動感を舞台の中核に据えて、彼は彼の演劇論を、彼のシェイクスピア論を、畳みかけるように展開していくのである。そこをわざわざ「散文訳」とへり下ってみせたのは、七・五のリズムの陳腐な情緒からの絶縁を、いかにもこの人らしくパラドクシカルに強調したかったからだろうが、わたしの方は、原文の blank verse の lineation にあくまでも忠実に、ベタ組みではない「韻文訳」に赴こうとする。それは、原文での韻文と散文との違いを見た目で明らかにするためとか、俳優に容易に台詞の区切りの見当をつけさせるためとか、そういう消極的な理由からではない。もっと積極的に、シェイクスピアの blank verse の「律動感」を裏切ることなく「翻訳する」ためである。もちろんここで「原文」と言う場合、その原文の編纂が翻訳に先立つ問題になるわけだけれども。

とりあえず例として『ハムレット』第二幕第二場五五二行目(以下テキスト、行数表示とも大場版)、ハムレットの第二独白から 'O, vengeance!' の一行を挙げてみる。とりあえずと言ったのはもちろん編纂上問題をはしょらざるをえないから。詳しくは「対訳・注解 研究社シェイクスピア選集」の『ハムレット』の巻を参照していただけるとありがたい。ともあれわたしは五四五行目の、'Ha!' を一音節の一行で止めて後の六行を blank verse の定型に編纂した。ハムレットはその定型のリズムを定型のまま何食わぬ顔で進めていって、‘Bloody, bawdy villain, / Remorseless, treacherous, lecherous, kindless villain!’ と次第に高揚する感情のアクセルを踏み込んだその後に ‘O, vengeance [véndʒiəns]!’ の四音節をぴたりと決める。続いて六音節の重い空白。このみごとなリズム、福田に言わせればこのみごとな「律動感」は、「原文」どおりの改行によらない限りまずは絶対に表現できないと思う。‘O, vengeance!’ はF1にはあるけれども、第二・四つ折本(Q2)には欠けている(第一・四つ折本[Q1]にも)。それが編纂上問題だというのなら二十六行前にもやはり ‘For Hecuba!’ の四音節がある。これはQ2にもQ1にもみられる一行だ。そしてこの四音節の後にもやはり六音節の空白。

　そうした空白のリズムもさることながら、blank verse の一行を複数の話者に分けもたせる行分割(渡り台詞)の技法も、とりわけシェイクスピアではみごとなリズムの呼吸になる。その呼吸を、編纂上の印刷のレイアウトも含めて、当然わたしは翻訳に表現したいと願う。たとえば『リア王』第一幕第一場で姉たちの美辞麗句を聞かされた後のコーディーリアの二度目の傍白(七二―七四行目、テキスト、行数表示とも大場編、次の『マクベス』も)、これの出の ‘Then, poor Cordelia.’ の short line は、前のリーガンの最後の六音節に続いて iambic pentameter の一行(ただし feminine ending)を構成する。この連続によって、続くコーディーリアの二行半は、リーガンの返答に喜色満面のリアの姿と舞台に鋭く対置される。だが行分割の最もみごとな例となると、だれしもが『マクベス』第二幕第二場、ダンカン殺害直後のマクベス夫妻の短い対話の連続を挙げるに相違ない。‘Did not you speak? / When? / Now. / As I descended? / Ay.’（一六行目）。次の一七行目も‘Hark. Who lies i’th’second chamber? / Donalbain.’と、シェイクスピアのリズムが波を打って躍っているようだ。

しかしF1では行分割はない。‘Did not you speake?’から‘*Donalbaine.*’までそれぞれが独立した一行に印刷されている（Norton TLN 六六八―七四行目）。コーディーリアの傍白の方も、F1でもQ1でも行分割はない。ベン・ジョンソンの場合のように、行分割への作者の意図が版本の印刷に明確に示されているのとは違う。シェイクスピアの原稿自体、おそらく分割された行頭ごとに右にずらす書き方ではなかっただろう。それは現存する貴重な原稿『サー・トマス・モア』の加筆部分に徴しても（それがシェイクスピアの筆だったとして）明らかである。翻訳者の覚悟の試されるところだ。

翻訳者はここでも編纂の責任者でなければならない。あるいは翻訳者（＝編纂者）はどこまで舞台の演出に、読者の読みに、立ち入るべきなのか、問題はそこに繋がっていく。喜色満面のリアはリーガンに‘this ample third of our fair kingdom’（七六行目）を約束すると、やおらコーディーリアに向き直る。四行半の問いかけ、コーディーリアの‘Nothing, my lord.’、リアの‘Nothing?’、もう一度コーディーリアの‘Nothing.’。F1によるこの三行（Norton TLN 九三―九五行目）をいまの『マクベス』のように一行の渡りの形に編纂することをわたしはしない。それは、Q1では後の二行が欠けているといった bibliographical な理由からではない。あるいは、この三行を一行に編纂したとしても iambic pentameter のリズムから外れてしまうといった metrical な理由からでもない（一行の枠が先にあればリズムなどいかようにも説明がつく）。そうではなくて、わたしはこの三行を、第一幕第一場の blank verse の流れの転換の三行に位置づけるから。ここまで整然と進んできた blank verse のリズムは突如「散文」の違和の闖入におりつく。その闖入のあとではもはや blank verse のリズムは元の整然に戻ることがない。悲劇への予感がざわめいて波立って不安をかきたてる。演出的にもここの三つの 'Nothing' の発せられる間《ま》、特に二つ目の 'Nothing' への間、その間の呼吸は本来演出者（舞台関係者全体）に、あるいは読者に、委ねられるべき筋合のもののはずである。これに比べるなら、先の『マクベス』の緊迫した連続感は明白だろう。わたしは夫人の 'I (=Ay).'（Norton TLN 六七二行目）の一語も前行の最後に繰り込み、さらに次のマクベスの 'Hearke, . . . ' から 'Hark!' を一行に独立させる伝統的な lineation（たとえば第二次アーデン版のケネス・ミュア、新ペンギン版のG・K・ハンター）を退けて '*Donalbaine.*' までを連続する一行とした。『マクベス』第二幕第二場に波打って連なるリズムのうねりを、音節の過多を理由に中途で断ち切ることはできない。ここでわたしと同じ lineation を試みているのはオックスフォード版のニコラス・ブルック（Nicholas Brooke）（一九九〇）である。逆に第三次ケンブリッジ版のA・R・ブローンマラー（Braunmuller）（一九九七）はF1をそのまま尊重している。だが 'the Folio's layout stipulates less, leaves the text more open to both readers and actors, than the conventional modern one' という説明は、わたしには逆のように思える。blank verse の整合性に固執しがちな一八世紀以降の伝統は、ときに硬直した自縄自縛に陥る場合もあるだろうが、視界をより大きくここ『マクベス』のリズムの大洋へと広げるなら、草野心平の蛙の鳴声めいた(あるいは本誌ならばe・e・カミングズ?)奇抜な印刷レイアウトも、打ち寄せる波また波の multitudinous seas の中で、まるで自然なうねりの営みのようにみえてくる。

シェイクスピアの翻訳は、個々の語句の解釈などよりも、まずもってそのうねりのとらえ方だ。となれば当然問題は lineation に帰着せざるをえない。F1の場合、大型版とはいえ二段組であるし、まして folio-in-sixes（六葉帖）の casting-off（割付け）による組版であってみれば、ページごとに植字の余裕の差が出てくる。それでなくとも blank verse は最も柔軟な詩型であるから容易に散文に転じうる。逆にまた散文に勢いがつけば blank verse のリズムになる。植字工の理解力、誠実度、作業の習熟度によっては、シェイクスピアの「詩」は本来の lineation から逸脱した形で印刷に表れてくる場合も多いだろう。翻訳者が編纂者として出発しなければならない所以である。

『マクベス』を例にしてもう少し編纂にこだわっておきたい。『マクベス』はとりわけ blank verse の定型が融通無碍に変動する作品である。特に第二幕第二場の前半はF1 ‘Tragedies’ 一三六ページの右欄に当る。これはたまたま印刷に余裕のある欄だった。ここを植字したであろう植字工Aは、オックスフォード版全集の *A Textual Companion* によれば、‘had a regrettable tendency to rearrange normal blank verse into a succession of irregular lines’ だという。いや植字の問題だけでなく、筆耕の介入を含めて、そもそも印刷所原本自体が問題にならなくてはならない。そうしたデータを誠実に、厳しく揃えて押えながら、しかしlineationを決するのは、結局はデータを超えた編者(=翻訳者)の舞台的感覚なのである。いま鐘の音に誘われてマクベスがダンカン殺しに退場したのと入れ違いにマクベス夫人が舞台に登場した。うねるような独白の十三行、間に舞台裏でマクベスの鋭い叫び、血のしたたる短剣を手にマクベス登場、彼は'Sleep no more.'の叫びを聞いたと言う。このあとのblank verseは詩の最高の極みに向けて波また波を重ねていって、ついに'multitudinous seas'を一面の真紅に染めなしたあと、'Making the green one red.'の最後の単音節の連続でようやく我に返る。わたしはここを編纂し、翻訳しながら、この感覚はいつかどこかで感じたことがあった、はるか半世紀以上ものむかし、旧制高校の海辺の寄宿舎で、ようやく四月の数日を過ごしたあと、この春の日の恍惚はいったい何なのだろうと訝りながら、ああそうか波の音のうねりの酔いなのかと気づいたときの小さな驚き。

そのうねりをどのような枠組みに納めるかという問題に移る。シェイクスピアのlineationからいったん離れて日本語のあらたなlineationを構築する翻訳もありうる。木下訳が辿り着いたのはそういうスタイルだった。「『子午線の祀り』を一九七七年に書いてから改訳に手をつけたということは全体に何か影響があるでしょうね。言葉の使い方にしても行の変え方にしても」(「木下順二氏に聞く」聞き手村上淑郎、日本シェイクスピア協会、*Shakespeare News* 三二—二、一九九二年二月)。逍遥訳(新修版)は福田訳と同じくベタ組みの「散文訳」。これは両者とも散文訳でもblank verseの「律動感」は十分に伝えられるという自信によるものだ。その点表れ方は逆でも木下訳と通底するところがある。一方、小田島雄志訳、松岡和子訳はシェイクスピアの lineation を見た目では一応尊重した形だが、細部では必ずしも原文と一致していない。というより「原文」が不安定である以上厳密な意味で基準の立てようがない。行分割の扱いにしてもやはりテキストの基準がなくては叶わぬところだ。それともっと具体的に一行の長さの問題がある。

「音の数(つまり仮名書きに並べたときの字数)を、句読点もふくめて二十五音前後に集中すればいい」(「言葉・言葉・言葉」『英語青年』一九七四年二月号)というのが小田島訳で、この基準は舞台の現場で経験的に得られたもののようである。特に「一九五〇年代なかばを境として、日常のしゃべり言葉も舞台のせりふまわしも、ひじょうにテンポが早くなってきた」という。そのテンポを生かそうとしたところに訳者の苦心があった。しかしわたしは、むしろそのテンポを押しとどめることをわたしの「韻文訳」の基本にしたい。シェイクスピアの blank verse は日常語とは次元を異にする。舞台がその日常語に引きずられてはなるまいという思いがいま強固にわたしにはある。一方 blank verse の五詩脚(pentameter)は人間の息づかいに最も自然に納まる長さである。その「生理」を背景にした舞台語としての blank verse であるから、それに見合った長さを一応の基準に定めなくてはならない。この問題は『新体詩抄』から岩野泡鳴(『詩句格調管見』)に至る明治期の理論的熱中にもかかわらず、結局落ち着くところはそれぞれの翻訳の必要に応じた経験論ということだった。そうした認識のもとわたしが基準に求めたのは、上の句下の句の間を小休止(caesura)に見立てたみそひと文字の三十一音である。小田島訳の音数は句読点を含むからそれより十音近く多くなる。二音の漢字が一行平均六字入るとして、字数では約二十八字。これに句読点が入るし一字分のインデントも必要だから、わたしは原稿用紙のマス目を三十二に設定した。最初の行には話者名が入るが、それでもほとんどが納まる、あるいは納める。ときには原文を離れた行またがり(enjambment)に頼らざるをえないこともあるがそれはそれとして。

みそひと文字を基準に据えるということは、前節でしつこいほどにこだわって排除した七・五のリズムを、今度は逆に、伝統の定型の隠し味として常に(ほとんど生理的に)意識するということだ。しかし「七・五・七・五の二十四音節づつの定型にする」無暴は福田ならずともだれしもが心得ている。『シェルブールの雨傘』という、台詞をすべて歌で通したミュージカルがある。映画にしろ、舞台にしろ、これを辛抱して観終わったあとの疲労感。それだからこそ逍遙は、「馬琴の只ひとへに流暢にと覗った七五調と老近松の不即不離の七五調との間に格調上に大きな距離のある」(「シェークスピヤ劇の翻訳」『シェークスピヤ研究栞』)ことを説いたのだった。その近松のたとえば『心中天の網島』、「取返した起請の中知らぬ女の文一通。兄貴の手へ渡りしはお主から行た文な。それなれば此の小春死ぬるぞ。アゝ悲しやこの人を殺しては。女同士の義理立たぬ……」。逍遙の言うように七・五に即かず離れず、字余り字足らずの破調が入りまじって、もちろんこれを現代のシェイクスピアにというわけにはいかないが、ともあれ『マクベス』の例の眠りの名調子への試訳、「叫び声が聞こえた気がした、『もう眠りはないぞ、／マクベスが眠りを殺したぞ』、無心の眠り、／もつれた心労の糸玉を濃やかにほぐしてくれる眠り、／昼間《ひるま》の生への安らぎの死の床、つらい労役を終えた沐浴、／心の傷の軟膏、大自然の供する豪華な馳走、／人生の饗宴の滋養の一皿――」と、blank verse の波打つうねりにこちらもすっかりいい気になって恍惚のほろ酔い加減の千鳥足、しかしまだこの先の筆には rhyme の訳の難題が待っている。

三　For my state / Stands on me to defend, not to debate.（『リア王』五・一・六八―六九）

アンドレ・ジッドの『ハムレット』訳は、第一幕第二場七六行目の 'Seems, madam! Nay, it is;' を、'Apparence? Ah! Non! Madame. Réalité.' と訳して、品詞の壁をやすやすと取り払った絶妙の筆で翻訳は「解釈」であり「批評」であることをスリリングに示してみせたが、ガートルードに向けたハムレットのこの台詞を締めくくるのは、'But I have that within which passèth show, / These but the trappings and the suits of woe.'（八五―八六行目）の締めの couplet である。全体にレトリックの過剰がどこか不安な十一行、それがいよいよ格言ふうのこの締めで、appearance と reality の対立のテーマは、ちょうどブーメランのようにハムレット自身に返ってくることが示唆される。自己批評のアイロニーというか、このアイロニーは、たとえば modesty を擁護し affectation を戒める一方で泥絵具をぬたくったような Player's speech を 'I chiefly loved;'（第二幕第二場四一八行目）と賞讃するハムレットの舞台観を通して、その後の第二独白、さらには劇中劇に及んでいく。death — Macbeth では歯ぎしりして引き下がるとしても、訳者たるもの、ここの couplet にはなんとしても一太刀浴びせずにはすまされぬであろう。

もう一つ『ハムレット』から例を引いておく。第三幕第一場の「修道院の場」でのオフィーリアの couplet（逍遙以来の「尼寺」をわたしは「修道院」とした。湿った訳語のイメージもさることながらハムレットの狂乱が「尼寺へ」の五音で黙阿弥もどきに押し流されるのを避けたかったから）。第三独白の間祈禱書を支えに震えながら祈っていたオフィーリアにハムレットは ‘Nymph,’ と呼び掛ける。‘well’ の三度の繰り返し。これを受けてオフィーリアが贈り物を返そうと差し出す。longèd と long (adv.) を重ねるのがオフィーリアにすればせめてものことだ。ハムレットの ‘No, no, I never gave you aught.’ の一行。続いてオフィーリアの五行。その二行目の blank verse の乱れがいたいたしい。これの最後の二行が ‘Take these again; for to the noble mind / Rich gifts wax poor when givers prove unkind.’（一〇〇—〇一行目）と couplet になる。‘A gift is valued by the mind of the giver.’（ティリー［M. P. Tilley］、*A Dictionary of the Proverbs in England in the Sixteenth and Seventeenth Centuries* G九七）を踏まえた精一杯の格言調の切り口上がハムレットの怒りを呼び込む。blank verse から散文への急激な転換。（ついでだがこの couplet で ‘Fishmonger’ と ‘Uncle’ の立ち聞きを察知したとする第二次ケンブリッジ版のウィルソンの指摘［*What Happens in ‘Hamlet’*］はハムレットの心理への近代劇的な読み込みが過ぎる。）となればここのオフィーリアの couplet もなんとしても訳にねじ伏せなくてはならない、第一幕第二場のハムレットの couplet とともに。試訳、「お返しいたします。わたくしにも誇りがございます。／贈り物の価値は送り主のお心次第とか申します」、「わたしの心の中は見世物では表せない、／ただの悲しみの飾り衣裳ではすまされない」。

しかし日本語の脚韻はその伝統にしてからどうしてもひ弱い。九鬼周造の「日本詩の押韻」（『文藝論』一九四一）は「二重韻」（最後から二番目の音綴の成員たる母音以下の応和）を推賞して、「粋な小夜子の踊り方／すんなり下げた左肩／晴れの舞台の綱《つな》館《やかた》」などの小粋な例を引いている（ほかにも「伊勢は津でもつ／津は伊勢でもつ／尾張名古屋は／城でもつ」の起承転結の例などをみれば日本語の脚韻もまんざら捨てたものではないかもしれない）。だがシェイクスピアの脚韻をすべて世話にくだけた俗謡調で通すわけにもいかないだろうし、場の途中ならばひ弱い脚韻でもなんとか体をなすのかもしれないが、歌舞伎ふうの幕切れ、「見得」の couplet ともなればもう一歩大胆に、ジッドにならって「直訳」の壁を越える必要が出てくる。

こういう問題は例を示すのがいちばん手っ取り早い。同じく『ハムレット』からおそらく最も有名な二行を引く。ハムレットが亡霊に復讐を誓ったあと「奈落の場」をへて第一幕第四―五の二場をきっぱりと締めくくるその二行、'The time is out of joint. O cursèd spite, / That ever I was born to set it right.'――。グランヴィル＝バーカー（Harley Granville-Barker）はここまでを First Movement とし、ウィルソンは彼のテキストに［*Some weeks pass.*］と書き込んだ。同じくウィルソンの 'a very plain hint of Hamlet's despondency'（*What Happens in 'Hamlet'*）は例によって読みが近代劇的にせせこましく、ここではそれこそT・J・B・スペンサー（Spencer）が注するように（新ペンギン版）『ヨブ記』三、二―三 'And Job cried out, and said, / Let the day perish, wherein I was born.'（『ジュネーヴ聖書』）を想起してもよいところだ。特に演出的には、次のホレイショーとマーセラスへの 'Nay, come, let's go together.' が心にくい。この一行が振ってあるから、いまの couplet が独白ふうにすっくと立ち上がるのである、歌舞伎の幕切れの「見得」に近接して。

訳の方も、ここまでの blank verse の場合とはおのずと違った腰の強さが必要なところだろう。わたしが試みに採用してみたいのは体言止めであるが、体言止めにはとかく黙阿弥もどきの卑俗が付きまとう。それでも脚韻を移した日本語のひ弱さよりは、気取った滑稽も含めて、体言止めの方がいくらか増しかもしれない。たとえば、「時の関節が外れてしまった。ああなんという運命、／これの整復のために生れ合わせたこの身の因果」。

もう一つ『ハムレット』から例を引いておく。第四幕第四場、第四独白の最後の一行半、'O, from this time forth, / My thoughts be bloody, or be nothing worth.' グランヴィル＝バーカーの言う Second Movement の終り、ウィルソンがまたもや [*Some weeks pass.*] と書き込んだ区切りの個所だ。ただしわたしの編纂するテキストでは、第四独白を含むここの五十八行はF1に従って削除される。Players' Quarto（一六七六）のダヴェナント－ベタートン（Davenant-Betterton）以来第四独白は舞台で削除され続け、一八世紀に入ると登場人物のフォーティンブラスまでもが消去される。Q2の印刷所原本がシェイクスピアの草稿段階だったとするなら、第四独白が舞台で語られるのは二〇世紀に入ってからの特殊現象ということになるのかもしれない。オリヴィエの映画(一九四八)を持ち出すまでもなく、最近来日のピーター・ブルック(二〇〇二)も、ペーター・シュタイン(二〇〇二)も、F1に還るといった方向性の意識からではないだろうが、いずれも第四独白を削除している。やはり舞台的にどこか過剰なのである。わたしはしかし、わたしのテキストの本体からこの五十八行を削除しはするが、削除した上でなお、あくまでも参考資料の意味合いで、活字を小さく変えて、訳とともにこれを印刷に付することにしている。第四独白のことだけではなく、Q2に固有の個所はすべて、必要と判断されるQ1の一部も含めて、同様の処置を取る。選択は演出者(舞台関係者全体)と読者に委ねられる。これからのシェイクスピアの訳(そしてテキスト)では、これが最も望ましい方式であるとわたしは思っている。というところで試訳、「ああこれから先は／思いは血に、ただただ血のひと筋に」。この体言止めの変形はあるいは「意訳」に過ぎるのかもしれないが、第四独白を切り上げるためには、台詞にこれだけの跳躍力が必要だと思う。ついでに'or'を「さなくば」とした逍遙の訳語は舞台的に熟していないのではなかろうか。逍遙は歌舞伎調から離れるとこうした未熟がひょいと顔を出す。その点「さなくば」の方向を避けようとした三神勲、福田、木下、永川訳がやはり舞台訳の本筋だと思う。跳躍ということでは、この項のテキストに掲げた『リア王』第五幕第一場の最後、エドマンド退場の coupletは「おれの大事は／わが身の栄耀、正義の議論なんざくそくらえ」と七五調崩れ。

しかし『リア王』もいよいよ大詰、老王が息絶えたあと、最後にオールバニの二行、ケントの二行、そして納めにエドガーの四行と、coupletが四回繰り返される。ここの八行全体の訳文は、さかしらなcoupletの訳というようなことではなく、幕切れに奏せられる*'a dead March'*（F1）をいわば呼び込むスタイルのうちに、粛々と進められなくてはならないだろう。エドガーの四行はQ1の話者指示では*Duke*（= Albany）である。だがそのオールバニは、F1で登場人物としての重要度を徐々に削られてきている。彼にはこれだけ重い納めの四行を支える力はない。F1でエドガーの台詞になって当然だが、しかしエドガーにもこの重みは支えきれないと言うべきだ。支えるのは観客のひとりひとりである。もうここでは脚韻を生かそうなどの工夫は通用しない。まして気取った滑稽を伴う卑俗な体言止めなど。「最も歳老いた方が最も苦しみに耐えられた。まだ歳若い／われらにはこれほどの苦しみも、これほどの長生きも絶えてあるまい」と引き下がるほかないのである。

ここで手の内を明かしておくと、わたしの試訳は現在『マクベス』、『ハムレット』、『リア王』の三作の校正中、終って『ヴェニスの商人』にかかろうというあたり、ほかに下訳、共訳の形でかれこれ四十年ほど前に四作ほどに付き合ってはいるが、今回はテキストを編纂した上での翻訳だから以前の訳にはまたあらためて対しなくてはならない。例に引くのは校正中の三作に限られる。いずれの作品も韻文全体の中でrhymed verseの占める比率が低い。それだからこそcoupletが際立ってくる。これがこの先、初期の『ロミオとジュリエット』や『真夏の夜の夢』だとどうなるのか、たとえば『ロミオとジュリエット』の第二幕第三場、ローレンス神父とロミオの百行近くの couplet の連続をどう扱うか。同じ heroic couplet でも、『ハムレット』第三幕第二場の劇中劇では、その定型の重苦しさが、古めかしい用語とともに、ほとんどパロディと言ってよいほどの自己批評を伴っていた。rhymed verse ではないが第二幕第二場の Player's speech の泥絵具の措辞も同様。訳におのずと滲み出る「批評」が必要なところだ。これに比べるなら『ロミオとジュリエット』の場合はまだ定型への批評の態度は穏やかである。だが、それでもやはり blank verse の主体の中に rhymed verse が繰り込まれている以上、訳文の相違へのこだわりがなくてはならないと思う。一方散文との訳の相違は、blank verse の訳のリズムが訳に確立しさえすれば自然に定まってくる。『マクベス』第二幕第二場では blank verse のうねりのあと、そのうねりの恍惚を醒ます knocking の効果音とともに次の場の門番が現われる。'Here's a knocking indeed! If a man were porter of hell-gate, he should have old turning the key.'「やけに叩くじゃねえかよ！地獄の門番だったら鍵の回しっぱなしだ」。前項で引いた「眠り」の韻文訳との差は容易である。(もっとも『ウィンザーの陽気な女房たち』のように九割近くが散文の作品では別の対応が必要になるのかもしれない。)　むしろこの門番の台詞の訳で問題なのは時事言及 (topical allusion) の扱いである。それは散文だけの問題ではないが、やはり散文の方に allusion が圧倒的に多い。

ここには一六〇五年一一月五日の火薬陰謀事件への言及がある。この事件に係わったとされるイエズス会士ヘンリー・ガーネット (Henry Garnet) が翌年三月の裁判で equivocation による曖昧な答弁を重ねて話題になった。九行目の 'committed treason' とともにここの equivocator がガーネットに想定されているのは明らかだが、この equivocation はやがて魔女に、さらに魔女に操られるマクベスに、ついには『マクベス』という作品全体に及んでいく。そうしたシェイクスピアの怖ろしさを、しかし訳文の中に万全に仕込むのはおそらく至難の業だろう。これの前後の百姓と仕立屋の詳細についても同様である。ガーネットの変名がファーマーで、百姓の farmer からこの Farmer が手繰られる連想の面白さも訳語では出せない。それでなくても、散文の訳は colloquial な調子からどうしても訳語が過剰になる。わたしの場合シェイクスピアの原文の印刷を見開きのページの同じ版面、活字も同じ大きさに揃えてみて、一行三十二字で韻文はなんとか納まるが、散文だとどうしても二割近くも多くなる場合がある。しかし従来の訳は、逍遙ではかなり投げやりな注が付せられることがあるが(新修版)、福田訳も、木下訳も、小田島訳も、注記についてはみごとに禁欲的である。それも当然のことで、戯曲は舞台で上演されるのが本来なのだから、まさか舞台に注記の説明幕を吊すわけにはいかない。その潔癖を当然のことに理解しながら、それでもわたしは訳注を、それも十二分に懇切な訳注を装備したいと願う者だ。これまでの日本の『マクベス』の舞台を思い返してみると、門番の場はそれぞれにしかるべき俳優を揃え、演出も大いに気張るのだが、結果として comic relief どころか、まるで白けて索漠たる舞台になってしまっている。時事言及の部分だけを翻案にする演出もあるいは一法なのかもしれない。そうした演出の参考のためにも訳注は詳しければ詳しいほどいい。しかしここで訳注を話題にしたのは、これの必要をことごとしく言い立てるためではなかった。それよりもシェイクスピアの翻訳で何を生かし何を捨てるかという問題、そこに踏み込んでおきたかったからである。traduttori traditori――

四 A little more than kin, and less than kind.（『ハムレット』一・二・六五）

シェイクスピアの翻訳で最大のものはやはり「詩」だと思う。これまで行きつ戻りつしてきたのは、この詩の問題を、主に翻訳技術の面から日本の舞台に向けてどう回復させるかということだった。福田訳の「律動」も「弾み」も、木下訳の「ヴォリューム」も「うねり」も、特に福田にはこちたき理論武装があるけれども、結局はこの一事に帰着する。あとは大事の前の小事、時事言及の説明にしても、詩のリズム、舞台のリズムを損なうのであれば、注に繰り込むほかはない。しかしその他もろもろの翻訳の「裏切り」の中で、この際いちばん思い切りよく見捨てて構わないとわたしが思うのは、シェイクスピアの言葉遊びの訳である。

シェイクスピアの言語遊戯への幅広い関心がシェイクスピアの魅力を二〇世紀に向けて大きく開放した。その批評の手柄はいくら強調しても強調しすぎることはない。'a great feast of languages' の『恋の骨折り損』（逍遙訳のこの題名はうまいものだがほかにも工夫があるところかもしれない。木下訳は頭韻を生かした『恋の苦労のからまわり』）の翻訳など、それこそじっくり時間をかけて、ジョイスの *Finnegans Wake* 並みにていねいに取り組みたい楽しみの作品である。だが、英語と日本語との根元的な相違を弁えぬままこれに淫することだけは避けなくてはなるまい。

言語遊戯はシェイクスピアを惑わす 'golden apple' だとジョンソン博士(Samuel Johnson)は言った。シェイクスピアに世界を失わせ、また失っても悔いがないとまで思わせた 'fatal Cleopatra' だとも。ジョンソンの全集の序言の中のこの有名な一節は、「彼」(シェイクスピア)を「翻訳者」に変えて読めば、苦い真実となっていまのわれわれに迫ってくるところがある。

たとえばこの項のテキストに掲げたハムレットの台詞について、これはクローディアスの 'But now, my cousin Hamlet, and my son —' に対するハムレットの側からの言語遊戯による挑戦である。'The nearer in kin the less in kindness.' (ティリー、K三八)を踏まえ、kin と kind に more と less と意味をもうひと押し鋭く揃えて、そこに[l]と[k]の頭韻までも加えた。[kin]と[ki:nd]の 'jingle' はケケリッツ(Helge Kökeritz)『シェイクスピアの発音』の記録するところだ。クローディアスはこれを無視して 'How is it that the clouds still hang on you?' と訊ねる。ハムレットの 'Not so, my lord, I am too much i'th' sun.' の 'sun' はQ2の 'sonne' の綴りの示すように『リチャード三世』開幕劈頭でおなじみの sun—son の遊び。ほかにもジョンソン博士以来の 'Out of heaven's blessing into the warm sun.' の注釈その他もろもろ、二世紀以上の読み込みが層をなして控えている。それらを過不足なく訳に取り込むなどそれこそ Herculean labour と言うべきだろう。小田島訳の「どういたしまして、なんの苦もなく大事にされて食傷気味」(傍点翻訳者)は、前のクローディアスの 'my son' を「大事なわが子」と訳したその「大事な」を「大事に」に響かせ、さらに「雲」の音を「苦も」に引っかけた苦心の答案だが、少なくとも音の引っかけは、読んだ上でも、また舞台で聞いても、苦心に値する効果があるようにはわたしには思われなかった。一方この項のテキストの訳では、三神訳が「血はかよっても心はかよわぬ」と動詞の「かよう」を連れ出した和文系の仕上げぶりでひとつの到達を示しているが、ハムレットの挑戦の激しさが詠嘆に流れているような気もする。逍遙以来それぞれの訳者がそれぞれに工夫をこらしている中で、わたしの試訳は「いまさら近親以上と言われても親近とはほど遠い」と、近と親を入れ替えただけのこと、われながら忸怩たるものがある。ただここの訳はむしろ漢語の硬質の方がふさわしいのではないかというわたしなりの計算はあった。ともかく試訳を臆面もなく続けると、「その憂いの雲が晴れずにいるのはどうしたことだ」「まさか、陛下に息子呼ばわりされては晴れがましすぎます」と、これまた舌足らずのままで割り切って、あとは注釈で補う以外にない。

いま問題のこの四行の言語遊戯の訳は、わたしにはやはり二次的な重要性しか持ちえないのである。重要なのは kin と kind の訳語の工夫などよりも、やはり台詞全体のリズムの問題、いやここでのリズムは台詞のリズムというよりは舞台のリズム、ハムレットとクローディアスとの wit-combat のリズム。それは、ここのハムレットの台詞の初めに一八世紀のルイス・ティボルド (Lewis Theobald) 以来の［傍白］を書き入れてよいのかという問題に繋がる。先にわたしは「クローディアスはこれを無視して」と書いた。この「無視」が舞台のリズムをつくる。となれば、ここで安易にティボルドに依るべきではなかろうに。いやそもそもが、これまでのシェイクスピアの翻訳は、いまの［傍白］を初めテキストのト書きにあまりに無頓着でありすぎた。

シェイクスピアがト書きに筆を惜しんでいるようにみえるのは、彼が座付作家として舞台に直結していたからだという説明がよくなされる。同時代の他の劇作家と比べてもシェイクスピアのト書きの量は確かに少ない。だがそれだけ彼は自分の戯曲を舞台に向けて開いていたのだとも言える。現実の舞台への絶望をシェイクスピアほど身にしみていた劇作家もいなかろうではないか。その絶望を気安く考えてかかると、第二次ケンブリッジ版のウィルソンのようなト書きの暴走が始まる。ここは編纂者の、そして翻訳者の、バランス感覚が試されるところだ。

いま問題の［傍白］(*aside*) も、ティボルドが舞台的な吟味をはしょって軽はずみに書き込んだ趣が強い。ト書きの中でもとりわけ［傍白］は机上の想定で乱用されやすいところがある。マーヴィン・ローゼンバーグ (Marvin Rosenberg) の上演史を見てみても (*The Masks of Hamlet*)、aside 本来の意味でここを［*aside*］にする演出は無理だったことがわかる。一九世紀後半マックス・モルトケ (Max Moltke) がこの一行の［*aside*］となりえない理由を明快に提出しているが (*Shakespeares Hamlet, Englisch und Deutsch* 一八七一)、その後の編纂は、そのゲルマン的明快に反論することなくずるずるとティボルドを踏襲した。ようやく近年陣営が半々に別れてきている。G・R・ヒバード (Hibbard) のオックスフォード版(一九八七)は［*aside*］なし、フィリップ・エドワーズ (Philip Edwards) の第三次ケンブリッジ版(一九八五)はあり。オックスフォード版『シェイクスピア全集』(一九八六)はなし、『リヴァーサイド・シェイクスピア』(一九七四)はあり。ハロルド・ジェンキンズ (Harold Jenkins) の第二次アーデン版(一九八二)はなし、T・J・B・スペンサーの新ペンギン版(一九八〇)はあり。[*aside*]派のフィリップ・エドワーズは 'In this riddling aside, there is a play on the two meanings of "kind" . . . 'と注記しているが、ここで言う riddle は明らかにクローディアスに向けられているのだから aside とは相容れない。二年後のヒバードはそこを突いていた。スペンサーの 'This must be spoken aside, as it interrupts Claudius's sentence.' の注記についても、interrupt は aside になじまないだろうに。両者とも、そしてそれまでの諸版も、aside を本来の意味から離れた甘い範囲に広げてしまっている。

日本の翻訳は逍遙以来、グローブ版、ウィルソン、ピーター・アレグザンダー(Peter Alexander)、あるいはG・L・キトリッジ(Kittredge)等に拠ってここを[傍白]としてきた。[傍白]を外したのはようやく松岡和子訳、河合祥一郎訳である。読む側からすれば、傍白と書き込まれている以上、これをシェイクスピアによる厳密な指定と受け取るだろう。特に演出者にはずいぶん無駄な心労を強いてきたのではなかろうか。(なお逍遙訳[新修版]がここを[傍白]とせずに[傍を向いて]としているのは、当人は[*aside*]の訳のつもりだろうが、次の「はて、心地でもあしいか」の訳とともに一種「怪我の功名」になっている。)

ト書きで翻訳者が直面しなければならない問題は、ほかにもたとえば登場、退場のタイミング。特に舞台監督(book-keeper)が介入した印刷所原本での 'massed entry'(登場人物を場の初めに一括して示す方式)や 'anticipatory direction'(あらかじめ動きを予示する方式)のト書きについては、舞台に向けての柔軟な解きほぐしが必要になる。総じて、開かれたシェイクスピア戯曲での所作のト書きは必要悪ということだろうが、それでも台詞の訳だけではどうしても不明確な場合最小限の指示はト書きの形に盛り込まなくてはならない。そうした一連の解釈が、ある一人の編纂者によるテキストで過不足なく満たされることは、ちょうど人間の顔に一人として同じものがありえないと同様にありえない。翻訳者が編纂者でなければならない所以である。

ここで付言しておくと、これまでの翻訳でも、たとえば第二次アーデン版を原本に選び、その他可能な限りの版本を手許に揃えてそれらを参照することで翻訳者は「編纂」を行ったとしてきた。それはひとつの良心的な態度でありえた。しかしこの楽天には、シェイクスピアのテキストが当の編纂者にとってひとつの「作品」であるという視点が欠けているのではないかと思う。ジェンキンズを底本に『ハムレット』を訳しておいて局所的にここはウィルソン、ここはスペンサー、あるいはエドワーズ、ヒバードというように適当に摘み食いすることは許されない。ウィルソンはウィルソンなりにQ2を評価しQ2を彼の『ハムレット』編纂の基本に据えた。'sullied flesh'の読みも、「魚屋の場」での二重登場も、天使のごとき'apprehension'の punctuation も、'fat' = sweaty の語義解釈も、あたかも精巧なモザイク模様のように、彼のテキストに整然と組み込まれている。一九三〇年代、彼のいわゆる『ハムレット』三部作が学界を驚嘆させたのは、その完璧な構築美のゆえであった。

ウィルソン以後の『ハムレット』編纂はQ2からF1への回帰として大きくとらえられる。ウィルソンはQ2の背後にある、「真正かつ完全なる原本」('the true and perfect Coppie')の絶対性を信じることができた。しかし舞台は上演によって変動する。これが二〇世紀後半のテキスト編纂の基本理念である。この理念に従えばF1の背後にある上演台本が当然尊重されなければならない。わたしはわたしの『ハムレット』編纂の底本(copy-text)を迷うことなくF1とした。編纂の過程でQ2との相違をいちいち吟味してみてあらためてF1の優位を確認できたように思った。

わたしの翻訳は当然舞台を念頭に置いて行われる。と言ってもある特定の舞台への上演台本ということではない。もちろん上演台本化を排除するものではないが、あくまでも「読む」ための翻訳。ただしその「読む」は、舞台で観るように、あるいは舞台を演出するように、という説明がつく。だからわたしは、『ハムレット』の翻訳でだれしもが早速話題にするようには第三独白の出を話題にしない。それが『ハムレット』解釈でとりわけ重要な一行であることは当然として、ここでのハムレットの位置も、ポーズも、演技も、おそらくおのずと舞台上に定まっていて、興味は主として‘to be’をどういう日本語に乗せるかにかかっている。第三独白を問題にするというのであれば、わたしはむしろ、同じ『ハムレット』から第一幕第一場のホレイショーの台詞‘A piece of him’を最後に取り上げておきたい。(せっかく第三独白の出に話題が及んだのであるから一応わたしの試訳を示すと、「存在することの是非、それが問題として突きつけられている」。)

五　A piece of him.（『ハムレット』一・一・二三）

訳しにくい一行である。つまりここでのホレイショーの舞台上のイメージがつかまえにくい。それだけにほとんどの版がここに注記を加えている。その方向は主に二つ。一つは古く一八世紀のウォーバトン（William Warburton）以来の「握手」説。握手に差し出される hand が 'a piece of him' なのだという。もう一つは第二次ケンブリッジ版のウィルソンの注する 'he is pinched with the cold.'――近年のエドワーズもヒバードもウィルソンに従って「寒さ」を表面に出している。だがわたしはそのいずれも舞台にそぐわない解釈だと思う。

まずホレイショーが寒さに縮こまっていては芝居にならない。台詞に 'bitter cold'（八行目）とあるし、第四場の冒頭にも 'The air bites shrewdly.' があるが、両場とも舞台にいったん寒さの雰囲気が醸成されてしまえばあとは「寒さ」が舞台の主役にしゃしゃり出てはならない。ホレイショーも、亡霊も、寒さに気をとられていては肝心の説明がままならない。そして他方の握手説はさらに演出のリズムから外れるとわたしは思う。いったいホレイショーはここでバナードーと握手できるような、そんな近くに位置しているのだろうか。演出的に読む、つまり訳すというのは、わたしにはそのリズムに則る作業である。

第一幕第一場を冒頭の一行目から見てみよう。

フランシスコーがひとり歩哨に立っているところに交替のバナードーが現れる。ここで誰何すべきなのはフランシスコーのはずだが、暗い中をおびえて現れるバナードーの方が思わず 'Who's there?' と逆に誰何してしまう。この立場の逆転は、いまの開幕第一声とともに、『ハムレット』という作品の主題へのみごとな導入になっている。いかにもシェイクスピアらしい大技と小技の絶妙の組み合せ。無事交替をすませて退場しようとするフランシスコーと入れ違いに、F1（そしてQ2、Q1）に従って '*Enter Horatio and Marcellus.*' のト書きが入るが、この登場の指示は冒頭のト書きの 'massed entry' と違って文字どおり肩を並べての登場である。二人はいまグローブ座の舞台の端に立ったところだ。フランシスコー退場。マーセラスが舞台中央のバナードーを呼ばわる。バナードーもほっとして大声で答える、'Say, what, is Horatio there?'——この there の感覚からも、ホレイショーはまだ舞台の端に離れて立ったままである。次の 'A piece of him.' でバナードーと握手できるような位置にはいない。

　わたしの演出を続ける。次のバナードーの 'Welcome, Horatio; welcome, good Marcellus.' の前半はまだ動き出さないホレイショーに向けて、後半は駆け寄ってきたマーセラスに向けて。すると次の 'What, has this thing appeared again tonight?' は当然マーセラスの台詞でなければならない。この台詞の話者はF1で *Mar.*（マーセラス）、海賊版とされる一六〇三年のQ1でもマーセラス。しかしQ2は *Hora.*（ホレイショー）。Q2に拠るウィルソンはこれを当然ホレイショーの台詞として、その理由を 'The contemptuous word "thing" clearly comes from the sceptic.' と説明した。これは一八世紀のケイペル以来繰り返されてきた説明で、近年のジェンキンズにまで及んでいるが、さてここの 'thing' の意味合いがはたして contemptuous に限られるものなのかどうか、むしろ歩哨たちの間で畏怖とともにひとしきり話題になっているであろう亡霊を「例のもの」と表現したと考える方が素直であろうとわたしは考える。間にバナードーの 'I have seen nothing.' の一行。続いてマーセラスが、まだ舞台の端から動こうとしないホレイショーを見やりながら、'Horatio says 'tis but our fantasy, / . . . ' 以下の七行を口にする。この 'Horatio says' がきっかけになって、ホレイショーが舞台の端から舞台中央のバナードーとマーセラスに向かってゆっくり歩き出す。グローブ座の張出し舞台の端から中央辺まで十メートル前後か。マーセラスの台詞のこの七行は、にやにや笑いながらゆっくり近づいていくホレイショーの足どりの間《ま》である。こうして 'Tush, tush, 'twill not appear.' でホレイショーはようやく二人の対話の輪に入る。ホレイショーにこの動きの想定がなければマーセラスの七行は長すぎる。このあと重要な説明役になるホレイショーが手持ちぶさたに七行の間舞台にただ立っているのでは演出のさまにならない――というような演出のリズムを考えた場合、まだグローブ座の舞台の端に立っているであろうホレイショーの 'A piece of him.' の訳はどうなるか。逍遥訳の「ま、其辺の者で」(新修版)はさすがみごとな舞台の感覚である。わたしの試訳はそこを一歩進めて「いやいや連れられてきたよ」。

ローゼンバーグを参看すると、しかし、ウォーバトンの「握手」説が意外と舞台の常識だったようである。'The traditional business has him (= Horatio) offering his hand for Barnardo to shake — first taking it from his coat, and his glove if he has one.' とある。この、およそシェイク

スピアらしからぬ traditional business は上演台本にQ2を持ったことから生じたのだとわたしは思う。一六七六年の Players' Quarto（Q6）の扉にはヨーク公爵劇場で上演された脚本とあり、ダヴェナント－ベタートンの舞台ではQ2系統が台本に用いられていたことがわかる。'What, has this thing appeard again to night?' の話者はもちろん *Hora.* 。またこの版では、実際の上演舞台で削除された八百行余りに特に印が付けられていて王政復古期の演出を示唆して貴重である。先に問題にしたマーセラスの七行は最後の二行が削除、次の '*Hora.* 'Twill not appear.' も削除。すぐに '*Bar.* Sit down a while, / . . . ' になる。つまりマーセラスとホレイショーは登場するとすぐバナードーと一団となるという演出の流れである。これならば「握手」の演技も自然に出るだろう。一方ニコラス・ロウ（Nicholas Rowe）はF４を底本としているし、ポープもジョンソンもF系統で続く。王政復古期以来の『ハムレット』は舞台と書斎とで初めからボタンの掛け違いがあったということか。わたしはQ2の話者指定の '*Hora.* ' は確実に compositor's error だと思う。この際「海賊版」のQ1をめぐる 'Marcellus theory'（マーセラスを演じた俳優がQ1の成立に係わったとする説）を考慮に入れるとすれば、ここでマーセラスの話者指定に誤りが生ずる可能性はほとんどない。この台詞の舞台での話者はますますF1どおりということになる。

さて最後にもう一度、「いやいや連れられてきたよ」――の試訳は散文の訳のつもりである。わたしのテキストでは、バナードーの 'Say, what, is Horatio there?' とホレイショーの 'A piece of him.' をそれぞれ二二行目、二三行目として別行に立てる。一般には二二行目の 'Say,' は前行の最後に繰り込まれて blank verse の一音節になり、残りの 'what, is Horatio there?' は 'A piece of him.' と合わさって blank verse の一行をつくる。つまりここは韻文のリズムの流れ。だがわたしのテキストでは blank verse のリズムはここではまだ本格的に始まらない。一応冒頭からを簡単に説明すると、'Who's there?' で始まる緊迫の台詞はそのあと五行、散文の断片のままスタッカートで続く。途中フランシスコーの 'You come most carefully upon your hour.'（六行目）など blank verse のリズムが何行か現れるが、現れたと思うとまた消えて、ようやく二七行目、'Horatio says 'tis but our fantasy,' から blank verse の定型に入る。'A piece of him.' はそのたゆたうリズムの交替の中の散文の一行である。この一行の前後に、たとえばバナードーとの距離を計算して、演出者はそれに見合う間を置くことができるだろう。（ここでわたしと同じ lineation を試みているのはジェンキンズ。ただし二六行までの全部がわたしと一致するわけではない。）ともあれ、散文の訳と言ったのはこのことだ。もしも 'A piece of him.' が blank verse に組み込まれているのであれば、訳自体も多少変わらざるをえなかった。舞台のリズムに則った訳とはそういうことである。

などと、貴重な誌面を私して、いい気になって、自分勝手な連載を四回も続けた。四回も続けながらたとえば訳語の問題など、当然ふれなければならない所を平気で素通りしている。「私的な翻訳ノート」と最初から逃げを打っておいて、その逃げ口上の域にも達していないこのていたらく、これでは現物を見ていただきたいと開き直るほかはない。近ごろ人気の妙な力士が取組を前に土俵でしきりに胸を叩いている。テレビに写るそんな滑稽な姿をいまのわが身に当てはめて、あとは翻訳道に精進、精進。

（『英語青年』二〇〇三年八月―一一月号連載に加筆）

編纂雑記

一　一つの語からはじめて

「対訳・注解　研究社シェイクスピア選集」全十巻の最終配本『あらし』の第一稿をひとまず終えて、あとは校正を残すところまできた。シェイクスピアの新訳のためには、まず訳者自身の責任においてテキストを確定させなくてはならない。そう思って始めた編纂の仕事であったが、本文校訂の困難な分野に踏み込むうちに、あらためて気づいた問題がぞろぞろと続いて際限がない。その主なものはそれぞれの巻の補注でていねいに拾ったつもりだが、スペースのこともあってあわただしく言い足りなかった場合も多い。全体を通して抜け落ちた問題もある。そのうちのほんのいくつか数を限って、以下本誌(『英語青年』)二号にわたって連載を試みる。要は編纂をめぐっての個別的、散発的な雑録のたぐいだが、その散発の中から、わたしにはわたしなりの編纂の方向性がみえてこないとも限らない。

最初に語句の問題から。例として『オセロー』第一幕第三場——娘デズデモーナを魔術で誑かしたと激昂する父親ブラバンシオに答えて、オセローはヴェニスの公爵をはじめ元老院のお歴々を前に二人の恋の経緯を滔々と弁じ立てる。ブラバンシオは自分を気に入ってしばしば屋敷に招いてくれた。その席でわたしは幼い子供の頃からの冒険の生涯を語った。デズデモーナはいつも熱心に話を聞いてくれて、家事で席を外したりしてもまた大急ぎで駆け戻ってくる、その熱心を見定めて今度は向こうから話をせがむように仕向けた。そうこうするうち、やがて、'My story being done, / She gave me for my pains a world of kisses;'（一五六—五七行目。以下テキスト、行数表示とも大場版）。さて、問題というのはここの 'kisses' である。Q1では 'fighes'、F1で 'kiffes'。

選集の十作品の編纂はそれぞれに困難な問題を抱えていたが、とりわけ『オセロー』がわたしには大変で最も時間がかかった。『ハムレット』も『リア王』も大変は大変だが、F1を基本軸に見定めれば、あとの四つ折本はあくまでも異本として処理することで道が開ける。わたしは「異本」の重要な読みを、印刷のレイアウトを変えて(活字を小さくして)区別してテキストに取り込むことで、数世紀にわたる「合成」（conflation）の負の編纂と一線を画することができたと思う。だが『オセロー』の場合、oaths の穏便化(F1)や 'Willow Song' の欠落(Q1)などそうした重大な相違はなんとかその筋道を最大公約数的な納得の方向に自分でも捩じ伏せることができるけれども、問題は一千個所ほどに及ぶ細かな字句の相違である。lineation や punctuation を含めて、それらの一つ一つをていねいに吟味して結着をつけなければならない。と言うより、結着をつけながら基本軸の確定に向けて行きつ戻りつ、ジグザグの往復運動を連続させる、ともかくそうした忍耐づよい手続きをへた上で、近年の『オセロー』編纂は、いずれも基本軸の底本（copy-text）としてF1を立てている。それぞれの版ともQ1の読みを納得しながら組み込んでいくのはもちろんのこととして。Q1の方をcopy-textに選んでいるのは第二次アーデン版（一九五八）のリドレー（M. R. Ridley）ぐらいのものだ。わたしの『オセロー』もF1をcopy-textにしているが、諸版の中ではわたしのがF1への忠実度が最も高い版の一つになっていると思う。

　というところで問題の‘kisses’はどうか。一八世紀最初の編纂者ニコラス・ロウ（Nicholas Rowe）はF4に従ったからここもF1のままだが、一七二三年のアレグザンダー・ポープ（Alexander Pope）がQ1を採って‘sighs’と読んだ。それから延々三世紀近く、オックスフォード版『シェイクスピア全集』（一九八六）を唯一の例外に、新ペンギン版（一九六八）のケネス・ミュア（Kenneth Muir）も、第三次ケンブリッジ版（一九八四）のノーマン・サーンダズ（Norman Sanders）も、第三次アーデン版（一九九七）のE・A・J・ホニグマン（Honigmann）も、オックスフォード版（二〇〇六）のマイケル・ニール（Michael Neill）も、それぞれがF1をcopy-textに採りながら、それでもここはQ1に固執して‘sighs’の読みを続けている。その頑強な固執の理由はいみじくも三世紀前のポープの言が適切に示しているだろう、曰く、‘*Sighs* is evidently true reading. The lady had been forward indeed to give him a world of *kisses* upon the bare recital of his story, nor does it agree with the following lines.'（念のため、'following lines' は 'She swore, in faith, 'twas strange, 'twas passing strange, / 'Twas pitiful, 'twas wondrous pitiful . . . .'）。二〇〇六年のニールも脚注に 'Not only does the Q1 reading seem appropriate to the delicacy of Desdemona's situation, . . . it neatly introduces the following four lines, which become amplifications of her sighing protestations.' と記した。一方、わたしの版のほかに、敢然としてF1を採ったオックスフォード版全集のスタンリー・ウェルズ（Stanley Wells）の説明は 'Desdemona may be thought of as impulsively affectionate.'（*A Textual Companion*）である。ニールの注記がポープの言をただ敷衍したに過ぎないとすれば、ウェルズのこれは、なんのことはないポープのまっすぐ裏返し、だがここで問題なのはデズデモーナの側にあるのではなく、いま舞台の上のオセローの側にあるのではないか。

　オセローは彼の恋の成功を得意満面で語っている。そのすぐ前にイアーゴと従者たちがデズデモーナを呼びに行ったばかり、まだ彼女はそこに現れていない。オセローは五十行に近い彼の独演に彼自身が酔っている、第五幕第二場、彼の最期の覚悟の演説のように、あるいは第三幕第三場 Temptation scene での 'Farewell speech' のように。'He is endeavouring to escape reality, he has ceased to think about Desdemona, and is thinking about himself.' とはオセロー最期の長広舌についてのエリオット（T. S. Eliot）の言だが、問題はオセローの側にあるとわたしが言ったのは、つまりはこのエリオットの言う意味合いにおいてである（もちろんオセローが嘘をついているかどうかがここでの問題なのではない）。エリオットはいかにもエリオットらしくフロベールの『ボヴァリー夫人』からのフランス語'bovarysme'を持ち出していた。より直截的な'dramatising himself'の評語もみえる。この評語は、その後リーヴィス(F. R. Leavis)に引き継がれ、このケンブリッジ学派の俊敏な批評家は第三幕第三場の'Farewell speech'からオセローの心中に巣くう'self-dramatization'、'self-idealization'を剔出してみせた。二〇世紀中葉の『オセロー』批評(というよりシェイクスピア批評、文芸批評)の地殻的変動。

それにしてもいぶかしいのは、折から勢いを得つつあったシェイクスピアの本文批評、新書誌学の側の沈黙、あるいは無関心である。ブラッドレー(A. C. Bradley)に叛旗を翻したエリオットの論文が一九二七年、*Scrutiny*に拠ったリーヴィスの論文が十年後の一九三七年、当然これに抗して「高貴なムーア人」の回復を目ざした伝統の側の論陣もじわじわと張りめぐらされたが、エリオット—リーヴィスの『オセロー』批評の革新性、あるいは現代性は、実際にオセローの台詞を訳しているとあらためて実感として迫ってくるところがある。ローレンス・オリヴィエのオセローは第一幕第二場、ぎらぎらに黒光る全身をまっ白な衣裳にくるんで、真紅の薔薇を手にニタニタと笑いながらイアーゴの前に現れた。シェイクスピア生誕四百年記念のイギリス国立劇場の舞台、演出ジョン・デクスター(John Dexter)。この舞台は翌一九六五年にステュアート・バージ(Stuart Burge)の監督で忠実に映画化されて全世界に公開されたが、いま問題の場面のあたりで、オリヴィエはクックッと自己満足の小さな笑い声を洩らしてみせた。もしもテキストが'sighs'ではなく'kisses'だったなら、オリヴィエのbovarysmeの演技はもっとあざやかに衝撃的だったたろうに。ここでも念のため、逍遙以来の日本語訳はすべて「溜息」。わたしの訳では「接吻の雨あられ」。舞台のオセローはこれでがらりと変わる。

もう少し先に話を進めなくてはならない。Q1の'fighes'とF1の'kiffes'とではgraphicalな面でのscribal / compositorial errorの可能性はまずは絶対にありえない。となれば、'kisses'は'sighs'の改訂(あるいはその逆)と推定せざるをえないだろう。それではその改訂の主体は誰なのか、舞台(上演)関係者なのか、印刷関係者なのか、あるいは作者シェイクスピア自身なのか。第二次アーデン版のリドレーは'Perhaps the compositor had recently been setting a passage in which "world of kisses" occurred, and it stuck in his mind.'などと言っているが、半世紀前の注記とはいえ、いかにもかつてのオックスフォードの学生詩人らしいノンシャランな詩人的想像である。もっともアリス・ウォーカー(Alice Walker)にしても'The F1 reading is an example of the kind of inexplicable error liable to occur in this compositor's work.'(第二次ケンブリッジ版、一九五七)と言ってすましているのだから、リドレーの場合はむしろその能天気ぶりがほほえましい。

『オセロー』Q1は、シェイクスピアの新しい四つ折本としては一六〇九年の『トロイラスとクレシダ』から十三年ぶりの一六二二年、作者の死後出版、それもF1出版の前年ということで、出版事情をめぐって錯綜した議論が行われてきている。その錯綜を概略にまとめて紹介するだけの余裕はとてもここにはない。ともあれ盤根錯節の迷路に鈍器なりの一つの筋道をつけるとすれば、Q1の印刷所原本をわたしは一六〇六年以前のシェイクスピアの草稿に遡って想定した。そこには上演台本用の筆耕の介入もあったであろう。介入者は劇団の舞台監督 (book-keeper) だったかもしれない。その後上演の機会ごとに作者の意図に係わらない小さな介入が繰り返され、その筆写本の一つがQ1出版時に出版者トマス・ウォークリー (Thomas Walkley) の手に渡った。一方F1の印刷所原本はシェイクスピア自身の改訂稿に由来するであろう。Q1の場合と同様そこにも作者の意図に係わらない本文への介入があったはずだし(たとえば oaths の穏便化)、また実際の植字に際して植字工が手近のQ1を参照することもあったかもしれない。だが 'kisses' の出現については、あくまでも作者の明確な改訂への意志の結果としてわたしはこれを理解する。

となれば、続いてその改訂の時期の問題。

Q1とF1の境界線に一六〇六年を持ち出したのは、もちろんその年五月二七日の舞台での冒瀆禁止令から。Q1にみられる oaths は明らかにこの法令以前のものであり、F1の穏便化のほとんどすべては法令以後の改訂のはずである。上演記録となると具体的に一六〇四年一一月一日、万聖節、王宮ホワイトホール饗宴の間のものがある。ただしこの年はペストの猖獗のため四月までロンドン市内の演劇興行は禁止されていたから、『オセロー』が宮廷上演の前に劇場上演されていたとしても、それはほんの数か月前のことだった。学界の最大公約数的執筆年代の推定は一六〇三—〇四年。近年ホニグマンが『宴の夜』(拙訳では *Twelfth Night* に、従来の『十二夜』に変えてこの訳題名を与えた。「対訳・注解 研究社シェイクスピア選集」の同書補注に詳しい説明を付したので参照していただけるとありがたい)との関連から一六〇〇—〇一年説を提唱しているがわたしには少々奇矯なものに思える。

シェイクスピアによる(とわたしが確信する) 'sighs' → 'kisses' の改訂の年代は、それこそシェイクスピアの死の時点まで茫漠として広がるであろう。とりあえずここで『オセロー』の再演の年代を傍証として持ち出すなら、たとえば一六一〇年四月三〇日にグローブ座での上演が外国人によって記録されている。同年九月のオックスフォードでの国王一座の上演記録も発見された。最も重要な記録は一六一二—一三年のホワイトホール、ジェイムズ一世の王女エリザベスとドイツのファルツ選帝侯フリードリッヒ五世の祝婚行事での宮廷上演。国王一座は二十もの作品を上演奉仕をしその中には『オセロー』が含まれていた。さて、そうした再演記録を改訂の機会としてとらえるならば、わたしは重要な祝婚上演の記録よりも、むしろ一六一〇年の記録の方を採りたい。ほんのわずか 'kisses' 一語のことだが、わたしはここの改訂に、シェイクスピアの晩年の作品群、いわゆる後期の悲劇やロマンス劇との類縁を見出すから。たとえばアントニーやコリオレイナス、あるいはポステュマスやリオンティーズの描写、リドレー以上に能天気な想像と言われるのかもしれないが。

こうしてシェイクスピアのテキスト編纂は、文学的、演劇(舞台)的方向にスリリングに近接していく。シェイクスピアの本文批評は文学批評と重なり合う。その点、たまたまエリオット-リーヴィスと同時代の第二次ケンブリッジ版『ハムレット』、ジョン・ドーヴァー・ウィルソン(John Dover Wilson)による 'sullied' の校訂は、いまではもちろん全否定の中で見る影もないが、方向としてはやはり当時センセーショナルであって当然の一つの文学批評だった。

二　点から線へ——間をとらえる

語句の問題はいまの一点で切り上げて、点から線へ、取り上げる作品は『ロミオとジュリエット』。わたしはシェイクスピアの作品の中でいちばん好きなのはとよく聞かれることがあって、『ハムレット』だ、『ヴェニスの商人』だといつもそのたびに答えが違ってきては笑われている。テキスト編纂でも『ロミオとジュリエット』は『オセロー』以上に問題が山積している。話題の宝庫というか、あれもこれもと迷った挙句第一幕第四場マキューシオの夢の話の個所を選んだのは編纂の問題を台詞のリズムの線から押えておきたいと思ったから。それにはここでもまず古版本の問題を簡単に浚っておかなくてはならない。

『ロミオとジュリエット』の最初の版本は一五九七年の四つ折本Q1である。だがこれは『ハムレット』Q1の場合と同じく「不良四つ折本」(bad quartos) に分類される出版だった。翌々九九年にQ2。扉に 'Newly corrected, augmented, and amended' とあるのも、『ハムレット』Q2の場合と同じく先行の粗悪本を駆逐しようという出版意図を示すものである。一六〇九年のQ3はQ2の再版。その間にQ3の出版者ジョン・スメジク (John Smethwick) への出版権の譲渡があり、スメジクはその後F1の出版に参加したから、F1の印刷所原本は当然Q3であった。Q4には扉に出版年が示されていないがおそらく確実に一六二二年であろう。Q４はF１の印刷には係わらない。したがってQ2→Q3→F１が『ロミオとジュリエット』の古版本の基本的な系譜であり、編纂の copy-text はQ2ということになる。ただしQ１は粗悪本は粗悪本としても『ハムレット』Q1のように言わば余所者として排除することはできない。粗悪本説が確立する以前にはQ１の読みが折衷的に取り入れられてきていた。二〇世紀に入ってからも、たとえば第二次ケンブリッジ版（一九五五）のウィルソン－ダシー（J. D. Wilson-G. I. Duthie）は、『ロミオとジュリエット』のQ2はシェイクスピアの「優良四つ折本」（good quartos）の中で最も印刷状態の粗悪な一冊で、Q１は「不良四つ折本」の中で最も優良な一冊であると評している。非合法の海賊出版であるにせよ、あるいはシェイクスピアの劇団による多少とも公的な短縮台本であるにせよ、Q1はこの時代の一つの acting version として、近年次第に重要視されてきていることもここで付け加えておかなくてはならない。

Q2の印刷所原本はおそらく確実にシェイクスピアの自筆原稿に由来する。その「由来」が直接的かより間接的か、その距離について研究者、編纂者間に温度差があって、いまも紹介した第二次ケンブリッジ版は、印刷所原本をシェイクスピアの手稿に基づいてQ1に大幅な訂正を加えたものとした。わたしはわたしなりに、Q２の印刷所原本を一応シェイクスピアの手稿、それも作者が上演舞台を脳裏に浮かべながらそれこそ *currente calamo* の勢いでペンを走らせた「草稿」(foul papers）に想定する。編纂に当ってはもちろん細部についてQ1の読みを採らざるをえない個所も出てくるが、わたしはそれには努めて慎重でありたいと願った。以上を舌足らずな前置きとして、それでは眼目のマキューシオの夢の台詞に入る。

キャピュレット家の宴会に乗り込もうと仮面をつけたマキューシオたちの一行の中で、ロミオはひとり気が進まない。昨夜の夢見が悪かったと言うロミオに、マキューシオは夢を産む妖精たちの産婆役マブ女王（Queen Mab）の話をみごとな blank verse のリズムに乗せて語る。三十代に入ったばかりのシェイクスピアの詩的昂揚がとめどなくあふれ出てくる感じで、シェイクスピアの詩華集、名台詞集などの試みがあれば必ず採られることになる四十二行であるが、Q2もF1もせっかくの詩の奔流の三十八行が散文で印刷されていて、韻文になるのはようやく三十九行目から。ロウはF1→F4を引き継ぎ散文の印刷を踏襲したが、さすがにポープはこれをすべてを韻文に印刷した。当然である。ここをQ2のままと称して散文に組むなどは、およそ舞台感覚の欠如以外のなにものでもない。一方のQ1は、Q2とは異なる読みを含む韻文。

Q2がここで散文に組まれた理由は、わたしの推測では確実にこういうことだったろう。植字工はここのいわゆる 'Queen Mab-speech' を最初韻文に組みはじめたあと、印刷所原本のシェイクスピアの「草稿」の欄外にかなり大量の加筆を見つけた。それは、わたしの想定では、当然シェイクスピアの加筆のはずである。そうした *currente calamo* の加筆自体、たぎり立った勢いの詩人劇作家の青春の、この speech に賭けた情熱を示すものだ。だが印刷の現場では、その時点では原本の割付け（casting-off）はもうすんでいてページ内にその加筆を組み込むだけの余裕はない。そこで彼は一度韻文に組んだそのページ（$C2^r$）を散文に組み変えることでなんとか事態を切り抜けようとした。ぎりぎりに組み込まれた三十九行分の散文の印刷状態がそのことを物語っている。ようやく次のページ（$C2^v$）で最後の韻文組みの四行に追いついたときの彼の安堵の溜息が、ページの紙面から洩れて聞こえてくるよう。

そうした差し迫った印刷の事情からすれば、ここのQ2の四十二行のうち前の三十八行については当然細部の読みに不安な個所が出てくるだろう。その数個所について実際にQ1を採る編纂が行われてきた。そのあたりは微妙な判断を迫られるところであるが、わたしはそれでもQ2優先の編纂の方針を保持した。特にQ1に欠落する六八―七〇行目の三行 'Her chariot . . . coach-makers.'（以下テキスト、行数表示とも大場版）の回復をめぐって、特にその位置についてQ2の組みを疑問視する主張があり、現在でも五分と五分、伯仲の状況にあるが、そこでもわたしはQ2の位置のままの編纂である。この問題に深入りすれば興味津々のはずで、ただ問題の存在に言及するだけなのはなんとも残念なことだが、あとに控える大事の前の小事、志ある方にはぜひわたしの版の補注を参照していただければと思う。それではその大事というのは、それほどのQ2優先の編纂方針にもかかわらずここだけはとQ1にこだわってQ1に固執した一個所、それは一九世紀半ば、トマス・キートリー（Thomas Keightley）以来一世紀半にわたって無視されてきた読みの復活である。その復活が『オセロー』での 'kisses' の場合と同じく現行版では唯一オックスフォード版『シェイクスピア全集』と重なったのは、たまたまの偶然に過ぎないにせよ、心強いといえばわたしにはやはり心強い。なにしろ二〇世紀に入って、本文批評の科学性を標榜する新書誌学の洗礼を受けたあとでは、キートリーなどは（彼のミルトン編纂から窺われる学識はともかく）シェイクスピアの編纂ではまことに微々たる存在、注記の装備もなく、問題の個所についても集注版のファーネス（Horace Howard Furness）はここでキートリーに示唆を与えたジョーゼフ・ハンター（Joseph Hunter）の *New Illustrations* を引いているほどである。そのハンターにしてから言わば素人の好事家。たびたびの登場だが、第二次ケンブリッジ版のウィルソン＝ダシーはここでのQ1の読みの採用を‘unnecessarily’の一語で切って捨てた。だがQ1 ‘*Ben.* (=BENVOLIO) Queene Mab whats she?’の四音節の short line はただの accidental な無用の付加なのかどうか。

ロミオの「じつは昨夜の夢見が悪かった」(‘I dreamed a dream tonight.’)に、渡り台詞ですかさずマキューシオが‘And so did I.’と畳みかける（五〇行目）。続く五一行目も‘ROMEO Well, what was yours? MERCUTIO That dreamers often lie.’の渡りの一行。ここの‘lie’は「嘘をつく」の意味だが、『ソネット詩集』一三八番の例を引くまでもなく、次の五二行目で「寝る」の意味にくるりとすり替って、‘ROMEO In bed asleep, while they do dream things true.’がくる。ここでのロミオは、恋に悩む若者の「人物像」から離れてマキューシオとの丁々発止の「機知合戦」(wit-combat)を楽しむ若者に変貌している。続いて‘MERCUTIO O, then, I see, Queen Mab hath been with you.’（五三行目）となって、Q2ではそのあとまっすぐ‘She is the fairies’ midwife, . . .’以下の‘Queen Mab-speech’に入る。だがその流れは舞台演出の点からみて適切であるかどうか。あるいはマキューシオ役者にとって四十二行の名台詞に入るにふさわしいタイミングになっているかどうか。

Queen Mab の素性については、mab の語源もからめて、folklore の世界への多様な詮索がなされてきたが、確定的な説に辿り着いてはいない。シェイクスピアは当時の folklore の多層な背景のもと、mab＝slatten; woman of loose character（*OED*）の意味を読み込んで 'fairies' midwife' の名前としたというあたりが、まずは妥当な推測になる（*OED* でこの意味の初出用例は一五五七—五八）。その後ベン・ジョンソン（Ben Jonson）やマイケル・ドレイトン（Michael Drayton）でもこれが Queen of Fairies の名前に用いられて一つの「文学的存在」になった。だが、ここの wit-combat で重要なのは 'lie' を引き継ぐ queen と quean の卑猥な同音異義的地口（homonymic pun）の方だろう。ここでも *OED* を借りれば、quean＝harlot, strumpet (especially in 16–17th c.)。ここの homonymic pun は諸版も等しく注記で認めているところである。あとは、その先の一歩を踏み出す舞台的な感覚にかかっている。

マキューシオは、ここで wit-combat の決着をつけなくては 'Queen Mab-speech' に入れないと思う。先に舞台の流れ、役者のタイミングと言ったのはこのことである。そのタイミングのために、それまで wit-combat の圏外にあったベンヴォーリオがちょっととぼけた調子で割り込んでくることになった、'Queen Mab, what's she?'. おなぐさみに五二行目からのわたしの訳を披露すると、「ロミオ　……寝床の夢には正夢もある。／マキューシオ　正夢とな？　ならお主の昨夜の相方はマブ女王だな。／ベンヴォーリオ　マブ女王ってどこの抱えだい？」——つまり Queen Mab はここでは娼婦の「源氏名」、その一呼吸の遊びがあってマキューシオは「マブ女王はな、夢を産む妖精のお産婆どのだよ」と、あらためて夢の話へと転じる姿勢になる。ベンヴォーリオのこの割り込みが四音節の short line というのもマキューシオの 'Queen Mab-speech' への絶妙な舞台的用意というべきだ。ここでの六音節分の間でマキューシオ役者は一呼吸おいて、いよいよ聞かせどころの四十二行、青春の記念碑のデクラメーションに入ることができる。

それほど大事な一行がQ2から抜け落ちているのは、植字工が舞台のリズムよりは長台詞の遺漏のない組みを優先させたからだとわたしは考える。彼にも、欄外の加筆を通して、'Queen Mab-speech' に賭けた若い作者のたぎり立った詩的昂揚がひしひしと伝わってきていた。この際なにはともあれ舞台のリズムよりも四十二行の詩のリズムをまるごと生かさなくてはという思い——これまた能天気な想像と言われれば引き下るほかないのだが。ついでにこの short line の舞台的なみごとさから、これを役者によるアドリブとする推測もありうる。acting version としてのQ1の性格にも適う推測である。だがそうした感覚のことならそれは役者以上にシェイクスピアのものだろう。もう一つ、これをベンヴォーリオの台詞とせずにロミオのものとする編纂もかつて見られたが、それではベンヴォーリオの出番がなくなるし、ここでロミオが一歩引き下らなくてはマキューシオの方も長台詞がやりにくくなるだろう。

なおオックスフォード版全集のジャウエット (John Jowett) は 'Queen Mab-speech' の最後の 'This is she—' (九六行目) からも五四行目のベンヴォーリオの問い掛けが必要であるとしている。

それもたしかに理由の一つではあるだろうが、やはりここで最も重大なのは編纂に際しての演劇（舞台）的感覚だと思う。

三　ト書きをめぐって

語句の読みがシェイクスピアの編纂三世紀の中心課題だった。その真剣に比べてト書き（stage direction / SD）の方はいくらか散漫の感は否めない。それは、四つ折本、二つ折本ともト書き自体にきわめて禁欲的で編纂の側からすれば材料にこと欠いているから。当時の舞台構造が不明瞭な点を多く残しているという事情もあった。いきおい二〇世紀の分析書誌学など出番がなくなる。しかしまた逆に、そのぶんシェイクスピアの舞台は演出に向けて開かれているとも言える。時代ごとの解釈が、それぞれの時代の舞台感覚を梃にして、いささか緊張を欠いてト書きとして入り込むことにもなるだろう。二〇世紀前半の第二次ケンブリッジ版のト書きなども、折からの近代劇の奔流に流された結果である。『あらし』第五幕第一場、ミランダの 'O brave new world, / That has such people in't.' にプロスペローは ''Tis new to thee.' とつぶやいた（一八二―一八三行目、以下テキスト、行数表示とも大場版）。これにウィルソンが［*smiling sadly*］のＳＤを付したが（一九二一）、それはウィルソンにすれば会心のＳＤであったろう。だが、現在のわれわれはそれこそ 'smiling sadly' でこれを受け流している。時代ごとのたとえばそういうト書きの垢をていねいに洗い落として、シェイクスピアのテキストにふさわしい、ということは演出に向けて開かれたシェイクスピアの舞台にふさわしい、必要最小限のト書きを整備することが、われわれ編纂者の務めでなければならない。'Notes are often necessary, but they are necessary evils.' というジョンソン博士(Samuel Johnson)の警句の 'notes' を 'stage directions' に置き換えること。

テキスト編纂の偉大な先達ウィルソンへの今ほどの非礼を詫びるつもりもあって、例としてまず『あらし』を取り上げることにしたい。第二幕第一場はプロスペローの魔法の島に打ち上げられたナポリ王アロンゾーの一行の描写である。F1のSDは '*Enter Alonſo, Sebaſtian, Anthonio, Gonzalo, Adrian, / Franciſco, and others.*' といかにもそっけないが(『あらし』の copy-text はF1、先行の版はない)、これらの人物たちは、アロンゾーを囲むゴンザーロら廷臣のグループと、セバスチャンとアントーニオの二人組とに分けられる。あるいは、それぞれが異なる演技空間を持つと言ってもいい。両者の演技空間には距離が必要だが、その距離感はあくまでも舞台上の約束ごとで、すぐ近くであっても一向に差し支えない。シェイクスピア時代の舞台、あるいは演出は、理念的に中世以来の伝統を継承していた。これの解明に大きく与った研究書にたとえばアン・ライター(Anne Righter)の *Shakespeare and the Idea of the Play*(一九六二)などがある。王制復古期以降の舞台はやはり断絶は断絶なのである。その「断絶」を現代に向けてどこまで説明するかが、ここでのト書きのバランス感覚である。わたしはジョンソンの「必要悪」を意識しながら、セバスチャンの最初の台詞(一〇行目)に[*to Antonio*]を、アントーニオの最初の台詞(一一行目）に［*to Sebastian*］のＳＤを付した。ここでもウィルソンの第二次ケンブリッジ版だが、セバスチャンとアントーニオの台詞を丸括弧で囲んでいる。この版の丸括弧は一般のテキストのＳＤでは［*aside*］。その後、第二次アーデン版（一九五四）のカーモード（Frank Kermode）が［*aside to Antonio / Sebastian*］とし、オックスフォード版（一九八七）のオーゲル（Stephen Orgel）、新フォルジャー版（一九九四）のマウアト‐ワースティーン（Barbara A. Mowat-Paul Werstine）、それにせっかくの*Shakespeare and the Idea of the Play*のアン・ライター（新ペンギン版、一九六八）までもが［*aside*］に固執した。だが、これだけ明白な演技空間の分離の舞台に、いちいち［*aside*］の断りが必要かどうか問題といえば問題である。舞台での傍白のリズムはやっぱり一時的なものだ。

　そもそもが［*aside*］というト書き自体、王制復古期以降曖昧な性格のまま便利に乱用されてきたところがある。シェイクスピアの古版本には*aside*のＳＤは一切みられない。Ｆ１の 'The Tragedy of Richard the Third'（*Richard III*）に唯一 '*Speakes to himselfe.*'（Norton TLN 七九二行目）があり、これは当然［*aside*］に転換されてよいが、実際の編纂ではその位置について（つまりasideの及ぶ範囲について）慎重な検討が必要である。ついでにシェイクスピアの同時代の戯曲では、一六二一年(?)とやや遅く、*The Two Noble Ladies and the Converted Conjurer*（原稿）に 'asside to Lysander' ほか同じく 'asside to —' の指示が都合三例みられるが(W. W. Greg, *The Shakespeare First Folio* 一三一ページ参照)、いずれも台詞の方向性に重点が置かれていて、観客への内密の語りかけという本来の機能から外れている。時代的には一八世紀のメロドラマや笑劇の常套となって、シェイクスピアへの乱用に繋がった。その中にあってたとえば、『リア王』第一幕第一場コーディーリアの‘What shall Cordelia speak? Love, and be silent.’（五八行目、テキスト、行数表示とも大場版）に付したポープの［*aside*］は、七二―七四行目の［*aside*］とともに、この戯曲の方向を決定する重要なSDとして三世紀の歴史に耐えてきている。五年前の本誌の連載「シェイクスピアの翻訳」（本書で「翻訳雑記」）でも、『ハムレット』第一幕第二場の‘A little more than kin, and less than kind.’の［*aside*］の可否についてあわただしくふれたことがあった。以上を前置きに、話題は『あらし』の大詰第五幕第一場へ。ここには［*aside*］のSDをめぐって検討すべき台詞がある。

　ミラノ公爵の服装に戻ったプロスペローがいまアロンゾーをはじめ、ゴンザーロ、セバスチャン、アントーニオたちの前に現れた。プロスペローの台詞、‘Welcome, my friends all, / [*To Sebastian and Antonio*] But you, my brace of lords, were I so minded, / I here could pluck his highness’ frown upon you / And justify you traitors. At this time / I will tell no tales.’（一二四―一二八行目）。ここの‘my brace of lords’はセバスチャンとアントーニオを指す。それを明確にするためにわたしの版は［*To Sebastian and Antonio*］の最小限のSDを挿入してある。‘brace’は猟犬などに用いられる語だから、ここでは両人に対するプロスペローの侮蔑の表れになる。彼らは第二幕第一場の後半で、アロンゾーたちが眠っているのを見て、アロンゾーを刺殺してナポリの王位を簒奪しようとした、プロスペローはそのことを暴露しようと思えば暴露できるのだが、いまはとにかく控えておこうと、そう言っている。しかしわたしの最小限のSDにはじつは背景があった。一八世紀のサミュエル・ジョンソンはここのＳＤを［*Aside to Sebastian and Antonio*］としている。そのＳＤがあれば、プロスペロー、セバスチャン、アントーニオの三人と、アロンゾーたちとの演技空間は安全明確に分離されるだろう。分離が明確になれば、アロンゾーやゴンザーロはプロスペローの'. . . justify you traitors'に反応しなくてすむ、いまさら無用の混乱は避けられる、それがジョンソンの思いであったろう。だがここ大団円に向けての舞台全体の流れの中で、劇的葛藤はすでにめでたく終了していた。二つのグループはそのリズムの中で悠然と分離されている。ジョンソンの一八世紀的な心配りはじつは文字どおり杞憂に過ぎぬのである。なのに［*Aside to Sebastian and Antonio*］はその後も拳々服膺されて、グローブ版、キトレッジ（G. L. Kittredge）、アレグザンダー（Peter Alexander）はもとより最新の第三次アーデン版（一九九九）にまで及んだ。せっかくの大らかな大団円をなまじ傍白などでことさらに個別狭隘化することはないだろうに。ここで［*aside*］にこだわると、次のセバスチャンの台詞にまでその累が及んでしまう。

一二五―一二八行目のプロスペローの台詞を聞いてセバスチャンは'The devil speaks in him.'と言う。ジョンソンはここにも［*aside*］のＳＤを付した。'in him'とプロスペローを三人称で示している以上、悔悟の気持ちなどさらさらない傲岸なこの台詞をプロスペローに聞かせては、プロスペローの方も反応せざるをえないだろう。ジョンソンとしてはやむをえず苦肉の［*aside*］で逃げを打ってセバスチャン一人を孤立させた形だが、ジョンソンの三年後のエドワード・ケイペル（Edward Capell）がこの裸の単独［*aside*］を［*aside to Antonio*］に改め多少ともバランスを回復しようとした。二〇世紀に入って第二次ケンブリッジ版がこれを採っている。ほかは伝統的にジョンソンの［*aside*］を踏襲（近年の第二次アーデン版、新ペンギン版、リヴァーサイド版、オックスフォード版、新フォルジャー版に至るまで）。だが［*aside*］にせよ［*aside to Antonio*］にせよ傍白のSDだとプロスペローは舞台上どこにどう位置すればよいのか。プロスペローはセバスチャンの ‘The devil speaks in him.’ に続けて ‘No.’ と言っているのである。堂々めぐりをするようだが、この ‘No.’ がある以上、プロスペローはセバスチャンの台詞を聞いたとするのが自然な流れのはずだ。オーゲル（オックスフォード版）はこの ‘No.’ を、すぐ前の ‘I will tell no tales.’ の繰り返しに解釈しようとしている。だがセバスチャンの六音節を挿んだここの台詞のリズムは ‘No.’ にただの repetition 以上の強さを与えていると思う。

ジョンソンに先立つトマス・ハンマー（Thomas Hammer）は、その強さに耐えかねて ‘No.’ をテキストから外し、また第二次ケンブリッジ版のウィルソンもこの語の削除を示唆した。あるいは ‘Now.’ に校訂して次の台詞に繋げる試みも一九世紀末に現れたが、もちろん textual な根拠のないただの思いつきである。注解についてもふれておくと、アン・ライターの次の解釈などは笑止と評すべきか、曰く、‘Prospero has heard Sebastian’s aside, presumably through his magic art.’（新ペンギン版）。ようやく第三次アーデン版と第三次ケンブリッジ版（二〇〇二）のリンドリー（David Lindley）がジョンソンの呪縛を脱してここの［*aside*］を外し、‘No.’ にそれぞれ、‘Prospero overhears Sebastian’s comment, emphatically denies that it is the devil that speaks.’（第三次アーデン版）、‘a contemptuous dismissal of Sebastian's perception.’（第三次ケンブリッジ版）の注を付しているが、ジョンソンの一二五行目のＳＤ［*Aside to Sebastian and Antonio*］をそのまま残している以上、それが大枠として全体にかかってしまい、セバスチャンの非悔悟の凶々しさが舞台の一方に小さく納められて、それに係わるプロスペローもまるで小さな存在に縮んでしまう。シェイクスピアの大詰の意図は、そうしたセバスチャンやアントーニオも大きくくるみ込んだ上で大団円の大舞台を描き上げることだったろうに。［*aside*］による演技空間の狭隘な分別などここでは小細工に過ぎない。

ちなみに拙訳での‘No’は、「馬鹿め」。ぎりぎり決着の翻訳は、編纂の場合とはやや違って演出の領域に無遠慮に侵入せざるをえない。この「馬鹿め」が一応わたしの思い描く大詰のプロスペロー像である。あるいは、最近話題のピーター・アクロイド（Peter Ackroyd, *Shakespeare: The Biography*）ふうに、この「馬鹿め」が晩年の作者シェイクスピアだと言ってみてもよいか。ということで、ここでのわたしは、［*smiling sadly*］のウィルソンとほとんど同種の感傷に陥ることになった。先にウィルソンへの非礼の詫びと言っておいたのはこのことである。

四　行分けの問題

近代劇の豊富なト書き、「手を叩いて」とか「マコロンの袋をポケットにしまい口を拭く」とか、あるいは「哀願するように」とか「子供部屋の窓から庭を眺める」とか、ト書きによるその種の微細な指示がシェイクスピアに欠けているからといって、それをいまさら言い立ててもはじまらない。代りにシェイクスピアには、イプセンやチェーホフにはけしてみられない、それよりもっと微細を極めた説明が、もっと豊富にテキストに隠されている。ここでの問題は「行分け」(lineation)。もちろん古版本の lineation がそのままシェイクスピアの意図を忠実に再現しているとは言えない。F1は大型版とはいえ二段組であるから blank verse の一行がその幅に納まりきれない場合もあっただろう。より広い幅(一・五倍)の四つ折本の場合でも植字工の作業の質がからまる。その一端は先に『ロミオとジュリエット』第一幕第四場、マキューシオの夢の台詞で考察した。植字工の能力、誠実度、もちろん筆耕のそれも当然問題になる。印刷所原本などの推定もからめてそれら多様な変数を計算しながら編纂者は lineation の編纂に当ることになるが、そこから作者シェイクスピアの計算がじわじわと編纂者に伝わってきて、シェイクスピアの創作の現場に立ち合っているような興奮を覚える瞬間がある。

ここでも例を挙げるにしくはない。まず『宴の夜』第五幕第一場、ここも主要登場人物全員が出揃って、舞台上それぞれの最終位置を確定させる大団円。狂人に仕立てられて暗い部屋に閉じ込められていたマルヴォーリオも、ようやく解放されてフェイビアンに連れられて出てくる。早速F1は次の五行(なお *Twelfth Night* の copy-text は *The Tempest* と同じくF1)。――'*Du*. (=ORSINO) Is this the Madman? / *Ol*. (=OLIVIA) I (=ay) my Lord, this fame: How now *Maluolio*? /

Mal. (=MALVOLIO) Madam, you haue done me wrong, / Notorious wrong. / *Ol.* Haue I *Maluolio?* No.' (Norton TLN 二四九五—九九)

一八世紀のケイペルはここの二行目のオリヴィアの台詞を前半と後半に分け、前半を一行目との、後半を三行目との渡り台詞にする lineation を行った。以来その lineation が最新のウォレン－ウェルズ(Roger Warren-Stanley Wells)のオックスフォード版(一九九四)に至るまで踏襲されてきている。だがわたしはケイペルに同じることができなかった。lineation の問題なので、いたずらにスペースを取ることになるが、わたしの編纂のテキストを韻文改行で次に掲げる。行末の行数表示も大場版——

ORSINO Is this the madman?
OLIVIA Ay, My lord, this same. 310
How now, Malvolio? 311
MALVOLIO Madam, you have done me wrong, notorious wrong. 312
OLIVIA Have I, Malvolio? No. 313

わたしはケイペルにならって最初の渡りの一行(三一〇行目)はそのまま残したが、次の三行(三一一—一三行目)はあえて散文に編纂した。わたしはここのマルヴォーリオに、大団円のしあわせな blank verse の輪からただ一人閉め出された人間の、肺腑から絞り出すような恨みと怒りの声を聞いたと思った。その声をそのまま表すためには三一二行目はblank verse崩れの異質のリズムでなければならない。その前後のオリヴィアの台詞も散文で短く途切れる。途切れた後に間が生じる。その間にこめられるであろうマルヴォーリオの切ない思いが、つまりはシェイクスピアのト書きである。三一三行目のオリヴィアの台詞の後、マルヴォーリオの台詞はblank verseによる十五行の事情説明になるが、その説明に入るためにも、演出の呼吸からぜひとも間が必要なはず、それが編纂での舞台的感覚というものである。

　わたし自身の舞台的感覚を押し立ててようやく十篇の編纂を終えたいま、そこで初めてみえてきた数多くの中で最も重大な一つはどうしてもlineationの問題であった。当然のことだが、ある一作品のすべてのlineationが他の版と完全に一致することは絶対にありえない。編纂者はlineationで最もきびしく試される。ここでもう一つ例を挙げないわけにはいかない。『オセロー』第三幕第三場のいわゆる'Temptation scene'である。この場はどこを取ってみても切実な例になりうるが、とりあえずtemptationの始まりの個所、ここでもまずcopy-textのF1を示すと――'Oth. (=OTHELLO) . . . and when I loue thee not, / Chaos is come againe. / *Iago*. My Noble Lord. / *Oth*. What doſt thou ſay, *Iago*? / *Iago*. Did *Michael Caſſio* / When he woo'd my Lady, know of your loue?' (Norton TLN 一六九二―九七)（最後の行の'he'の誤りはおそらくcompositorialであろう。Q1、F2とも'you'）。

　ベタ組ではとっさに識別しにくいだろうが、二行目、三行目、四行目とそれぞれがshort line。

（『宴の夜』の第五幕第一場とは違ってこの第三幕第三場は、マルヴォーリオをめぐる副筋の介入もなく、blank verse の散文が流れるように進み、ところどころにいまの例のような short lines が入る。念のため、『宴の夜』の例では韻文の中に「散文」を組み入れたが、ここは blank verse の流れの中に 'short line' をどう組み込むかが問題になる。）それらの short lines の中には作者の本来の意図から離れて、結果的にF１の印刷に表れてきたものもあるだろう。まずその弁別。具体的な編纂の作業で言うと、問題の short line を渡り台詞に嵌め込んで blank verse の淀みのない流れの中に同化してしまうか、あるいは short line のまま前後に間を置く一瞬の淀みをそこに演出するか。ここでもあえてスペースを取ってわたしの lineation をまず掲げる。行末の行数表示は大場版による。

OTHELLO . . . . And when I love thee not,
　Chaos is come again.
IAGO My noble lord—
OTHELLO What dost thou say, Iago?
IAGO Did Michael Cassio, when you wooed my lady,
　Know of your love?

わたしは九三、九四、九五行目の、F１の short lines をすべて生かし、さらに九六行目を blank

verse の一行にして、その残りをもう一行の short line に編纂した。しかしもちろん九三行目と九四行目とを間を置かずに繋げて渡りの一行に編纂することもできる。あるいは九三行目はＦ１のまま、九四行目と九五行目を繋げることも、あるいはＦ１どおり九六行目を'. . . Cassio,'で切って九五行目と繋げ、九六行目の残りを九七行目と繋げて blank verse の一行とすることも。そうした組み合わせのそのまた組み合わせで、Ｆ１のここ六行だけでも幾通りもの lineation が可能になるだろう。それを決するための textual なデータはない。頼りはあくまでも編纂者個々人の文学的、演劇(舞台)的感覚。

そうした可能性の組み合わせの中で、わたしの版がおそらく short line による間が最も多い編纂になっていると思う。単純な音節だけの計算だが、blank verse 一行十音節の残りの間──九三行目では四音節、九四行目(ダッシュは本版)では六音節、九五行目では三音節、そして九七行目では六音節と、それぞれの間の演出がイアーゴの心理的駆け引きに宛てられる。じいっとオセローを見つめるイアーゴの蛇のような目、じりじりとオセローに近づいていくイアーゴの動き、そしてまた一方オセローの心にふと現れる疑いのさざ波、第二次ケンブリッジ版ならばおそらくノラのマコロンやラネースフカヤの子供部屋並みのト書きを付けたくなったところだろうが、編纂者たちはここを二行の渡りを含めてみごとな blank verse の三行に編纂してしまったので残念なことにト書きを加えるだけの余裕はなかった。ここでわたしと同じ lineation を試みているのはニールのオックスフォード版(二〇〇六)だけ。だからといってニールとわたしが常に short line による間の余裕を最大限に生かしているというのではない。それは第二次ケンブリッジ版が常にshort lineをきっちりと渡り台詞の形に揃えてblank verseのリズムに則っているのではないのと同様である。ともあれ'Temptation scene'を通じてこういうshort lineが絶妙のタイミングで配置され、編纂者はそれぞれがみずからの読みの感覚、演出の感覚を賭してそれらと対決していく。こうしてだれしもがこの場の最後のイアーゴの七音節、'I am your own for ever.'に辿り着いたとき、これが多彩絢爛なト書きに満ちあふれた比類のない心理劇の名場面であることを長嘆息とともに納得するのである。

五　すべての編纂は舞台に向かう

台詞の渡りの最もみごとな例は『マクベス』第二幕第二場、ダンカン王を刺殺して血の短剣を手に妻の前に現れるマクベスと妻マクベス夫人との緊迫の対話の一行だろうと思う。speech heading を省いてわたしの版で引用すると、'Did not you speak? / When? / Now. / As I descended? / Ay.'（一六行目）――じつはここでも最後の'Ay.'と次行冒頭の'Hark.'とをそれぞれ独立した一行に立てる編纂が伝統的で、わたしの版は、近年（一九九〇）のオックスフォード版のブルック（Nicholas Brooke）とともに、思い切った独自の編纂になっている。ことごとさようにlineationの問題は、編纂史上に華やかな語句の問題どころのことではなく、じつはテキスト編纂の実際を奥深く根底から左右している。

　その lineation についてはもう一つ、最後にぜひとも言及しておかなくてはならない extra-metrical の問題がある。ここでも例を挙げるのが手っとり早い。『オセロー』の話題から始めたのだったから続けてその第一幕第一場。ヴェニスのブラバンシオの家の前、夜半、泥棒だ、泥棒だと騒ぎ立てるイアーゴとロダリーゴに起こされたブラバンシオがロダリーゴに怒りの声を上げる、お前には娘はやれんとちゃんと申し渡しておいたはずだ、なのになんたることか ‘Upon malicious knavery dost thou come / To start my quiet.’（九九–一〇〇行目）、ロダリーゴも ‘Sir, sir, sir—,’ とこれを遮るが、怒り心頭のブラバンシオは構わず続ける、‘But thou must needs be sure / My spirit and my place have in them power / To make this bitter to thee.’。問題はこのロダリーゴの ‘Sir, sir, sir—,’ の三音節の扱いである。これを blank verse の流れの中にどう組み込むか（F1はブラバンシオの前後とロダリーゴとを三行に印刷、Q1も同様）。従来の編纂はこれを次のブラバンシオの六音節（‘But thou must needs be sure’）への渡り台詞の一行にすることだった。これだと ‘Sir, sir, sir—,’ の前のブラバンシオの ‘To start my quiet.’ は short line になる。逆にこの五音節の short line の方をロダリーゴの三音節へと続けて渡りにする lineation もありうる（たとえば新フォルジャー版、一九九三）。だがいずれの lineation も音節不足で blank verse のリズムの乱れは免れない。

　これに対し新ペンギン版（一九六八）のケネス・ミュアがブラバンシオの前と後とを繋げて一行とし、ロダリーゴの ‘Sir, sir, sir—,’ をリズムから外れた台詞、つまり ‘extra-metrical’ とする lineation を提案した。これだとブラバンシオの台詞は ‘To stárt my quíet. But thóu must néeds be súre,’ と一応 blank verse の定型どおり淀みなく流れる。その後ホニグマンの第三次アーデン版（一九九七）がこれを採用しているが、わたしにはこの lineation がコロンブスの卵だった。（細かなことだが行数表示でわたしは ‘To start . . . sure,’ を一〇〇行目に、ロダリーゴの ‘Sir, sir, sir—,’ を一〇一行目に数える。）

同様の lineation の試みはオックスフォード版『マクベス』のニコラス・ブルックにもみられた。第一幕第二場五八—六〇行目（テキスト、行数表示とも大場版）、ファイフでの勝利を伝えるロスの台詞の最後 ‘The victory fell on us.’、これにダンカン王が ‘Great happiness!’ と応じる。ロスはひと息置いて ‘That now Sweno, / The Norways’ King, . . .’ と続けるが、ここでブルックはダンカンの ‘Great happiness!’ を extra-metrical とした（‘I assume that Ross completes his own verse line simultaneously with Duncan’s extra-metrical exclamation.’）。この判断は微妙なところだ。わたしにはダンカンの exclamation はやはりロスの ‘The victory fell on us.’ にまっすぐ続くように思えるし、なによりも次のロスの ‘That now Sweno,’ の四音節の前後に六音節分の間がほしい。そんな次第でわたしの『マクベス』ではブルックの提案を生かすことをしなかったが、この extra-metrical の lineation の可能性は、いまの『オセロー』と『マクベス』からの実例のほかにも、今度編纂を終えたわたしの「対訳・注解」シリーズの十篇の中に何個所かみられた。十篇以外にもおそらく検討を加えるべき個所は少なからず出てくるに相違ない。コロンブスの卵などと言ってみたがわたしには思いがけぬ発見だったというだけで、ただわたしの準備不足を露呈しただけのことかもしれない。この問題では、たとえばベン・ジョンソン (Ben Jonson) の *The Alchemist* 第四幕第五場二五―三二行目の具体的な印刷例(一六一二Q、一六一六F)などとともになお詳細な検討がなされなくてはならないであろう(とりあえずは大場訳『錬金術師』[国書刊行会一九九一]一八一ページ注三を参照していただけるとありがたい)。

しかし翻って考えてみれば、リズムの、間《ま》の、と言ったところで、実際の舞台では同時発話やかぶせ台詞などは演出の常識で、間のリズムだっても演出者、俳優にとって自由自在、これはシェイクスピアのことだけでなく、編纂者は、作者の意図などともっともらしい看板をひとまず掲げて、じつは彼自身の一つの演出の案を提示しているに過ぎぬのである。はじめにほんのいくつか数を限ってと断りを入れておいたが、結局は舌足らずのまま紙幅の方が尽きた。ともあれわたしは、十篇の戯曲の編纂を通して、シェイクスピアは劇作家であることを実感し続けていた。つまりは編纂の営みとは、ひたすらに舞台を意識した、舞台のためのものである。それ以上でもそれ以下でもありえない。そのことをこの連載でわたしは強調しておきたかった。

(『英語青年』二〇〇九年二月―三月号連載「シェイクスピアの編纂」改題、加筆。)

‘To be, or not to be, . . .’をどう訳すか

わたしの「対訳・注解 研究社シェイクスピア選集」全十巻の最初の配本は『マクベス』（第七巻）と『ハムレット』（第八巻）の二冊だった。発行の日付は二〇〇四年九月二三日。早速多くの方面で紹介・書評に取り上げてもらいありがたかった。演劇雑誌『悲劇喜劇』（早川書房）も二〇〇五年二月号で二ページを割いて安西徹雄氏による書評を掲載してくれた。「重厚精緻な学殖」「画期的大事業」などは過褒も過褒、恐縮千万なことだった。安西氏は上智大学教授のシェイクスピア学者で、演劇集団「円」の演出家でもある。自身の訳・台本のシェイクスピアも十本近くに上る。

氏はこの選集の意図するところをていねいに好意的に掬い上げ、過褒を交えて紹介した上で、最後に二点ほど疑問を付け加えていた。わたしは凡例にわたしの翻訳について舞台のリズムを強く意識していると書いておいたが、『ハムレット』の‘To be, or not to be, that is the question;’の

訳「存在することの是非、それが問題として突きつけられている。」は舞台のリズムの点で効果的であるか、それが氏の疑問の第一点。第二点は、これまた凡例でわたしは対象が戯曲なのだから上演を念頭に置いた編纂は当然としてもそれは演出への介入を意図するものではない、「演出的には中立」が編纂の上での基本的態度であると書いた。だが、と、安西氏は疑問を投げかけている、たとえば『マクベス』の幕切れのト書きは明らかな演出への介入ではないか、「中立どころか、きわめて明確な(演出上の)判断を下している。……私(安西)は別に、この矛盾を批判するのではない。これでよかった、むしろ本来、こうあるべきではないかと考える」、そもそも演出的に中立な編纂などありえないはずのものだから。——

これら二点についてはわたしの方でもかねて立ち入った説明を加えておきたいと願っていた所だったので、編集部に急遽二ページを都合してもらい、翌々月四月号に「'To be, or not to be, . . .'をどう訳すか」と題する文章を寄せて安西氏への回答とした。

安西徹雄様——本誌二月号での拙著へのご高評ありがたく存じました。「画期的大事業」のお言葉痛み入ります。ご文中に洩らしておいでの二点につき当方にもいささか思いがあり、以下に申し上げます。

第一点、演出への介入の問題。『マクベス』大詰、マクベス、マクダフ決戦の個所、第一・二つ折本には「両人戦いながら退場。ラッパの音」のト書きに続いてもう一行「戦いながら登場、マクベス殺される」のト書きの付加があります。これをそのまま採ればマクベスは舞台上で殺されなくてはなりません。一八世紀前半のアレグザンダー・ポープがこれを削除し、以来二世紀近くこの校訂が支持を得てきましたが、一九四七年の第二次ケンブリッジ版でジョン・ドーヴァー・ウィルソンがこれをあらためて復活、近年はその復活の方向が編纂の大勢になってきています。私は『マクベス』の編纂に際してこの大勢に異を唱えて問題の一行を削除し、その理由を、復活側の立場の紹介も交えて、二ページ近くの補注で説明いたしました。『マクベス』は四つ折本を持たず第一・二つ折本がテキスト編纂の唯一の権威でありますから、本文批評上の比較データが揃えにくく、特にこの個所では当時の舞台構造や演出慣行等を考察の対象として援用せざるをえませんでしたが、これはあくまでもテキスト編纂上の注記であって、みだりに演出に介入するような性格のものではありません。貴兄も『マクベス』を翻訳・演出するとなれば、この奇妙な二行のト書きの問題にまずテキスト編纂の立場から対処しなくてはならないでしょう。その点、一九八〇年代のシェイクスピアのテキスト編纂の変動期をへてもなお、既成のテキストに頼りきって、なんらの注記もせず「戦いながら登場、マクベス殺される」のト書きを訳出しているのは、きつい言い方になりますが、それこそ演出への無知な介入にほかならないと思います。私が演出への中立を基本的態度に掲げたのは、まずもってそうしたテキスト編纂についてのことです。たとえば幕・場割り、場所の設定、入・退場のタイミング、「傍白」などのト書きの挿入。韻文での行分けについても多くの問題が放置されたままです。台詞では個々の語句の読みはもとより、句読点

（特に感嘆符［！］）の問題。これらについて、従来の翻訳は、あまりに無原則に既成のテキストに寄りかかったまま結果的には現場の演出に「介入」してきました。私はあくまでもテキスト編纂の原点に立ち帰って、私自身の目で問題を洗い直すことを志したわけです。これを演出への中立と申しました。別に言えば演出に向けて可能な限り開かれたテキストの提示。

しかしもちろん、洗い直しを志しているその目は、貴兄の表現を借りれば、私自身の「演劇的感性」の目であります。結果として編纂されたテキスト、そしてそれに伴う翻訳は、貴兄のご指摘どおり私の「演出作品」にほかなりません。この選集の宣伝用パンフレットに「シェイクスピアの台詞のリズム、舞台のリズムに則した日本語訳を心がけた」とあえて開き直って記したのはその覚悟の表れです。そこで第二点、「存在することの是非、それが問題として突きつけられている」の訳のリズムについて。まず意味の面から入ります。一般に行われている「生きるか死ぬか」の訳の方向は、誤訳とまでは言わないまでも、'to be'の意味を完全に掬い取っているとは言い難い。この訳語が一世紀以上にわたって日本のハムレット像をゆがめてきたように私には思われます。独、仏訳なら、'sein'あるいは'être'をそのまま使えばすむことなのですが。そこをさすがに先達の逍遙は、「存《なが》ふる」から「世に在る」と、訳語の選択に先達らしくしきりに苦しんでいます。しかしその逍遙から一世紀をへて、ようやく「存在する」の訳語が舞台上の台詞として熟してきているというのが私の判断でした。意味が必ずしも直截的ではありませんが、この独白自体わざわざ曖昧から出発して、明確化の中核に向けて螺旋状の不安な旋回を繰り返している。いや、『ハムレット』という戯曲がその繰り返しの連続です。というところで、私がもう一つこだわらざるをえなかったのが「生きるか、死ぬか、それが問題だ」という文型のリズムでした。このリズムだと、ハムレットは、いわば見得を切る形で「問題」の中核にずかずか入り込んだ演技になる。だがこの独白は、そして戯曲『ハムレット』は、ここでのハムレットにそういう「見得」を求めてはいません。彼は第三者的な距離を置いて問題を見つめているというのが私の解釈です。そこから「問題として突きつけられている」という訳になった。貴兄がリズムに問題があるとおっしゃるのはあまりに散文的すぎるということなのでしょうか。だが次のリズムへのリズミカルな転調のためにも、ここではむしろリズムを抑えてエネルギーを溜め込んでおいた方がいい。私の目ざすリズムはそういう全体のリズムです。まさか、たとえば七五調を連発するようなのとは違います。もっとも、原文に則して改行する形の「韻文訳」ということになると、思いのほか七・五に頼ることが多いのですが、そのあたりの問題についてはまたゆっくりお話できる機会があればと願っています。宣伝用パンフレットの表紙にこの一行の訳を麗々しく掲げたのも、この際シェイクスピアの翻訳についての議論がより活発になればとの思いからでした。その意味でもここを問題にして下さった貴兄のご高評に感謝申し上げる次第です。匆々不悉。

二ページのスペースに思いを詰め込んでいるので、いま読み返してみて、言葉が足らず失礼な文章になってるのかもしれない。最後に近く、問題の訳「存在することの是非、それが問題として突きつけられている」について「次のリズムへのリズミカルな転調」と書いているのは、原文の 'To be, or not to be, that is the question;' から 'Whether 'tis nobler in the mind to suffer / The slings and arrows of outrageous fortune, / Or to take arms against a sea of troubles, / And by opposing end them . . . .'（テキスト大場編）への転調ということである。一行目の 'To be, or not to be, that is the question;' は単音節が区切りよくゆっくりと続いて最後の 'question' が女性行末（feminine ending）の「字余り」（正確には弱音余り）になっている。その「余り」を引きずってハムレットは「第三者的な距離を置いて問題を見つめている」、あるいは「リズムを抑えてエネルギーを溜め込んで」いる。やおら、次の 'Whether . . .' でリズムは弱強（iambus）から強弱（trochee）へと急転して独白のエネルギーが全開になる。念のため、わたしの訳は「どちらが高潔な人間か、狂暴な運命の／矢玉を心中じっと堪え忍んで生き続けるのと、／打ち寄せる困難の海に敢然武器を取って／立ち上がって一切の決着をつけるのと。……」別の書評では一行目の訳が「いささか長すぎる」との批判もあったが、わたしは訳者としてリズムの上からむしろ長すぎる間合いを意図した。たまたま選集の配本に先立って出版社が宣伝用のパンフレットを用意してくれたので、わたしはその表紙面にあえてこの問題の一行の訳を印刷してもらった。

安西氏はわたしの年来の友人であった。彼の舞台の劇評をわたしは何度か書いているし、また乞われてプログラムに何度か文章を載せた。それが昨年（二〇〇八年）五月二九日にあわただしく亡じられ、わたしは切磋琢磨の友人を失った。氏の最後の演出はストリンドベリの『死の舞踏』であった。わたしはその舞台の劇評の形を借りて *Shakespeare News*（日本シェイクスピア協会）に追悼の文章を書いた。——麦秋の中なるが悲し聖廃墟（水原秋櫻子）

舞台のリズムについて

――シェイクスピアのテキストと翻訳

早稲田大学演劇博物館は、日本のシェイクスピア研究の大いなる先達、そしてなによりも日本最初のシェイクスピアの全訳者である坪内逍遙博士を記念するものであります。その演劇博物館の主催する二一世紀COE演劇研究センター、シェイクスピア・セミナーからお招きをいただきまことに光栄に存じます。

一

坪内逍遙はほぼ半世紀を費やしてシェイクスピアの全訳をなしとげた。その偉業には多くの讃辞が捧げられてきた。舞台の想像力に恵まれた天性の演劇人としての、なによりも台詞のみごとなリズム感、適切に挿入されたト書きの演出的切れ味、また幼少時からの読書、勉学によって培われてきた文学的教養による用語の豊富、その絢爛の広がり、などなど、そしてそれらはいずれもシェイクスピアの翻訳にとって必須の条件のはずであって、シェイクスピアは幸運にも明治期の日本で最良の理解者を見出した。だが、後進の一人としていちばん驚くのは訳の正確ということである。英米の注釈書は当然幅広く参照されているが、英語の注であるから隔靴掻痒のもどかしさがあっただろう。日本語となると注釈もなにも頼りになるものは皆無である。そこを文字通り徒手空拳でシェイクスピアに対して、あれだけ正確な訳を行った。その後の翻訳は逍遙の正確さを出ていないと思う。逆に、逍遙がせっかく正しく訳したのに誤訳してしまっている個所も目についたりする。その点、坪内逍遙という大いなる先達は、演劇人、教養人であること以上に、語学的に感覚の鋭い語学の達人だったとあらためて思う。しかし、翻訳のテキストということになると、時代も一九世紀末から二〇世紀初めにかけてだから、かなり無頓着のままだった。

『シェークスピヤ研究栞』(一九三五年版、以下『研究栞』)を見てみると、「正しい底本を確定することが極めて困難である」と一応書いてはあるが、その先ほとんど関心が進んでいない。一巻本の全集を推薦するところでは *The Globe Shakespeare* を第一に挙げている。逍遙も結局は、この *The Globe Shakespeare*――いわゆるグローブ版をテキストとしていちばん頼りにしていたのだと思う。

ここでグローブ版について説明を加えておくと、一九世紀の中葉、一八六三年から六六年に、ケンブリッジ大学のトリニティ学寮のシェイクスピア学者三人が、一八世紀のポープ(Alexander

Pope)とかジョンソン博士(Samuel Johnson)とか、それまでのように個人の文学的嗜好に頼らない、古版本の学問的校合による全九巻のシェイクスピア全集を編纂した。この学寮には、一八世紀のすぐれた編纂者エドワード・ケイペル（Edward Capell）が収集した古版本がまとめて遺贈されていた。彼らはその貴重な遺産を活用してあらたにシェイクスピア全集を完成したのである。その全集の本文だけをマクミラン社が「グローブ文庫」の一冊として出版した。表紙のカバーに地球儀が印刷されていて、それで愛称がグローブ版。シェイクスピア生誕三百年記念の一八六四年の出版。一八六四年というと日本では明治維新の四年前の元治元年。それからほぼ一世紀間スタンダード・エディションとしてずっと命脈を保った。シュミットの『レキシコン』(Alexander Schmidt, *Shakespeare Lexicon* 一八七四)もバートレットの『コンコーダンス』(John Bartlett, *Concordance to Shakespeare* 一八九四)も、このグローブ版によっている。それほどまでにグローブ版、つまりケンブリッジ版『シェイクスピア全集』のテキストのヘゲモニーは絶対的だった。逍遙は思い煩うことなくグローブ版によっていればよかった。『研究栞』でもグローブ版を当然第一に推薦した。明治から大正、昭和へと、そういう時代だった。研究社の英文学研究叢書などのシェイクスピアもすべてグローブ版。

一八九九年というと明治三二年だが、その世紀の終りの年に「アーデン版シェイクスピア」というシリーズが発刊された。当時の錚々たる学者がそれぞれ一作品を担当し、テキスト編纂はもとより注釈、解説等を洩れなく一冊に盛り込んだシリーズで、ほぼ十年ほどで大部分の作品が出版された。勉強家の逍遙は翻訳を進めながらもちろんそれらを隈なく参考にしただろうが、テキスト編纂について言うと、どうしても担当者によってばらつきが出てくる。これは分担執筆のシリーズの宿命である。全訳となるとこれに就くことはおそらくできない。だから逍遙にとって、最終的に頼りとすべき唯一の柱のテキストは、結局ケンブリッジ版全集――グローブ版ということにならざるをえなかった。

だが、じつは二〇世紀の初めにシェイクスピアのテキスト編纂の歴史の上で大きな変動が起こっていた。それはこの時代の実証主義、科学主義に基づくテキスト編纂である。イギリス書誌学協会（Bibliographical Society）の発足が一八九二年。その新しい科学的書誌学研究は一般に New Bibliography と呼ばれた。シェイクスピアのテキスト編纂では、研究の方向はシェイクスピアの古版本のもととなったはずの印刷所原本の問題から、印刷所原本の前段階の原稿の問題、そしてシェイクスピア時代の印刷所や活字に関する研究など広範囲に及んだ。A・W・ポラード（Alfred William Pollard）、R・B・マッケロー（Ronald Brunlees McKerrow）、W・W・グレッグ（Walter Wilson Greg）の三巨頭をその偉大な推進者としてここに挙げることができる。大英博物館のハーレー文庫に原稿の形で収められている戯曲『サー・トマス・モア』への加筆部分にシェイクスピアの筆跡を認めようとする研究も行われた。

その変動は当然一九世紀ケンブリッジ版全集の権威への異議申し立てを含むことになる。ケンブリッジ版の古版本の校合は残念なことに表層的な字句の域にとどまっていて、古版本の印刷所原本の系譜を書誌学的に明確にするという肝心の手続きに欠けていた。この事態に対して、一九二一年、ケンブリッジ大学出版局が新しいシェイクスピア全集の出版を開始する。この第二次ケンブリッジ版全集を彼らは New Shakespeare と称した。編纂に当ったのはケンブリッジ大学教授アーサー・クウィラ＝クーチ（Arthur T. Quiller-Couch）と、新書誌学の旗手ジョン・ドーヴァー・ウィルソン（John Dover Wilson）の両人。やがてクウィラ＝クーチが退き、ウィルソン単独の事業となるが、一九二一年の第一巻『あらし』のときから実際のテキストはウィルソンの責任による編纂だった。全三十九巻の完結は四十五年後の一九六六年。最後の段階ではウィルソンが失明し、またこの分野の学問の日進月歩ということもあって、数人の若い研究者の協力が必要になった。ともあれ、これが二〇世紀前半の学界に旋風を巻き起こした第二次ケンブリッジ版全集「新シェイクスピア」である。

「新シェイクスピア」のいちばんの問題作は、一九三四（昭和九）年に出た『ハムレット』だと思う。これには逍遥は間に合わなかった。『研究栞』には「新シェークスピヤ集」の書名もみえるし、『ハムレット』編纂の基礎固めとなったウィルソンの *The Manuscript of Shakespeare's 'Hamlet'* への言及もあるにはあるが、逍遥は年代的にウィルソンの一世代前だった。逍遥後は戦時中ということもあり、ウィルソンの日本への本格的な影響はやはり戦後を待たなくてはならなかった。

ウィルソン版をテキストにして翻訳を開始したのが福田恆存である。一九五五（昭和三〇）年の文学座の『ハムレット』は日本の演劇史上一つの画期となる名舞台だったとされる。ウィルソン版による福田恆存訳、演出ももちろん福田。芥川比呂志が「人生を激しく演戯してゐる」ハムレットを圧倒的なスピードで演じきって、築地小劇場以来の「新劇」に反逆した。その後も福田恆存はウィルソンの新シェイクスピア版を底本にしてシェイクスピアの翻訳を続行した。その点福田はその翻訳底本に一つのテキスト編纂体系を積極的に選び取ったという意味でユニークな存在だった。

しかし、それは福田恆存というすぐれた演劇人にとって適切な選択だったかどうか。二〇世紀前半の「新しい」テキスト編纂は、その標榜する実証主義、科学主義にもかかわらず、あるいはそのためにかえって、基本的な感覚において、舞台的というよりはむしろ文学的だったと思う。演劇史的に二〇世紀初めの演劇は自然主義、写実主義の大きな流れの中にあった。ポラードもグレッグも科学的分析においては書誌学的にすぐれた業績を重ねていたが、戯曲の解釈の面ではやはり近代文学の写実主義。ウィルソンのテキストも特にその台詞の解釈においてきわめて写実主義的だった。演劇史の用語を使えば「近代的リアリズム」に立脚するものであった。

そのいちばんの証拠はウィルソンのテキストにおびただしいト書きである。彼は彼の近代劇リアリズムの理解に従って、古版本にはないト書きを徹底して付け加えた。そのト書きによって劇の流れは明快になったが、その明快は、近代劇リアリズム的感性による、あくまでもウィルソン自身のものに過ぎない。『ハムレット』で最も有名なのは第二幕第二場のハムレットの二重登場説

――ハムレットは、クローディアスとポローニアスがオフィーリアを囮《おとり》にして彼の狂気の原因を探ろうとしているのを聞きつけ、なに食わぬ顔でもう一度登場し直した。これだとハムレットのその後の行動の心理が近代劇的によくわかる。だがそのト書きによる演出は、「自分の役の内面心理の動きや性格をせりふから逆に推理し帰納して、その表現を目ざすという写実主義的教養は有害無益である」という福田自身のシェイクスピア演出の基本理念と衝突せざるをえないだろう。一九六〇年代に入ると、近代劇リアリズムに立脚した築地以来の日本の新劇が攻撃にさらされるようになる。福田シェイクスピアは、皮肉なことに、戦うべき相手を内部に抱え込んだままいわば自爆を余儀なくされた。一九五五年のエポック・メーキングな『ハムレット』から二十九年、一九八四年に劇団昴で再演された『ハムレット』は、ただスピードだけが緊張を欠いて上滑りする惨憺たる結果に終っていた。

テキスト編纂の面でも、ウィルソンのテキスト自体批判にさらされるようになった。第二次ケンブリッジ版全集の最後の数巻は、ウィルソンの失明ということもあるが、共編という形で、新しい研究者の助力を必要とした。ウィルソンのテキストへの批判は、まず第一に、科学的、実証的な新書誌学の分析が日進月歩のスピードで微細を極めるようになって、ウィルソンのデータが古くなってしまったから。それはアーデン版シェイクスピアのシリーズでも同様で、二〇世紀初めの研究成果を満載したそのシリーズも、二〇世紀半ばから新しい改訂版を出し始めた。これが第二次アーデン版で、テキストも注釈も、それぞれの編者によって多少のばらつきはあるが、二〇世紀後半での最高の水準を保持するシリーズになった。福田恆存訳以後の日本語訳は、この第二次アーデン版を底本としているのが多い。

しかし歴史はたえず動いている。一九七〇年代に入って、テキスト編纂の上にまた新しい動きが起ってきた。それは、演劇史上の近代劇リアリズム批判とおそらくパラレルに理解することができると思う。ひとことで尽せば、二〇世紀初めの実証主義に対して、テキストの相対性の認識。そうした認識はそれこそ文学とともに古いものではあるけれども、シェイクスピア編纂の分野で直接この動向を示唆した最初の論文集として、一九六五年出版のE・A・J・ホニグマン（Honigmann）の *The Stability of Shakespeare's Text* を挙げることができる。題名には stability（安定性）とあるが、内容はシェイクスピアのテキストにはたして stability があるのかどうかという疑問の提示だった。新書誌学の実証主義の背景にあるのが科学への信頼であるとするなら、この相対性の背後にあるのは文学の受容の問題。そもそも文学はだれのものなのか。作者のものなのか。いやそれは本来読者のものである。読者の理解の中に開かれたものである。その象徴的表現がロラン・バルト（Roland Barthes）の「作者の死」であろう。これは一九六八年にマルセイユ発行の同人誌『マンテイア』に発表された論文の題名である。*Manteia* はギリシャ語で「予言」の意味。作者が「死んだ」となれば、テキストの絶対性はそこで失われる。テキストは当然相対的なものに認識される。特に演劇のテキストともなれば具体的に上演によっていくらでも変動するだろう。

その認識を背景にして新しく編纂された一巻本全集が一九八六年のオックスフォード版『シェ

イクスピア全集』である。編纂者の一人のスタンリー・ウェルズ(Stanley Wells)は、その全集への一つの導入の役割を果した論文集*The Division of the Kingdoms*(一九八三)の序論で*Zeitgeist*という言葉を使った。ここには「時代精神《ツァイトガイスト》」が作動していると。台風の目となったのは『リア王』である。第二次ケンブリッジ版全集の台風の目が『ハムレット』だったとすれば、今度は『リア王』。オックスフォード版全集は『リア王』を二つに立てた。*The History of King Lear*と*The Tragedy of King Lear*の二本。

テキストはあらたに流動するものとしてとらえられる。

二

それではここで、具体的に『リア王』のテキスト編纂の問題に入る。まず、古版本の確認をしておこう。

『リア王』の最初の出版は一六〇八年の四つ折本(quarto)で、これをQ1と略記する。四つ折本とは印刷用全紙を二回折って四葉八ページにした書物のつくりをいう。一回折り二葉四ページのつくりが「二つ折本」(folio)である。二度目の四つ折本『リア王』Q2の出版は一六一九年。このQ2について少々説明を加えておくと、トマス・ペイヴィアという出版業者が印刷業者のウィリアム・ジャガードと組んでシェイクスピア作品集と称して十篇を集めた戯曲集の出版を企てた。

しかし実際の内容はというと、先行の粗悪な非合法出版の再版あり、あるいはシェイクスピアの作品と認知されていない作品あり、しかも出版権をめぐって問題が生じると出版年を偽るなどまことに無責任なものであった。これを「ペイヴィア四つ折本」と通称するが、Q2もその中の一冊で、扉にはQ1と同じ出版者名と出版年が麗々しく印刷されていた。こうした事情が解明されたのも二〇世紀初めの新書誌学の功績によるものである。Q2にはQ1の誤植の訂正が若干施されている。Q3は一六五五年の出版でQ2の再版である。このQ1→Q2→Q3の系譜から、テキストとしての権威はQ1にあることになる。

一方、一六二三年出版の最初の二つ折本『シェイクスピア戯曲全集』、いわゆるファースト・フォリオ(F1と略記)の『リア王』は、Q1とは別の系統のテキストだった。具体的にどのように違うのかというと、Q1にあってF1にない台詞が約三百行、これは全体のほぼ一割に相当する。逆にF1にあってQ1にない台詞が約百行。そのほか意味に係わる語句等の相違、これをsubstantive differenceというが、その相違が約千五百個所もある。題名からして違っている。Q1の方は 'The Historie of King Lear' (扉の題名には 'True Chronicle Historie' とあって全体で七行に及ぶ角書風の長い説明の尾鰭がついているが、一般には一七二ページの図版Q1［上］Q2［下］のそれぞれ上欄柱に見られるイタリック体のこの題名が定着している)。このHistorie (= history) は story つまり narrative の意味で、訳せば『リア王の物語』。これに対しF1は、これも一七三ページ図版の柱にみられるように 'The Tragedie (= tragedy) of King Lear' つまり『リア王の悲劇』である。なおQ1、Q2、F1ともそれぞれの図版は、第三幕第七場から第四幕第一場にかけてのページを採ってある（Q1、$H2^r$ $H2^v$／Q2、$G4^v$ $H1^r$／F1、$rr4^v$）。

注　Q1, Q2　*A Facsimile Series of Shakespeare Quartos: Nos. 21, 22.* Nan'un-do Publishing Co Ltd (1975)

F1　*The Norton Facsimile: The First Folio of Shakespeare* (1968)

第三幕第七場はグロスターがリア王側と内通していたことが知れて、コーンウォルがグロスターの両眼をえぐり抜く残酷な場面である。あまりの残虐行為に、コーンウォルの召使が主人に剣を向けて手傷を負わせる。その召使をリーガンが刺し殺す。

以下、編纂の実際問題を見てみるために、特に説明に必要な部分約五十行について、最低限読める程度に拡大したQ1とF1の図版を一七四、一七五ページに掲げた。いちいちわずらわしいことでしょうが、以下わたしの説明に従って参照していただければと思います。なお図版欄外右に打たれたライン・ノンブルは、「対訳・注解 研究社シェイクスピア選集」『リア王』（二〇〇五）のもの。

さて図版はいずれも、グロスターが残った片方の目をえぐり抜かれたところから。グロスターの痛恨の台詞があって、コーンウォルがリーガンに助けられて退場。テキスト編纂の実際からは、ここだけでも多くの細かな指摘がなされなくてはならないが、全体の訳も含めてその詳細は大場『リア王』（研究社）参照のこと。ここではほんの説明の数を限って、まず一七二ページQ1九三行目の'dungell'の明らかな誤植がQ2で'dunghill'に正しく改訂されている(一七二ページ図版の印刷は小さすぎてこの改訂が確かめられないかもしれないが)。これはQ2のQ1改訂の例の一つになる。次は八二行目、Q1Q2の'vnbridle (= unbridle)'と一七三ページF1の'enkindle'の相違。これが先に言ったsubstantive differenceに相当する。どちらをとるべきか。bridleは「馬のくつわ」の意味でunbridleは「くつわを外す」「自由にする」の意味になるからQ1でも意味が通じるけれども、F1のenkindleの方が次のsparksとの縁語になりイメージも生きる。Q1の'vnbridle'はヘイリオの注記するように(Jay L. Halio, *The First Quarto of King Lear*) minim misreadingと*k/b* confusionの例として処理することができる。だが、コーンウォルがリーガンの腕にすがって退場した後の処理はそうはいかない。F1はここで'*Exeunt*,'で全員退場(最後のコンマはミスプリント)。しかしQ1は'*Exit*.'と退場は退場だが(なお*exit*はラテン語単数動詞だから複数形の*exeunt*が正しい)、召使二人が残って二人の間でなお対話が続く。つまりこの個所九五—一〇三行はQ1にあってF1に欠けている約三百行の中の九行ということになる。

これをテキストに採るか、採らないか。

まず、どうしてこのような相違が生じたのか。

Q1はなんらかの事情によって上演台本が不完全な形で再構成され、それが印刷所原本となった。そのなんらかの事情には非合法出版説やら地方巡業での記憶による台本再構成説など話題は尽きないが、ここでは立ち入らないことにする。一方F1の印刷所原本は先行のQ1の版本に、

The Hiſtorie of King Lear.

Shee takes a ſword and runs at him behind.

Seruant. Oh I am ſlaine my Lord, yet haue you one eye left to ſee ſome miſchiefe on him, oh!

Corn. Leaſt it ſee more preuent it, out vild Ielly
Where is thy luſter now?

Gloſt. All darke and comfortles, wher's my ſonne *Edmund*?
Edmund vnbridle all the ſparks of nature, to quit this horred act,

Reg. Out villaine, thou calſt on him that hates thee, it was he that made the ouerture of thy treaſons to vs, who is too good to pittie thee.

Gloſt. O my follies, then *Edgar* was abus'd,
Kind Gods forgiue me that, and proſper him.

Reg. Goe thruſt him out at gates, and let him ſmell his way to Douer, how iſt my Lord? how looke you?

Corn. I haue receiu'd a hurt, follow me Ladie,
Turne out that eyles villaine, throw this ſlaue vpon
The dungell *Regan*, I bleed apace, vntimely
Comes this hurt, giue me your arme. *Exit.*

Seruant. Ile neuer care what wickednes I doe,
If this man come to good.

2 *Seruant.* If ſhe liue long, & in the end meet the old courſe of death, women will all turne monſters.

1 *Ser.* Lets follow the old Earle, and get the bedlom
To lead him where he would, his madnes
Allows it ſelfe to any thing.

2 *Ser.* Goe thou, ile fetch ſome flaxe and whites of egges to apply to his bleeding face, now heauen helpe him. *Exit.*

Enter Edgar.

Edg. Yet better thus, and knowne to be contemnd,
Then ſtill contemn'd and flattered to be worſt,
The loweſt and moſt deiected thing of Fortune
Stands ſtill in experience, liues not in feare,
The lamentable change is from the beſt,
The worſt returnes to laughter,
Who's here, my father parti, eyd, world, world, O world!
But that thy ſtrange mutations make vs hate thee,
Life would not yeeld to age. *Enter Gloſt. led by an old man.*

Old man O my good Lord I haue beene your tenant, & your

H 2 fathers

The Hiſtorie of King Lear.

fathers tenant this foreſcore---

Gloſt. Away, get thee away, good friend be gon,
Thy comforts can doe me no good at all,
Thee they may hurt.

Old man. Alack ſir, you cannot ſee your way.

Gloſt. I haue no way, and therefore want no eyes,
I ſtumbled when I ſaw, full oft tis ſeene
Our meanes ſecure vs, and our meare defects
Proue our comodities, ah deere ſonne *Edgar*,
The food of thy abuſed fathers wrath,
Might I but liue to ſee thee in my tuch,
Id'e ſay I had eyes againe.

Old man. How now whoſe there?

Edg. O Gods, who iſt can ſay I am at the worſt,
I am worſe then ere I was.

Old man. Tis poore mad *Tom.*

Edg. And worſe I may be yet, the worſt is not,
As long as we can ſay, this is the worſt.

Old man. Fellow where goeſt?

Gloſt. Is it a begger man?

Old man. Mad man, and begger to.

Gloſt. A has ſome reaſon, elſe he could not beg,
In the laſt nights ſtorme I ſuch a fellow ſaw,
Which made me thinke a man a worme, my ſonne
Came then into my mind, and yet my mind (ſince,
Was then ſcarce friendes with him, I haue heard more
As flies are toth' wanton boyes, are we toth' Gods,
They bitt vs for their ſport.

Edg. How ſhould this be, bad is the trade that muſt play the foole to ſorrow angring it ſelfe and others, bleſſe thee maiſter.

Gloſt. Is that the naked fellow?

Old man. I my Lord.

Gloſt. Then prethee get thee gon, if for my ſake
Thou wilt oretake vs here a mile or twaine
Ith' way toward Douer, doe it for ancient loue
And bring ſome couering for this naked ſoule
Who Ile intreate to leade me.

Old man. Alack ſir he is mad.

Gloſt

The Hiſtory of King Lear.

She takes a ſword, and runs at him behinde.

Seruant. Oh I am ſlaine my Lord, yet haue you one eye left to ſee ſome miſchiefe on him, oh! *He dies.*

Corn. Leaſt it ſee more, preuent it, out vilde Ielly,
Where is thy luſter now?

Gloſt. All darke and comfortles, wheres my ſonne *Edmund*?
Edmund vnbridle all the ſparkes of nature, to quit this horrid acte.

Reg. Out villaine, thou calſt on him that hates thee, it was hee that made the ouerture of thy treaſons to vs, who is too good to pitty thee.

Gloſt. O my follies, then *Edgar* was abuſed,
Kinde Gods forgiue me that, and proſper him.

Reg. Goe thruſt him out at gates, and let him ſmell his way to Douer, how iſt my Lord? how looke you?

Corn. I haue receiued a hurt, follow me Lady,
Turne out that eyeleſſe villaine, throw this ſlaue vpon
The dunghill, *Regan* I bleed apace, vntimely
Comes this hurt, giue me your arme. *Exit.*

Seruant. Ile neuer care what wickedneſſe I do,
If this man come to good.

2. *Seruant.* If ſhe liue long, and in the end meet the old courſe of death, women will all turne monſters.

1 *Ser.* Let's follow the old Earle, and get the bedlam
To lead him where he would, his rogiſh madneſſe
Allowes it ſelfe to any thing.

2 *Ser.* Goe thou, ile fetch ſome flaxe and whites of egges to apply to his bleeding face, now heauen helpe him.

Exit.

Enter Edgar.

Edg. Yet better thus, and knowne to be contemn'd,
Then ſtill contemn'd and flattered to be worſt,
The loweſt and moſt deiected thing of Fortune
Stands ſtill in experience, liues not in feare,
The lamentable change is from the beſt,
The worſt returnes to laughter,

Who's

The Hiſtory of King Lear.

Who's here, my father poorely led, world, world, ô world!
But that thy ſtrange mutations make vs hate thee,
Life would not yeeld to age.

Enter Gleſter led by an olde man.

Old man. O my good Lord, I haue bene your tenant, & your fathers tenant this foureſcore———

Gloſt. Away, get thee away, good friend be gone,
Thy comforts can do me no good at all,
Thee they may hurt.

Old man. Alacke ſir, you cannot ſee your way.

Gloſt. I haue no way, and therefore want no eies,
I ſtumbled when I ſaw, full oft tis ſeene
Our meanes ſecure vs, and our meere defects
Prooue our commodities; ah deare ſonne *Edgar*,
The food of thy abuſed fathers wrath,
Might I but liue to ſee thee in my tuch,
Ide ſay I had eyes againe.

Old man. How now, who's there?

Edg. O Gods, who iſt can ſay I am at the worſt,
I am worſe then ere I was.

Old man. Tis poore mad *Tom.*

Edg. And worſe I may be yet, the worſt is not,
As long as we can ſay, this is the worſt.

Old man. Fellow where goeſt?

Gloſt. Is it a begger man?

Old man. Mad man, and begger too.

Gloſt. He has ſome reaſon, elſe he could not beg,
In the laſt nights ſtorme I ſuch a fellow ſaw,
Which made me thinke a man a worme, my ſonne
Came then into my minde, and yet my minde
Was then ſcarſe friends with him, I haue heard more ſince,
As flyes are to'th wanton boyes, are we to'th Gods,
They bit vs for their ſport.

Edg. How ſhould this be? bad is the trade that muſt play the foole to ſorrow, angring it ſelfe and others; bleſſe thee maſter.

Gloſt. Is that the naked fellow?

H *Old*

You ſhould not ruffle thus. What will you do?
Corn. Come Sir.
What Letters had you late from France?
Reg. Be ſimple anſwer'd, for we know the truth.
Corn. And what confederacie haue you with the Traitors, late footed in the Kingdome?
Reg. To whoſe hands
You haue ſent the Lunaticke King: Speake.
Glou. I haue a Letter gueſſingly ſet downe
Which came from one that's of a newtrall heart,
And not from one oppos'd.
Corn. Cunning.
Reg. And falſe.
Corn. Where haſt thou ſent the King?
Glou. To Douer.
Reg. Wherefore to Douer?
Was't thou not charg'd at perill.
Corn. Wherefore to Douer? Let him anſwer that.
Glou. I am tyed to'th'Stake,
And I muſt ſtand the Courſe.
Reg. Wherefore to Douer?
Glou. Becauſe I would not ſee thy cruell Nailes
Plucke out his poore old eyes: nor thy fierce Siſter,
In his Annointed fleſh, ſticke boariſh phangs.
The Sea, with ſuch a ſtorme as his bare head,
In Hell-blacke-night indur'd, would haue buoy'd vp
And quench'd the Stelled fires:
Yet poore old heart, he holpe the Heauens to raine.
If Wolues had at thy Gate howl'd that ſterne time,
Thou ſhould'ſt haue ſaid, good Porter turne the Key:
All Cruels elſe ſubſcribe: but I ſhall ſee
The winged Vengeance ouertake ſuch Children.
Corn. See't ſhalt thou neuer. Fellowes hold ẙ Chaire,
Vpon theſe eyes of thine, Ile ſet my foote.
Glou. He that will thinke to liue, till he be old,
Giue me ſome helpe. ——O cruell! O you Gods.
Reg. One ſide will mocke another: Th'other too.
Corn. If you ſee vengeance.
Seru. Hold your hand, my Lord:
I haue ſeru'd you euer ſince I was a Childe:
But better ſeruice haue I neuer done you,
Then now to bid you hold.
Reg. How now, you dogge?
Ser. If you did weare a beard vpon your chin,
I'ld ſhake it on this quarrell. What do you meane?
Corn. My Villaine?
Seru. Nay then come on, and take the chance of anger.
Reg. Giue me thy Sword. A pezant ſtand vp thus?
Killes him.
Ser. Oh I am ſlaine: my Lord, you haue one eye left
To ſee ſome miſchefe on him. Oh.
Corn. Leſt it ſee more, preuent it; Out vilde gelly:
Where is thy luſter now?
Glou. All darke and comfortleſſe?
Where's my Sonne *Edmund*?
Edmund, enkindle all the ſparkes of Nature
To quit this horrid acte.
Reg. Out treacherous Villaine,
Thou call'ſt on him, that hates thee. It was he
That made the ouerture of thy Treaſons to vs:
Who is too good to pitty thee.
Glou. O my Follies! then *Edgar* was abus'd,
Kinde Gods, forgiue me that, and proſper him.
Reg. Go thruſt him out at gates, and let him ſmell
His way to Douer. *Exit with Glouſter.*
How is't my Lord? How looke you?
Corn. I haue receiu'd a hurt: Follow me Lady;
Turne out that eyeleſſe Villaine: throw this Slaue
Vpon the Dunghill: *Regan*, I bleed apace,
Vntimely comes this hurt. Giue me your arme. *Exeunt.*

Actus Quartus. Scena Prima.

Enter Edgar.

Edg. Yet better thus, and knowne to be contemn'd,
Then ſtill contemn'd and flatter'd, to be worſt:
The loweſt, and moſt deiected thing of Fortune,
Stands ſtill in eſperance, liues not in feare:
The lamentable change is from the beſt,
The worſt returnes to laughter. Welcome then,
Thou vnſubſtantiall ayre that I embrace:
The Wretch that thou haſt blowne vnto the worſt,
Owes nothing to thy blaſts.
Enter Glouſter, and an Oldman.
But who comes heere? My Father poorely led?
World, World, O world!
But that thy ſtrange mutations make vs hate thee,
Life would not yeelde to age.
Oldm. O my good Lord, I haue bene your Tenant,
And your Fathers Tenant, theſe fourescore yeares.
Glou. Away, get thee away: good Friend be gone,
Thy comforts can do me no good at all,
Thee, they may hurt.
Oldm. You cannot ſee your way.
Glou. I haue no way, and therefore want no eyes:
I ſtumbled when I ſaw. Full oft 'tis ſeene,
Our meanes ſecure vs, and our meere defects
Proue our Commodities. Oh deere Sonne *Edgar*,
The food of thy abuſed Fathers wrath:
Might I but liue to ſee thee in my touch,
I'ld ſay I had eyes againe.
Oldm. How now? who's there?
Edg. O Gods! Who is't can ſay I am at the worſt?
I am worſe then ere I was.
Old. 'Tis poore mad Tom.
Edg. And worſe I may be yet: the worſt is not,
So long as we can ſay this is the worſt.
Oldm. Fellow, where goeſt?
Glou. Is it a Beggar-man?
Oldm. Madman, and beggar too.
Glou. He has ſome reaſon, elſe he could not beg.
I'th'laſt nights ſtorme, I ſuch a fellow ſaw;
Which made me thinke a Man, a Worme. My Sonne
Came then into my minde, and yet my minde
Was then ſcarſe Friends with him.
I haue heard more ſince:
As Flies to wanton Boyes, are we to th'Gods,
They kill vs for their ſport.
Edg. How ſhould this be?
Bad is the Trade that muſt play Foole to ſorrow,
Ang'ring it ſelfe, and others. Bleſſe thee Maſter.
Glou. Is that the naked Fellow?
Oldm. I, my Lord.
Glou. Get thee away: If for my ſake
Thou wilt ore-take vs hence a mile or twaine
I'th'way toward Douer, do it for ancient loue,
And bring ſome couering for this naked Soule,
Which Ile intreate to leade me.
Old. Alacke ſir, he is mad.

Glou.

Gloſt. All darke and comfortles, wher's my ſonne *Edmund*?
Edmund vnbridle all the ſparks of nature, to quit this horred act,
Reg. Out villaine, thou calſt on him that hates thee, it was he
that made the ouerture of thy treaſons to vs, who is too good to
pittie thee.
Gloſt. O my follies, then *Edgar* was abus'd,
Kind Gods forgiue me that, and proſper him.
Reg. Goe thruſt him out at gates, and let him ſmell his way to
Douer, how iſt my Lord? how looke you?
Corn. I haue receiu'd a hurt, follow me Ladie,
Turne out that eyles villaine, throw this ſlaue vpon
The dungell *Regan*, I bleed apace, vntimely
Comes this hurt, giue me your arme. *Exit.*
Seruant. Ile neuer care what wickednes I doe,
If this man come to good.
2 *Seruant.* If ſhe liue long, & in the end meet the old courſe
of death, women will all turne monſters.
1 *Ser.* Lets follow the old Earle, and get the bedlom
To lead him where he would, his madnes
Allows it ſelfe to any thing.
2 *Ser.* Goe thou, ile fetch ſome flaxe and whites of egges to
apply to his bleeding face, now heauen helpe him. *Exit.*
Enter Edgar.
Edg. Yet better thus, and knowne to be contemnd,
Then ſtill contemn'd and flattered to be worſt,
The loweſt and moſt deiected thing of Fortune
Stands ſtill in experience, liues not in feare,
The lamentable change is from the beſt,
The worſt returnes to laughter,
Who's here, my father parti, eyd, world, world, O world!
But that thy ſtrange mutations make vs hate thee,
Life would not yeeld to age. *Enter Gloſt. led by an old man.*
Oldman O my good Lord I haue beene your tenant, & your
fathers tenant this foreſcore---
Gloſt. Away, get thee away, good friend be gon,
Thy comforts can doe me no good at all,
Thee they may hurt.
Old man. Alack ſir, you cannot ſee your way.
Gloſt. I haue no way, and therefore want no eyes,
I ſtumbled when I ſaw, full oft tis ſeene
Our meanes ſecure vs, and our meare defects
Proue our comodities, ah deere ſonne *Edgar*,
The food of thy abuſed fathers wrath,
Might I but liue to ſee thee in my tuch,
Id'e ſay I had eyes againe.
Old man. How now whoſe there?
Edg. O Gods, who iſt can ſay I am at the worſt,
I am worſe then ere I was.

Glou. All darke and comfortleſſe? 81
Where's my Sonne *Edmund*?
Edmund, enkindle all the ſparkes of Nature 82
To quit this horrid acte.
Reg. Out treacherous Villaine,
Thou call'ſt on him, that hates thee. It was he
That made the ouerture of thy Treaſons to vs: 85
Who is too good to pitty thee.
Glou. O my Follies! then *Edgar* was abus'd,
Kinde Gods, forgiue me that, and proſper him.
Reg. Go thruſt him out at gates, and let him ſmell
His way to Douer. *Exit with Glouſter.*
How is't my Lord? How looke you? 90
Corn. I haue receiu'd a hurt: Follow me Lady;
Turne out that eyeleſſe Villaine: throw this Slaue
Vpon the Dunghill: *Regan*, I bleed apace,
Vntimely comes this hurt. Giue me your arme. *Exeunt.* 94

Actus Quartus. Scena Prima.

Enter Edgar.

Edg. Yet better thus, and knowne to be contemn'd,
Then ſtill contemn'd and flatter'd, to be worſt:
The loweſt, and moſt deiected thing of Fortune,
Stands ſtill in eſperance, liues not in feare:
The lamentable change is from the beſt, 5
The worſt returnes to laughter. Welcome then,
Thou vnſubſtantiall ayre that I embrace:
The Wretch that thou haſt blowne vnto the worſt,
Owes nothing to thy blaſts. 9

Enter Glouſter, and an Oldman.

But who comes heere? My Father poorely led?
World, World, O world! 10
But that thy ſtrange mutations make vs hate thee,
Life would not yeelde to age.
Oldm. O my good Lord, I haue bene your Tenant, 12
And your Fathers Tenant, theſe foureſcore yeares.
Glou. Away, get thee away: good Friend be gone, 15
Thy comforts can do me no good at all,
Thee, they may hurt.
Oldm. You cannot ſee your way. 17
Glou. I haue no way, and therefore want no eyes:
I ſtumbled when I ſaw. Full oft 'tis ſeene,
Our meanes ſecure vs, and our meere defects 20
Proue our Commodities. Oh deere Sonne *Edgar*,
The food of thy abuſed Fathers wrath:
Might I but liue to ſee thee in my touch,
I'ld ſay I had eyes againe.
Oldm. How now? who's there?
Edg. O Gods! Who is't can ſay I am at the worſt? 25
I am worſe then ere I was. 26

劇団所有の上演台本を突き合わせた上で加除訂正を加えたものというのが定説になった。上演台本ともなればその加除訂正に舞台上の演出が影響するだろうし、また筆耕による誤り等も当然混入せざるをえないだろう。

となると、Q1もF1もともにシェイクスピアの真正な『リア王』からの本文劣化による派生に位置づけられる。両者の「合成」(conflation) が編纂の手続きとして当然視されてきたのは、不完全の相互補完というプリンシプルからである。

一八世紀最初の編纂者ニコラス・ロウ (Nicholas Rowe) はF1系統のF4(一六八五)を引き継いだが、二人目のポープから『リア王』合成の長い歴史が始まる。その後延々三世紀近く、たとえば一八世紀のジョンソン博士などに一部合成への疑問の表明がみられる場合もあったが、大勢は合成の完璧化に向けて粛々と進んで、グローブ版はもとより、ついに全篇三千三百行を優に超える『リア王』のテキストがゆるぎなく定着した。もちろん先の 'enkindle' のような千五百個所ものsubstantive differences については基本的に二者択一を迫られるわけだから、そのほかあれやこれやで、同じく合成版 (conflated text) といっても一つとして同じものはありえないが、一九七〇年代まではそれが編纂の大勢だった。

そこに『リア王』編纂の一つの変動が起こる。

本文批評の面から言うと、Q1の印刷所原本を不完全な再構成とするのではなく、直接シェイクスピア自筆原稿とする説。自筆原稿といってもQ1の印刷状態から推してシェイクスピアの第一稿、それこそ筆の勢いにまかせて書いたであろう「草稿」。もちろん書き込みなども甚だしかったであろう。折から一九八二年にピーター・ブレイニーという研究者がQ1の印刷工程の実態に迫る研究（Peter W. M. Blayney, *The Texts of 'King Lear' and Their Origins* (Vol. 1): *Nicholas Okes and the Frist Quarto*）を公けにした。Q1の印刷者ニコラス・オークスは印刷業を始めたばかりで必ずしも良心的とは言えない性向だった、印刷所の活字も不足がち、二人の植字工も未熟で一人はおそらく徒弟だった、等々。一方のF1も、Q1と同一次元の「派生」などではなく、作者の明確な意志による「改訂」だとする説が現れた。このF1改訂説は新説というのではない。たとえば、明敏な演出的才能に恵まれたハーリー・グランヴィル＝バーカー（Harley Granville-Barker）が、すでに一九二七年の時点で、『リア王』の演出はF1に拠るべきである、なぜならF1に「改訂」の跡が明確なのだからと、彼の演出ノート（'Preface to *King Lear*'）に書き挟んでいた。だが、改訂説が特に声高に論じられるようになったのは、演劇のテキストの流動性に目が向けられるようになった一九七〇年代に入ってからである。ブレイニーのQ1研究出版の翌一九八三年に、改訂説を旗幟に掲げた論文集 *The Division of the Kingdoms* が「オックスフォード・シェイクスピア研究叢書」の一冊として出版されている。ウェルズの 'Clearly a *zeitgeist* was at work' の表現がこの論文集の序論の中に出てくることは先にもふれた。

第三幕第七場Q1最後の九行との関連から、ここでぜひ言及しておきたいのはピーター・ブルック（Peter Brook）の『リア王』である。一九六二年一一月、ストラットフォードのロイヤル・シェイクスピア劇場初演。のちに『ハムレット』や『マクベス』のコラージュで名を挙げることになるチャールズ・マロウィッツ（Charles Marowitz）が演出助手を務めていて、その舞台のリハーサル記録（'Lear Log'）を残しているが、そこにはこうある。ブルックは、この場の最後にみられる観客の同情を徹底的に排除するために、召使たちのセンチメンタルな台詞、つまり問題の九行をカットした。盲目になったグロスターは、ぼろ布を被せられ、ドーヴァーに向けて突き出される。「彼が哀れっぽい様子で手さぐりで進むと観客席の照明が点じられ、なおも数秒、明るみの中でその演技が続けられる」。ポーランド生れの批評家ヤン・コット（Jan Kott）はその頃全世界的によく読まれた『シェイクスピアはわれらの同時代人』の中で『リア王』とベケット（Samuel Beckett）の『勝負の終り』を戦慄的に重ね合わせてみせたが、ブルックの『リア王』の舞台は「ベケットふうのシェイクスピアと言うよりもシェイクスピアふうのベケットである」とマロウィッツは書いていた。シェイクスピアもそこを見すえていたのだと思う。Q1の九行を明確な意志をもって削除したことで、『リア王』はただの『物語』から現代のわれわれの共感する意味での『悲劇』にすっくと立ち上がった。

Q1にあってF1に欠けている約三百行、逆にF1にあってQ1に欠けている約百行をつぶさに検討してみると、Q1のセンチメンタリズム、センセーショナリズムが明瞭に透けてみえてくる。いまの九行はその一つの例に過ぎない。となれば、『リア王』を『物語』と『悲劇』とそれぞれ別個の作品として、二本立ての編纂に踏み切ったオックスフォード版『シェイクスピア全集』

は勇気ある決断であったし、逆にＱ１とＦ１とを合成するという、一八世紀から三世紀にわたって続いてきたconflated textの方向はやはり誤りだったということになる。

だがまたこういう不安もある。「作者の死」の*Zeitgeist*のもと、テキストを変動するもの、mobileなもの、unstableなものとしてとらえようとするならば、たとえば『リア王』の場合、テキストは『物語』と『悲劇』の二つにとどまらない。たちまち細胞分裂状の増殖を開始するだろう。極端な例を持ち出せば、一七世紀末にはネイハム・テイト (Nahum Tate) のハピー・エンディングの*The History of King Lear*があった。二〇世紀後半にはエドワード・ボンド (Edward Bond) の権力闘争を主題にした残酷劇*Lear*がある。映画だって、ブルックは一九七〇年に『リア王』を映画化しているし、ほかにも、コージェンツェフ (Grigori Kozintsev) やら、黒澤明の『乱』やら、テキストはたえず変容しながら無限の列となって続いていくだろう。だが、シェイクスピアの作品を編纂するという以上は、作者をその「死」から復活させて、シェイクスピアの『リア王』を確かな形に固定させなくてはならない。それは編纂者にとって、時代精神に流されているだけではすまない断固たる義務なのである。

二つの『リア王』への道を準備したオックスフォードの*The Division of the Kingdoms*には、十二篇の論文が収録されていたが、それらはすべてＦ１の『悲劇』がＱ１の『物語』の改訂であることの証明に捧げられていた。改訂者として想定されているのはもちろん「作者」シェイクスピア。それなら彼らの『全集』に収めるべき『リア王』は改訂版のＦ１一本で足りるはずではないか。だいいち『リア王』以上に複雑な問題を抱える『ハムレット』は、この全集では一本だけだった。『ハムレット』はQ1、Q2、F1と、それぞれ成立を異にする三つの古版本を持っている。しかしオックスフォード版『シェイクスピア全集』は三つの『ハムレット』を収めることをしていない。F1の『ハムレット』を正式のテキストに立てて、Q2に独自の部分は最後に'Additional Passages'としてひとまとめにして加えることですませた。なのに、どうして『リア王』だけが二本なのか。他の作品では、と編者の一人のウェルズは序論に書いている、改訂は部分的である、しかるに『リア王』では二つのテキストの相違は'radical'である。このことから、'two distinct plays of *King Lear*'の存在を認めざるをえない、云々。しかし、その基準にしても、まるで曖昧というか、独断的というか、『ハムレット』の相違の方がより radical と言えるのではないだろうか。

これがオックスフォード版『シェイクスピア全集』への根本的な疑問である。

三

テキスト編纂の話は、重箱の隅を突っつくようで恐縮ですが、せっかく一七四、一七五ページにライン・ノンブル入りの図版を掲げているので、もう少し続けることにしたい。なお、以下の編纂本文の引用は研究社版大場編による。

たとえば、第三幕第七場Q1一〇〇行目に‘his madnes (= madness)’とある。これはQ2では‘his rogish (= roguish) madnesse (= madness)’に改訂されている。blank verse のリズムからすればQ2での二音節［róugiʃ］の付加が適切である。feminine ending になるけれども（‘To léad him whére he wóuld; his róguish mádness’）一応リズムが整うからだ。F1に欠落している個所なので、編纂にF1を比較参照することはできないが、ここは伝統的にQ2の読みが採られてきた。九三行目Q1‘dungell’の誤植といい、このようにQ1とQ2の間に読みの相違が生じているが、編纂に際してその上さらにQ1の校正の問題が厄介にからむ場合がある。

この時代の校正は、現在想像される手続きとはまるで違っていた。一応の試し刷りの後、校正が行われたが、本刷りに入ってからも、誤植や不都合が発見されれば、印刷を中止して訂正が行われ（stop-press correction）、しかも訂正以前に刷り上ったページも破棄されることなく製本に用いられることがあった。したがって、同じ版でも異なった版本が生ずるのである。これは、現代の書物の均一性からは思いも及ばぬ事態と言うべきだろう。

『リア王』のQ1は現在十二部の所在が確認されている。その十二部について、新書誌学の三巨頭の一人、W・W・グレッグが綿密な調査を行い、それぞれの組版（forme）ごとに訂正のあるなしを確認し、書誌学的批判を加えて Bibliographical Society に発表した。この紀要が一九四〇年出版の *The Variants in the First Quarto of ‘King Lear’: A Bibliographical and Critical Inquiry* である。なお訂正のあるなしの略記には、uncorrected state にQ1u（またはQ1A）を、corrected

state にQ1c（またはQ1B）を用いる。
いまも話題にした一〇〇行目の roguish についてさらに詳しく見ておくと、Q1cには‘rogish’が欠けていて、逆にQ1uには‘rogish’がある（一七二、一七四ページの図版Q1はいずれもQ1c）。つまり uncorrected の方がQ2の印刷に引き継がれているわけで、Q2の読みを採るというのは正確にはQ1uを採るということになる。このことからもQ1u、Q1c、Q2の関係が複雑にねじれていることが察しられる。グレッグは、Q1cに‘rogish’が欠けている理由について、corrector が‘rogish’のスペリングを直すために、この語を消したまま正しい語を書き込むのを忘れたためか、あるいは forme を締め直すときにこの語が落ちてしまったのか、いずれにしろ accidental なものと推定しているが、私には後者の事情はおそらく生じえないことのように思われる。ともあれ一事が万事、Q1の correction についてなかなか確定的なことは言えないというのが実情である。
さてここで、第四幕第一場に入る。F1にはラテン語で‘*Actus Quartus. Scena Prima.*’の表示があるが、Q1Q2にはない。
‘Bedlam beggar’に身をやつしたエドガーが登場。冒頭のエドガーの独白には編纂上いくつかの問題点があるが、細かな点は、ここでも訳とともに大場の研究社版を参照していただくとして、やはり最大の問題は、F1の最初の九行がQ1では五行半になっていること。F1にあってQ1に欠けている約百行の中の三行半がここで出てくる。この問題を決するのは結局は舞台の流れというか、前の場の残酷な場面からあらたなアクションに入るまでのタイミングのとり方、その舞台感覚だと思う。台詞の意味内容も含めて、Q1の五行半だけでは、エドガー役者の生理が父親のグロスターを目撃するのにあわただしすぎるのではないだろうか。わずか三行半の微妙な差だが、やはりF1の余裕がほしい。特にF1で前の場の最後の九行が削られたとなると、ますますこの三行半は貴重である。テキスト編纂の問題は、科学的な分析の積み重ねの上に立って、しかも、最終的な判断となると、編纂者の感覚に帰着する。

ということで、エドガーの独白のあと、グロスターと老人の登場になる。Q1Q2ではこの登場のト書き（'*Enter*. . . .'）の位置が三行後にずれているがこの問題については後でふれるとして、父親を見てのエドガーの台詞、'But who comes here? My father poorly led?' ここの 'poorly led?' の編纂が、先のQ1の校正の問題とからんで、グレッグに言わせれば『リア王』編纂の最大の難所の一つ（one of the worst cruxes of the play）になった。

Q1uは 'poorlie, leed,' Q1cは 'parti, eyd,' Q2は 'poorely led,' F1は 'poorely led?'——このsubstantive difference の系譜からすれば、F1に基づく 'poorly led?' が妥当なところである。意味としては、「貧しい状態で（乞食のようなあわれな姿で）手を引かれて」と、「貧しい者に手を引かれて」という両方の読み方がありうる。私は後者の読みを採る。

一方、Q1cの 'parti, eyd,' は意味のとりようがない。この不可解な correction をどう説明すればよいか。グレッグ自身が説明不可能として匙を投げたこの問題にさらに立ち入ると、それこそ微細を極めた書誌学的分析の迷路にはまり込んでしまうことになる。ここではとりあえず、現在最も時好に投じているように思われるQ1c擁護説を紹介してみたい。グレッグの調査発表から十数年たって、'parti,'のコンマをハイフンの誤植として、ここを'parti-eyed'と読む解釈が現れた。「雑多な色どりの目」、具体的にはグロスターの目に当てられた麻布ににじむ血の赤と、卵の白身の白(前場Q1Q2 一〇二一―〇三行参照)。この入り混じった色合いは、さらに、つぎはぎだらけに縫い合された雑色の衣裳の滑稽な道化のイメージに結びつく。悲惨、残酷と道化の滑稽との共存。時好に投ずると言ったのはこのことである。新ペンギン版(一九七二)の編纂者ハンター(G. K. Hunter)はここでQ1cを採り、グロスターの目の描写の重要性を強調する。グロスターの目にまつわるこのグロテスクなイメージこそが『リア王』の本質に連なるのだと。テキスト編纂の最終的判断は編纂者の感覚に帰着する。その後この編纂の感覚はオックスフォード版『シェイクスピア全集』の『リア王の悲劇』にも及んだ。F1に従って『リア王の悲劇』を別個の独立した作品に立てたこの全集は、ここの読みに関してはF1の'poorely led?'を棄てて、わざわざQ1cの'parti, eyd,'に拠って、『リア王の物語』のここの個所と同じく、あえて'parti-eyed?'と読んでいる。じつは、Q1Q2の、麻布に血と卵の白身の部分はF1では欠落しているのだから、イメージの上での連繫はありえないのだが。

それは確かにテキスト編纂の最終的判断は編纂者の感覚に帰着する。だがわたしには、ここでのハンターたちの「感覚」は、舞台的というよりは過度に文学的でセンチメンタルなもののように思われる。

それでは舞台の流れを追っていってみよう。新しく第四幕第一場に入って、エドガーの九行の独白、そこにグロスターと老人の登場。ここで観客の関心はまっすぐにグロスターの現在の状況に注がれる。目をえぐり抜かれて盲いたグロスターがどのようにしてドーヴァーへ辿り着くことになるのか。彼が目を残酷にえぐり抜かれたことはすでに観客は承知している。だから観客の興味はグロスターの目の部分よりもグロスターの動き全体の方にある。(だいいち血の赤と卵の白身の白とが入り混じった色合いが役者の目を覆うほんの小さな布切れにどれほど鮮明に表現できるだろうか。)それが劇の流れである。わたしはハンターの強調する『リア王』のグロテスク性を認めるにやぶさかでない。たしかに『リア王』は壮大な残酷劇としてとらえることができる。それはピーター・ブルックのベケットふうの『リア王』の舞台の証するところだ。だが舞台には舞台の流れがある。台詞の文学的イメージはその流れに波のように乗って、はじめて波打って進む。ブルックがQ1Q2の九行をカットしたのもその流れに沿ってのことである。

そうした舞台の流れの中にグロスターが貧しい老人に手を引かれて現れた。エドガーの方は父親の目にはまだ気がつかない。あわれな父親の「姿」を認めて驚いただけだ。'World, world, O world!' は、その驚きの台詞である。このあとグロスターは、老人に手を引かれてのろのろと、おそらく舞台中央に位置するエドガーに近づく。Q1Q2一二行目のト書き '*Enter Glost.* (/*Gloster*) *led by an old man.*' (F1では九行目 '*Enter Glouster, and an Oldman.*') の演出的描写とその位置は、もちろん組み込みのスペースということもあるだろうが、いまの解釈の根拠に挙げることができるかもしれない。

シェイクスピアの劇団の劇場グローブ座の張り出し舞台は、一般に想像されるであろう以上に広かった。ここの演劇博物館（注、早稲田大学演劇博物館）はシェイクスピア時代のフォーチュン座を模しているが、そのフォーチュン座の建築契約書によると張り出し舞台の幅は四三フィート。グローブ座もその大きさだったとすれば、四三フィートは約一四、五メートルもある。その大きな舞台をグロスターと老人はゆっくりと舞台中央のエドガーに近づいていく。その時間のリズムがグロスターと老人の対話の十二行余りである。ここでようやくエドガーは父親の盲目に気がつく。エドガーの傍白、二五—二六行目 'O gods! Who is't can say "I am at the worst"? / I am worse than e'er I was.' は、この時間的余裕がなければ成立しない。もしも前の 'World, world, O world!' でグロスターの盲目に気づいていたとしたら、グロスターと老人の十二行半の対話のあいだ、エドガーの演技がもたない。グロスターと老人も同じことである。それが俳優の生理だと思う。そういう生理からなにから、観客の関心もすべて引っくるめて、シェイクスピアは、座付の劇作家として、劇場全体の舞台の流れを熟知していた。今日の演題に掲げた「舞台のリズム」とはこのことである。

わたしがQ1cの 'parti, eyd,' を退けてF1の 'poorely led?' を採った理由については、correction の不安定、あるいはQ1の corrector の無責任もからめて一応書誌学的な用意がないことはないが、あまりに煩瑣になるのでここでは話題にすることをしません。ただ、今日の講演で強調しておきたいのは、テキストの編纂はあくまでも科学的な事実の探究、その証拠から発するものであることは当然として、なお人事を尽して天命を待つというか、この場合の「天命」とは、つまりは編纂者の感覚に俟つ以外にないということ。そして、シェイクスピアはあくまでも天性の劇作家なのだから、その「感覚」はあくまでも舞台のリズムへのそれでなくてはならないということ——そのことであります。

四

今日の講演に副題として「シェイクスピアのテキストと翻訳」を添えたが、この副題からすれば、日本語の翻訳の「リズム」についての話を期待していたのではないかと思います。もちろんその用意もしてきたのですが、テキスト編纂の話が主になってしまい申し訳ないと思います。最後にほんのひとことだけですが、わたしの場合翻訳の先達ということになると、やはり演劇人としての坪内逍遙のリズム感が、特に初期の翻訳ではさすがだと思う。それと、先にいろいろとあげつらったけれども福田恆存訳。福田訳はなんといっても舞台での演出のリズムが先行していた。もう一人はすぐれた劇作家の木下順二。つまりは翻訳も、テキスト編纂と同じく、舞台のリズムの感覚、あるいは自覚、それもあくまでも翻訳者自身の責任による独自のものがなくては叶わない。シェイクスピアの翻訳は当の翻訳者の演出作品であるわけだから。

翻訳の話になったついでに付け足しを。

一九八〇年代のテキスト編纂の変動に伴って、オックスフォード版『シェイクスピア全集』の出版だけではなく、ケンブリッジ版も、アーデン版も、それぞれ第三次のリニューアルを開始しました。オックスフォードでも一冊ごとのシリーズを立ち上げた。それぞれのシリーズはもちろんテキスト編纂の新事態に対応しようとしている。

というところで、テキストの面から日本のシェイクスピア翻訳はいかにあるべきか。現状はあまりに無頓着というか、一九世紀の逍遙の無防備の域を出ていないように思われます。無防備というのはもちろんロイヤルティの問題と関連するが、もはや翻訳者は、アーデン版ならアーデン版の一人の編纂者にテキストを依存するというわけにはいかない。といって他のテキストをあれこれ適宜参照して翻訳するというのもそれぞれの編纂者に対して甚だ失礼なことだと思います。テキストは編纂者による一個の芸術的作品なのだから。

今後のシェイクスピアの翻訳は、翻訳者みずからの責任による一貫したテキスト編纂をおのずと含み込む。私が翻訳を始めるに際し、テキスト編纂をみずから課したのは、その自覚によるものであります。

などなど、あっちへ行ったりこっちへ行ったり、ペリパテティックと気取ろうにもまことに雑験すぎる話でさぞお聞きにくかったことと思います。長時間のご静聴どうもありがとうございました。

二〇〇六年一一月一一日

(『ことばと文化のシェイクスピア』早稲田大学出版部、二〇〇七年三月)

II

子午線の祀り
作＝木下順二 演出＝観世栄夫 内山鶉・酒井誠・高瀬精一郎
野村萬斎／三田和代／鈴木瑞穂
山川右近／木場勝己／観世栄夫
一九九九年二月三日(水)～二十日(土)
新国立劇場
中劇場 PLAYHOUSE

新国立劇場公演『子午線の祀り』ポスター(デザイン＝田中一光)、
1999年2月3日—20日　(新国立劇場)

この一冊を読み返す

——坪内逍遙『シェークスピヤ研究栞』

わたしのえとは未である。すなわち今年(注、二〇〇三年)は年男。縁起かつぎのお調子者とあって、空元気も威勢よく、シェイクスピアの全訳を志した。なにせ気の多いたちだから途中であれこれ手を出して、道草食い食い、とてもこの道一筋というわけにはいかぬだろうが、それでもなんとか次の未の年男までには完訳を果したい。四文銭の束を腰に結わえ、恋女房の切ってくれた切り火を背なに受けて、神田明神下の家をしゃんしゃんと出て行く平次親分のごとき気分。なんとも度しがたいお祭り男だ。

全訳となれば読み返す一冊はこの道の先達逍遙のシェークスピヤである。わたしの手許には新修版一巻本(新樹社一九五七)があるが、これは読み返すというよりは翻訳の作品ごとに参照するという言い方が当っているだろう。そこで標記『研究栞』をあわてて手に入れて読み返すことにした。もう半世紀以上ものむかし、夜学の学生用の読書室で、書棚に並んだライトブルー表装の瀟洒な袖珍本四十冊の中からこれを手に取って、机上にしばらく広げたことがあった。といっても本体の「研究」の方はたとえばハリソンの *Introducing Shakespeare* などと比べていかにも古色蒼然たる内容で、それに一種巻き舌の悪文だったたから、若い感覚ではとても付き合いきれない。ベイコン説の紹介もあったがただわずらわしいだけのこと。ようやく最終章の翻訳「五変遷」の弁が印象に残ったのは、その頃のわたしが実作に希望をつないでいたからである。

五変遷とある以上もう少し紆余曲折があったように記憶していた。明治一五年から昭和三年までの五十年、社会的にも、思想的にも、やはり変動の時代である。逍遙自身文壇人として、演劇人として、とりわけ活動的な人だったから、劇的な事件にはこと欠かない。それがいま読み返してみると、なんのことはない、五変遷と言いながら、ただもう現代語散文訳に向けて浮き足だった総崩れ、たとえば第三期の『ハムレット』の訳について、「知らず知らず歌舞伎式となり、七五調となり、其後改訳して完成する段になつても、尚ほ能の狂言口調だけは捨てかねた」などと、旧劇のリズムは完全な悪役扱いである。あの時代をくまなく見渡してみて、おそらく逍遙ほど舞台の想像力とリズム感に恵まれた趣味人、教養人はいなかった。五変遷の最終段階で「現代語本位訳」に結局は落ち着くのが時代の勢いだったにせよ、もう少し抵抗の苦闘があってもよかっただろうにと、いまのわたしにはそれがなんとも口惜しい。「我が国劇の向上に資する為」という大目的があたら近代劇の写実にずるずると引き込まれてしまった。福田訳や木下訳が「律動」や「うねり」にあれほどこだわるのも、逍遙の総崩れを目の前に、なんとか陣形を立て直そうと覚悟を固めてのことだったろう。

じっさいに訳を参照してみても、狂言口調を捨てかねたという『ハムレット』がいちばんすぐれているとわたしは思う。ようやくいま『マクベス』『ハムレット』『リア王』の三作の第一稿を終えたあたり、それと、以前に共訳、下訳の形で四作の訳に係わっただけだから、参照するといってもまだそれだけの経験である。だが、全作を訳し終えても『ハムレット』が最高という思いはきっと変らないだろう。(わたしは逍遙訳について書誌的な知識をまったく持たない。『研究栞』についても没後出版の第三版によっている。ために誤りのあることを虞れ大方のご寛恕を乞う。)たとえばオフィーリアの歌の訳など、逍遙の濡れた筆が生得のリズムに乗っていきいきと楽しげに躍動している。それに比べて『マクベス』冒頭の魔女たちの台詞など、かなり長文の訳注ととに、乾いた渋面が目に浮かぶようだ。

「現代語本位」にずるずると後退した逍遙がようやくこだわったのは、その用語である。巻き舌に曲がりくねってなかなか趣旨が辿れぬ『研究栞』最後の二章だが、そこに示された逍遙の翻訳論は、結局のところ語彙論、用語論に尽きるようだった。「現代語に訳するといふことは、現代の或比較的多数者が今現に使用する貧弱な日常語や、又は、代謝して止まぬ時の文部省の役員と或一部の教育者らが教科書用として協定した所謂標準語に依拠するといふことではない」というあたりに、逍遙の訳語の理想をようやく読み取ることができる。それと軽佻な流行への反骨。特に愉快なのは「江戸の背景が浮かんでも不可、明治、大正、昭和の山の手や郊外や夜の銀座が連想されても不可」などと巻き舌の啖呵調で、座談の名手だったという逍遙の魅力がそこからじかに伝わってくる。だが舞台語としての「現代語」の理想は、逍遙自身の翻訳実践では、いまの巻き舌の啖呵の域を出ることがなかったのではなかろうか。ここでも彼はせっかくの趣味教養の貴重な武器を汚らわしいものに捨ててしまっている。徒手空拳のまま書斎に籠った逍遙はさぞいらだたしい不安のうちにあったことだろう。ここにも新しい出発のいとぐちがある。

それにしても逍遙は、*Theatre Arts Monthly* のアシュリー・デュークスを介して「能ふ手合は作をする、能はぬ連中が翻訳する」の一句を掲げていた。新史劇を論じて『桐一葉』を提示し、新楽劇を唱えて『新曲浦島』を創作した逍遙にしてみれば、なんら痛痒を感じぬままの引用だったのだろうが、半世紀ものむかし、なんとか実作に希望をつないでいたわたしには、いまとなってはは胸にぐさりと突き刺さる無惨な一句だった。年男の、神田明神のと調子よくはしゃいではみたものの、所詮は能わぬ身の半世紀のなれの果て、遠のいていく祭ばやしに追いすがってのあわれなひと踊り。

（日本シェイクスピア協会 *Shakespeare News* 四三―一、二〇〇三年九月）

シェイクスピア百二十周年

今年（注、二〇〇四年）は日本で最初のシェイクスピア翻訳出版から数えて百二十年になる。一八八四（明治一七）年、文學士坪内雄蔵譯『該撤《しいざる》奇談《きだん》・自由《じゆうの》太刀《たち》餘波《なごりの》鋭鋒《きれあぢ》』東京書林・東洋館發兌。それまでにも紹介、翻案の試みはいくつかあるが、正式の全篇訳はこの書をもって嚆矢とする。その四十四年後、一九二八（昭和三）年、シェイクスピアの全訳完成。半世紀にわたるその訳業を回顧して、訳者逍遙はそこに少なくとも「五変遷」があったと述べた。最初は「丸本の名題めく書名でも解る如く、文体は浄瑠璃まがひの七五調で、至つてだらしのない自由訳であつた」。それが最終段階で「現代語本位訳」に辿り着く。社会的にも、思想的にも、変動の半世紀だった。演劇史の上には滔々たる自然主義リアリズムの流れがあった。逍遙の訳はその流れにもまれてもみくちゃになり、だんだんに頼りなく、時代の傍流を漂っていったようにみえる。第三期の『ハムレット』の訳について「知らず知らず歌舞伎式となり、七五調となり、其後改訳して完成する段になつても、尚ほ能の狂言口調だけは捨てかねた」と述懐したとき、せっかく生得のみずみずしい逍遙の演劇的感性は完全に方向感覚を失っていた。捨てるとは言わずに生かすと言うべきだったろうに。旧劇のリズムを土台に新しいシェイクスピアの劇詩のリズムを再創造すべきだったろうに。それをむざむざ「現代語使用の手加減」といった小手先では敗北は目にみえていた。わたしは逍遙訳の中では旧劇のリズムを捨てかねたという『ハムレット』が最もすぐれていると思う。

中国に「聴戯」という言葉があるという。シェイクスピアでは芝居を「観る」と言わず「聴く」と言った。この際形式面を言い立てるのは適当ではないが参考までに、シェイクスピアの戯曲を平均して韻文七・五に対し散文二・五、特に日本で好んで上演される作品では韻文の占める割合、重要度がきわめて大きい。散文にだってもちろん力強いリズムが漲っている。それをいまもとりあえず「劇詩」と言っておいた。劇が詩を求め、その詩がまた劇を躍らせる。「偉大な詩で劇的でないものがあるだろうか」（T・S・エリオット）、「動きを台詞に合わせ、台詞を動きに合わせる」（『ハムレット』第三幕第二場）。七・五のリズムがシェイクスピア劇にそぐわないのであれば新しいリズムが切実に求められなくてはならない。

シェイクスピア翻訳百二十年の折返しは年数から言って敗戦の前後、逍遙の敗北主義を乗り越えてやがて木下順二訳と福田恆存訳が躍り出た。「原文が本来持っていることば、それもせりふという特殊なことばとしてそれが持っているエネルギー、エネルギーのうねりを、日本語としてどう再生産するかということ」（木下）、「私が狙ったのはシェイクスピアのせりふに潜む強さ、激しさ、跳躍力、そこから出てくる音声と意味のリズムであります」(福田)。だが残念なことに、シェイクスピアの劇詩の再創造は必ずしも舞台を支配する強力な流れとはなりえなかった。この半世紀近く、日本の演劇全体に、台詞の詩はむしろ顧みられない傾向が続いた。シェイクスピアでは「聴く」よりも視覚の優先。視覚優先の舞台では翻訳に無色透明が好まれる。翻訳は演出に隷属し演出に奉仕する。じっさい福田訳は彼自身の演出を前提にしていることもあって、近年ほとんど舞台で用いられることがない。あの訳独特のリズム感はやわな朗唱術ではとても手に負えないだろう。「今日の日本の俳優が、その手持ちの技術でいいこなせる(またはやりこなせる)ように、それに調子を合わせて平明に訳すこと(それはむしろやさしい仕事だ)が目的であっていいわけは絶対にない」(木下)。その木下訳について、『子午線の祀り』に総力を挙げて取り組むような真剣な試みが絶えて行われないことを、わたしは日本現代演劇の退廃の一つの徴候に受け取っている。

こうしてシェイクスピア百二十周年の節目の年、わたしはシェイクスピアの翻訳、それもわたしの責任による原文を左ページに配した対訳にあえて乗り出そうとする。

(『悲劇喜劇』二〇〇四年四月号)

追悼の海
——木下さんのシェイクスピア

新聞配達の人が木下邸の扉の貼紙を見て驚いて新聞社に連絡したのだという。亡くなって一か月たっていた。それではじめて新聞各紙に訃報が載った。木下順二氏、二〇〇六年一〇月三〇日没、満九十二歳二か月。「病名は肺炎でしたが、苦痛を伴わない静かな終焉でございました」と、養女の方からの挨拶状にある。そこには木下さんの遺言書の文面が一部そのままに印刷されていた、「私の死後は、葬式をはじめお別れの会とか送る会など、一切の儀式も集りも行わず、墓も作らず、私の母の遺灰と共に遺灰を海に流すこと」。木下さんらしい凛とした文章である。三十年以上前ご母堂を送ったときも木下さんは同様の挨拶をした、「勝手ながら花一輪といえども御辞退申しあげます」。木下さんは後ろをふり返ることをせず悠久の海の中に姿を消した。「そのときその足の裏の踏む地表がもし海面であれば、あたりの水はその地点へ向かって引き寄せられやがて盛り上り、やがてみなぎりわたって満々とひろがりひろがる満ち潮の海面に、あなたはすっくと立っている。」『子午線の祀り』序詞六連の最後の連である。宇野重吉はこの序詞を観客の耳もとに口を近づけるようにして読みたいなと言ったという。平家の運命を決した潮の満干は天の子午線に対する月の位置に支配される。だから序詞の冒頭は天を指さしていた。「晴れた夜空を見上げると、無数の星々をちりばめた真暗な天球が、あなたを中心に広々とドームのようにひろがっている」——これが一九七八年一月号の『文藝』誌上にはじめて載ったとき、あ、『ハムレット』だとわたしは思った。'this most excellent canopy, the air, look you, this brave o'erhanging, this majestical roof fretted with golden fire,'（第二幕第二場二八八—九〇行）。ハムレットはグローブ座の庇屋根下面に描かれていたという日月星辰の天宮図を指さしてこの台詞を言ったはずである。「ドームのような天球の半径は無限に大きく、あなたに見えるどの星までの距離よりも天球の半径は大きい。」その無限なる天のはるか下限なる地表にうごめく'quintessence of dust'の人間、『子午線の祀り』の表現にこれを移せば「うつそみの人間」。木下さんの劇作は、『風浪』も、『夕鶴』も、『オットーと呼ばれる日本人』も、『審判』も、宇宙、あるいは歴史の、その「非情の相」のもとに生きる「たまゆらの人間」の運命に思いを凝らすものだった。

木下さんがはじめてシェイクスピアを原文で読んだのは五高熊本の三年生の『ハムレット』だというが、すでにもうそのとき、木下さんは委細構わずシェイクスピアから主題をわしづかみにした。それでなくては二十五歳の処女作『風浪』はありえなかっただろう。『子午線の祀り』はもちろん『平家物語』を直接の出発にしているが、遠い潮騒のようにはるかに『ハムレット』と共鳴している。「天と地のあいだにはな、民部よ、われら人間の頭では計り切れぬ多くのことがあるらしいぞ。」わたしは木下さんと親しく話す機会に恵まれなかったが、この「……らしいぞ」から、ちょっとおどけて手の内を明かしてみせた木下さんの含み笑いが聞こえてくる気がする。

じっさい、木下さんがシェイクスピアの翻訳に本格的に係わったのは、『子午線の祀り』の母胎となった群読「知盛」の頃とぴったり重なっていた。こんなふうに故人の年譜をほじくるのは、それこそ「花一輪といえども」の凛たる趣旨に背くはしたない仕儀になってしまうのだが。その群読の試みというのは一九六八年の春、山本安英の「ことばの勉強会」の岩波ホールでの発表会、一方講談社の「世界文学全集」からシェイクスピア翻訳の誘いがあったのもやはり同じ年の春、それで夏から『ハムレット』に取りかかったというが、じつはこれの二十年ほど前の一九四七年に最初のシェイクスピアの『オセロウ』(改訳で『オセロー』)があった。これも因縁を言い立てるなら、その頃木下さんは同志たちと語らってイギリス人からシェイクスピアのデクラメーションを教わっていた。「焼跡の演劇の青春」と、わたしは限りない羨望をこめてその集りを呼んでいる。それから二十年の翻訳の空白は、しかし劇作家としてのあれほどの充実を思えば、日本演劇にとって感謝すべき代償だったろう。改訳『オセロー』を含む全十五篇の木下訳が講談社の全集三巻に収まったのが一九八三年。これと並行して『子午線の祀り』が『文藝』誌上に発表され、発表の翌一九七九年に第一次公演が行われた。第二次が八一年、第三次が八五年。というふうに、デクラメーションの集りといい、群読の試みといい、木下シェイクスピアは、その根底において、日本語のリズムの問題そのものであり続けた。

日本語の「内在律」という表現を木下さんは使う。「いわゆる表面的に整理された形とは別の、日本だと五七とか七五とか、そういう表面上の形式を揃えるのではなく、その日本語を口にして、声に出してしゃべる人、その俳優にとって、そのリズムが快くて、……せりふの内容、心理とひびき合って、しかも原詩が持っている調子、リズムと無縁ではないという、……」、講演から起こされた文章なので、かえって木下さんの言おうとしていることがひとつひとつびしびしとこっちの胸に響いてくる。ブランクヴァースをどう生かすかなどの小さなことではない。シェイクスピアの全体を、それこそ思想もなにもかもわしづかみにしてリズムとしてとらえて、「原文が本来持っていることば、それもせりふという特殊なことばとしてそれが持っているエネルギー、エネルギーのうねりを、日本語としてどう再生産するかということ」。わたしは現在わたし自身のシェイクスピアの翻訳を進めながら、いまの木下さんの言葉から常に限りない勇気を与えられる。木下さんのリズムが実際的にはおそらく平曲に収斂するであろうのに対して、わたしの場合は近松にあこがれるという違いは違いとしてあるにしても。それともう一つ、木下さんがよく言うのにニュー・アーケイズムがある。先に引いた「天と地のあいだにはな」の前の知盛の台詞はこうだった、「その通り、あの剣先は一日ひと夜に、また十二の月に、十二の干支を尾差しながらめぐっている。万劫の過去から尽未来際、十二の干支を順々に、狂うことなく尾差してめぐっている」。この「万劫」、「尽未来際」、そして「尾差す／建す《おざ》」の古語の響き、そのたまらない魅力。これはもちろん『平家物語』を下敷にした『子午線の祀り』だからこそであるが、シェイクスピアの場合も表現の「新鮮なアーケイズム」が必要だと木下さんは言うのである。「古語の持っている勁さ、美しさ、弱さっていうか嫋々たる魅力、……」、わたしにはこの言葉もいちいちびしびしと胸に響いてよくわかる。木下さんは早くから断固こう宣言していた、「今日の日本の俳優が、その手持ちの技術でいいこなせる(またはやりこなせる)ように、それに調子を合わせて平明に訳すこと(それはむしろやさしい仕事だ)が目的であっていいわけは絶対にない」。

木下さんは十五篇の出版後、一九八五年から足掛け四年をかけて講談社版全八巻にこれの改訳をした。それまでの原文に即した改行(韻文)訳から、訳者自身の納得の上に立つ、より創作的な、たとえば『子午線の祀り』の序詞のスタイルを意識した新しい改行訳になっている。ジョン・バートンとピーター・ホールによる *The Wars of the Roses* の訳『薔薇戦争』の刊行が一九九七年(講談社)。平曲のリズムを翻訳に生かそうとしたがままならなかったとは木下さん自身の弁。*The Wars of the Roses* は一九六三年にロイヤル・シェイクスピア劇団が『ヘンリー六世』三部作と『リチャード三世』の四篇をあらたに三部作に改編した adaptation で、これをわざわざ翻訳の対象に取り上げたとき、木下さんはシェイクスピアを梃に野心的な新作に思いを潜めていたのではないだろうか。二〇〇二年には三部作の中の『リチャード三世』を生かして改訳した『リチャード三世』が岩波文庫から出ている。結局木下訳シェイクスピアは全部で十六篇、『薔薇戦争』の中の『ヘンリー六世』の分を二本に数えれば十八篇、しかしそんな本数のことよりここでわたしが紹介しておきたいのは、『薔薇戦争』の「まえがき」、そして『リチャード三世』の「あとがき」に記された次の文章である、「シェイクスピアは二十六、七歳のとき、処女作として、歴史劇を書いた。すると私も二十五歳のとき——というこういう脈絡《コンテクスト》の中でシェイクスピアさんと自分を並べてみることを誰も滑稽だといわないでくれるように願うが——二十五歳のとき、処女作として、歴史劇を書いた」。その歴史劇とは『風浪』である。きっと木下さんはこのあたりで、『風浪』を土台に、明治維新を主題にした壮大な歴史劇の連作を構想していたのだとわたしは思う。しかし残念なことにその構想を作品の形でわれわれに手渡すことをせずに、木下さんは九十二歳二か月の生涯のまま悠久の海に消えた。海はまたみなぎりわたって、時の潮を満々と波打っている。わたしはいま、その悠久に波打つ multitudinous seas をはるかに望んで、シェイクスピアの翻訳と、そしてシェイクスピアに基づく創作の、わたしにとっての掛けがえのない大いなる先達に熱い追慕の思いを寄せている。

（『英語青年』二〇〇七年四月号）

研究社版のシェイクスピア

「英米文学叢書」のシェイクスピアをはじめて手に取ってページをめくったそのときのことを、いまも鮮明に思い出すことができる。わたしは旧制の新潟高等学校に入学したばかり、ほとんど毎日のように寮から町に出て、映画を見たり本屋をのぞいたりしていた。新しい本屋の開店は、戦後というととかく安直に出てくる闇市と並んで、じつは戦後の一つの風物詩だったと思う。照明は白い明りの蛍光燈、これもまたいかにも戦後の新しさの象徴だ。鮮明な思い出は蛍光燈のせいもあるのかもしれない。本屋の棚にはたとえば『斜陽』が誇らしい背を見せていて、ひょいと振り向いたら後ろの平台に茶色のハトロン紙の簡素なカバーの英米文学叢書が三点並んでいた。シェイクスピアの *King Lear* と *Macbeth* の合本、スティーヴンソンの *New Arabian Nights* に、もう一冊はたしかディケンズだったと思う。英語の教科書の一冊が *The Bottle Imp and Markheim* だったのに、同じ著者のスティーヴンソンの方ではなくシェイクスピアに手を出したというのも、旧制高校生の稚い客気である。ハトロン紙のカバーを外すと、臙脂の表紙の中央に丸い唐獅子マークがずしりと重く押されていた。のちに研究社から本を出して奥付にそのマークが印刷されているのを見たとき、新潟の本屋で唐獅子をさすったあのときの感触を思い出し感慨があった。用紙のインディア・ペーパーは、物資不足の戦後では研究社のなみなみならぬ心意気であったろう。ちょっと前に買い求めた独和辞典など薄い粗末な仙花紙だった。寮の上級生は古い辞書のインディア・ペーパーを引き裂いて闇の煙草の巻き紙にしていた。注釈者の市河三喜の名前を話題にしたら、それは府立一中で谷崎潤一郎の文章力と並んで英語の天才と謳われた人だと教えてくれた。東京の中学の出身だったからそういう情報が豊富だったのだ。いま谷崎の『細雪』が出ている、君も太宰などにうつつを抜かさずに谷崎を読んでおいた方がいいと、彼はインディア・ペーパーの煙草をくゆらせて言った。あの頃の、ペダンティックな客気に満ちた寮の匂いが懐かしい。

それから十年たったらわたしは英文学専攻の学生になっていた。図書館の書棚にずらり並んだ壮観の「英文学叢書」の黒表紙にも、やはり丸い唐獅子マークが押してあった。戦後の臙脂の版はこのシリーズの改編改訂である。黒表紙版のそのまた前身、大正期に発足したという天金角背朱色表紙の大判シリーズは、図書館では貴重図書として別扱いだった。その朱色表紙には翼をつけた横向きのライオンのマークが金箔で押されていた。ここでも私事だが、わたしは唐獅子のマークもさることながらこの横向きのライオン・マークが殊のほか気に入っていて、わたしのシェイクスピア・シリーズにも頼んでこれを入れてもらっている。紙表紙テキストの「小英文叢書」もこのライオン・マークである。その頃シェイクスピアはたしか四タイトル入っていた。わたしは*Macbeth*をその小英文叢書で読んだ。中島文雄氏の厳密で禁欲的な注に剃刀で身を切られるようで、あのときの東京の冬の夜更けの清冽な寒さをわたしはいまも忘れることがない。

それからまた十年たって、今度はわたしはシェイクスピアを教える立場になっていた。英米文学叢書のシェイクスピアは、シェイクスピア生誕四百年記念の前後に「詳注シェイクスピア双書」全二十巻に改訂され、あらたに六作品が加えられた。今度の表紙は緑色の装幀、瀟洒なクリーム色の函入り。わたしは教室のテキストに主にこの詳注版を使った。共注者として加わった嶺卓二氏の懇切な語学的注にあらためて教えられることが多かった。それと新しい六作品がみごとな選択だったと思う。最後の四作品の解説は小津次郎氏の署名入りだが、大正期に始まる「登場人物およびその性格について」の項目をそっくりそのまま現代に生かした小津氏の工夫があざやかだった。中でも*Love's Labour's Lost*の作品解説の十ページに満たない短い文章に触発されて、わたしは若き日のシェイクスピアをめぐる創作的な一篇を志したことがある。あれから四十年、いまだに果せない。たとえば十年ほど前の映画『恋におちたシェイクスピア』がわたしにはまったく受け容れられないのも、あのとき以来の呪縛がかかっているから。

研究社版シェイクスピアにはもう一つのシリーズ、澤村寅二郎氏の「訳註シェイクスピア選集」全八巻がある。これは戦前の「対訳傍註シェイクスピア叢書」を著者の没後の戦後に編集部が再編集したもののようだが、わたしは長くこれを参照することがなかった。戦前の旧版も見たことがない。今度わたし自身のシェイクスピア・シリーズを立ち上げるに際して、わたしは当然可能な限り多くの注釈、翻訳を座右に揃えた。それらをつぶさに検討するうち、澤村氏の適切な注記、訳語に驚くことが今もしばしばである。題名の『大嵐』などもわたしはいかにももっともな訳だと思う。その『大嵐』の巻の後記に、九冊目として『冬の夜話』を進めながら戦争で断念せざるをえない旨述べられていて、わたしは胸を衝かれた。題名訳の『冬の夜話』もわたしのそれと一致していてうれしいことだったが、この篤実な学者は、いまの後記の直後に疎開先で戦災で亡じられたのだという。その無念を思い、わたしは、わたしにとっての大先達にここにあらためて心からなる追悼の思いを捧げる。

（『研究社百年の歩み』研究社、二〇〇七年一一月）

「語るな、歌え」

――訳者贅言

『西の国の伊達男』を訳しながらしきりに思ったのは、やはりシェイクスピアとの類縁である。シングの台詞のリズムが、いつの間にかシェイクスピアの劇詞のリズムに近接している。わたしの筆も、シングを訳しているのか、シェイクスピアを訳しているのか、一瞬混乱した。

クリスティ　復活祭前の金曜日が過ぎたら、エリスの野原を二人でさ迷い歩くのさ、泉の水を飲んで濡れた唇を重ねて力づよい接吻をするんだよ、日の光にむせ返る山あいの花のしとねに深く埋まって寝ころべば花があなたのネックレス、そのとき愛の語らいにおれの話をたっぷり聞かせてあげよう。

ロミオ　卑しいこの手が聖なる御社《みやしろ》にふれたその上に、
なおも優しい罪を重ねようと、赤い唇がこうして二枚、

顔を赤らめた二人の巡礼となって、ここに控えております、
御社《みやしろ》の穢れを柔らかな口づけで拭い取るために。

シェイクスピア劇はその大部分(平均で七五パーセント前後)が規則的なリズムを基調にした韻文である。これに対しシングの台詞は近代劇の散文。それもアイルランドの現実に密着した民衆の言葉である。「わたしは、わたしのこれまでの戯曲と同じく、もっぱらアイルランドの田舎の人たちの話し言葉に耳を傾けてこの劇を書いた」と彼は『西の国の伊達男』の序文で言っている、「羊飼、漁夫、女乞食、祭文語り」――だが、彼らの語る台詞のなんとみごとな詩的高揚。

折からのアイルランドには、ケルト民族の豊かな特性の一つである幻想的なロマンティシズムを現代に甦らせようと、民族的文学運動が起っていた。その中心にあったのが、二〇世紀初頭、ダブリンのアベー劇場を本拠にした「アイルランド国民演劇協会」である。シングも、今の序文の中で、「民衆の想像力」を強調していた。「舞台に必要なのは現実とともに喜びである」の言もみえる。ここの「現実」は、当時世界の演劇界を席捲しつつあった近代劇リアリズムを指している。だが、「現実」と並んで、「喜び」の一語があるのを見逃してはなるまい。シングは劇作家であると同時に詩人であった。音楽家を目ざすほどの音楽的才能に恵まれていた。征服語の英語の文法にゲール語の土着性をじわじわと忍び込ませたシングの表現の美しさ、そして力強さ。もちろんその「表現」は劇の内容、主題を大きく豊かにくるみ込むための手立てであり、ここでシン

グの劇は、民衆の想像力を梃に近代劇リアリズムの桎梏を脱して、詩劇の高みへと飛翔する。それが「喜び」の一語にこめたシングの思いであっただろう。シェイクスピアとの類縁もおそらくそこから生じている。

シングが日本に紹介されたのは、明治末から大正期にかけての日本の近代劇運動の興隆に伴って、この時代にしてはいち早かった。大正一二(一九二三)年暮、『西の人気男』(松村みね子訳)。その翌年には、日本の新劇運動のメッカ築地小劇場が開場する。劇団の指導者小山内薫は「踊るな、動け」と劇団員を叱咤した。「歌うな、語れ」とも。それは歌舞伎の伝統を脱するためのやむをえぬ時代の主張であったろうが、それから一世紀近く、とりわけ新しいデクラメーションの確立に向けて多様な試みがいま必要になってきていると思う。翻訳についても、平易に語るだけでなく、語りを超えて新しく「歌う」ための舞台のリズムが模索されなくてはならない。

(劇団俳小公演『西の国の伊達男』プログラム、二〇〇八年九月)

一声二振三男
——わたしの好きな男優

一九六〇年代から七〇年代初めにかけて、わたしの留学時、ロイヤル・シェイクスピア劇団の男優といえばイアン・リチャードソンとアラン・ハワードだった。ギールグッドとオリヴィエの両大名題はそろそろ盛りを過ぎた六十代の半ば、さいわいわたしはオリヴィエのシャイロックには間に合ったが、ギールグッドの方は現代劇ばかりでシェイクスピアには縁がなかった。リチャードソンとハワードはともに三十代である。ロンドンに着いて間もなくわたしは二人共演の『復讐者の悲劇』を観て、陶酔のあまりほとんど失神しそうになった。三年前トレヴァー・ナンの出世舞台となったシェイクスピアと同時代の作品の再演。失神とはなにを大げさなと笑われそうだが、カーテンコールが終ってもまだへたへたと、席を立てないままだったことはようく憶えている。ナンの演出の、溢れる才能を舞台に柔らかくくるみ込んだ円熟(デビュー早々にしてあの「円熟」)もさることながら、なによりも二人の男優のデクラメーションの奥の深さ、「声」。

『復讐者の悲劇』は九割以上が韻文である。シェイクスピアでは『マクベス』と同程度の割合か。韻文の主体はもちろんブランクヴァース(弱強五詩脚無韻詩)。その弱強の基本リズムが、二人の役柄の展開に沿って緩急高低自在に絡み合い、つまりはドラマの根幹となって、それでこそ舞台は一つの陶酔の音楽なのだった。わたしはたまたま留学の直前にこの劇の翻訳を出版したばかりだったが、実際の舞台での詩のデクラメーションは、訳筆からのいじましい想像などまるで役に立たないものだと思い知った。その後リチャードソンは『尺には尺を』のアンジェローや『ヴェローナの二紳士』のプロテュースなど、シェイクスピアでもあまり出番のない難役をしなやかに演じきってわたしの贔屓は最高潮、一方のハワードもこれまた期待のハムレットで振も男も申し分なかったが、しかし二人ともなんといっても一に声である。この声の陶酔をなんとか日本の舞台に移せないものか、それがその頃にはまだ漠然と、やがてじわじわと切実に、わたしの生涯の課題の一つになった。ついでだが二人とも日本にお目見得している。リチャードソンはロイヤル・シェイクスピア劇団の初来日『ウィンザーの陽気な女房たち』のフォード役(一九七〇年)、ハワードはピーター・ブルックの演出で全世界的なセンセーションを巻き起こした『真夏の夜の夢』のシーシアス/オーベロン役(一九七三年)。ただしフォードはフォールスタッフの巨体の影に隠れたあくまでも脇役だし、『真夏の夜の夢』の方はブルックの演出がブランクヴァースのリズムをわざと毀してかかる方向だったたから、二人ともその声の魅力を日本の観客に十分に披露するまではいかなかったのかもしれない。

坪内逍遙はシェイクスピアを訳しながら常に台詞を口で唱えたというが、わたしはこの一年近く『オセロー』に関わりながら、まずテキストの編纂で二人の声を常に頭の奥に響かせていた。オリヴィエのオセローは映画で経験しているがやはり実際の舞台には敵わない。たとえばコンマを採るか、ピリオドで停めるか、四世紀にわたるテキスト編纂への目配りは当然としても、編纂者の最後の決断は舞台の声に頼る以外にない。特に『オセロー』は短いショートラインを台詞の流れにどう繰り込むかが編纂上の重大な問題になっている。わたしはハワードをオセローに、リチャードソンをイアーゴに、その声を聴きながら、わたし自身の責任によるリニエーション(韻文の行分け)を行った。

翻訳ではもちろん日本の男優たちの舞台――

オセロー　　　　　　　その目はけして涙に
慣れてはいなかったが、悲しみに打ちひしがれては、没薬《もつやく》の
樹液をどくどくと滴《したた》らせるというアラビアの木さながら
とめどなく涙を流したと、どうかそのようにお伝え下さるように、
そして最後に、さよう、むかしアレッポの町で
ターバンを巻いたトルコの悪党めがヴェニス人に
殴ってかかり、この国を悪しざまに罵るのを見るや、

やにわにその外道の犬めの喉笛を引っ摑んで、
これ、このように刺したと。
［みずからを刺す］

わたしはブランクヴァースのリズムをなんとか日本語に移そうと、訳しながらたとえば仲代達矢や平幹二朗の声を聴いていた。幸四郎(先代と現)に先代松緑の口跡も。イアーゴなら、ここは散文だが(『オセロー』の散文は二割前後)――

なあに、流れもんの野蛮人とすれっからしのヴェニス女がくっついた末のあぶなっかしい夫婦の誓いなんざ、どうせ抹香まぶしの上っ皮、おれの知恵に地獄の悪魔どもの悪知恵をわんさか総動員すりゃやわもなにも、それで女はお前のもの、さあ、金だよ、金、金。

ここでは江守徹、中野誠也、歌舞伎なら勘九郎(現勘三郎)か。それにしても、こうして舞台の声を思い出していると、俳優座に文学座、ほかにおそらく民藝も加えて、かつての御三家の声の訓練がじつに貴重な財産であることがわかる。それに歌舞伎など古典芸能の伝統。

(『悲劇喜劇』二〇〇八年一〇月号)

わたしの留学

舞台を見る前に必ず戯曲を読み直してから劇場に出かけるという劇評家を知っている。新作の場合、脚本が手に入らなくても、できるかぎりの情報を集めようとする。そうやって予備知識を万全に整えたうえで、はじめて舞台に見参する。そういう見方が本筋なのか、それとも、一切の情報を拒否して、プログラムのあらすじにも目をやることなく、頭をまっさらの状態のまま、舞台の印象を虚心坦懐の白紙の上に鮮烈にえがき上げるのがよりよい鑑賞法なのか。神様が三つの願いを許してくれたなら、『ハムレット』を白紙の頭で見ることをその一つにしてもちっとも惜しくないなどと、教室でよく話したりするわたしだが、それは要するに怠惰の別名にすぎないと言われればそれまでの話だ。わたしの留学自体、怠惰も怠惰、準備もなにもあったものではなく、気がついたらロンドンにいたという調子で始まったが、それでかえって、イギリス演劇の生の実態が新鮮な驚きとともにわたしの五感の全身にじわじわとしみ渡ったというところがあった。

わたしの勤務する大学にも在外研究の制度が整えられ、文学部に一人割り当てられた。一九六八年である。小さな私立大学にしてはよく思い切ったと言われた。先鞭をつけたという評もその後によくきかされた。

その文学部から、選考の末候補が二人出た。フランス文学科の入澤康夫さんとわたしである。入澤さんは当時わたしの大学の助教授だった。英文学科とフランス文学科と二つの学科しかなかったから、要するに学科の代表。しかしその先一人に絞ることがどうしてもできない。入澤さんとわたしは同い歳。勤務年数こそわたしの方が少し多かったが、なにしろ彼は日本のフランス文学研究を代表する新進気鋭の若手のホープ。詩人としてもH賞を受賞したばかりでジャーナリズムの注目を一身に集めていた。人物といい、業績といい、入澤さんの方が格段にすぐれている。それでも、それぞれの学科の代表ということになれば、教授会では甲乙つけがたいという結論にならざるをえない。そこで籤引きはどうかということになった。

夏休みに入る直前だったと思う。二人は学科主任に連れられて文学部長の部屋に出向いた。アミダにしましょう、そいつは面白い、そこいらの紙でいいですよ、などはいかにも文学部的な遊びの感覚。みんなではしゃぎながらアミダをしたら、入澤さんが勝った。わたしは次の機会にということで、ほかにも学部がいくつかあるから、それはおそらく四、五年先になるだろう。わたしはさばさばと納得して、留学のことなどまったく考えることもしないで一年近く過ぎた。と、こんな話はわたし一人が面白がっているみたいでさぞはた迷惑だろうが、もう少し先をつづけると——

その年の秋、東大、日大などにつづいて、いよいよわたしの大学も大学紛争の嵐に巻きこまれた。教室はもちろん、研究室も、チャペルも、全共闘の学生たちの手で封鎖され、わたしたちは連日の会議でくたくたになり、その会議だって学内の会議室は使えないから学外の施設を借りなくてはならない。時の自民党幹事長田中角栄氏から、東大、日大、明治学院と、まるで紛争大学の御三家並みに扱われたりして苦笑したが、ちょうどその秋に、日本の若い演劇人たちが、当時の世界の若者たちの旗手アーノルド・ウェスカーを招いて、彼の三部作を上演し、講演会やシンポジウムをもったことをいまここで思い出してみてもいい。つまりは騒然たる全共闘運動と並行して、あらゆる文化、芸術の分野で、造反有理を合言葉にした改革の波がにわかに高まっていたのである。

いまのウェスカー招待の例からもわかるように、特に新劇の世界にそれがいちじるしかった。既成の劇団の権威を徹底的に否定した小劇場運動の興隆。若い彼らは思い思いに前衛の冒険を旗じるしに掲げ、熱気にあふれた運動をくりひろげた。唐十郎の状況劇場、寺山修司の天井桟敷、鈴木忠志らの早稲田小劇場、佐藤信らの演劇センター六八——紅蓮のテント劇場が、色とりどりのヘルメットのとび交う騒然たる町にそそり立ち、それはものみなを焼きつくさんばかりの勢いだった。

そしてそれはもちろん日本だけの現象のはずはなかった。エスタブリッシュメントへの異議申し立ては全世界的な動向で、その急進的な革命運動と歩調を合わせるように、世界の演劇もまた、不条理劇をはじめとして、近代劇の枠組みを一挙に押し破る果敢な実験に熱中しはじめていた。特にイギリスの場合その動きがいち早かったようにわたしたちには思われた。その頃すでに伝説的な日付として定着しつつあった一九五六年五月八日、イギリス舞台協会によってジョン・オズボーンの『怒りをこめてふり返れ』がロンドンのロイヤル・コート劇場で上演され、そのスキャンダラスな成功をひとつの突破口に、ジョン・アーデン、ハロルド・ピンター、アーノルド・ウェスカーなど、いずれも当時二十代の若い劇作家たちが踵を接して登場し、イギリスの演劇界は、それこそシェイクスピア時代以来という熱気をはらんできた——日本にいてもそういうイギリスの演劇界の動向はびしびしと伝わっていたのである。

そしてそのオズボーンの作品の題名から「怒れる若者たち」の呼称が生れる。それはたんに演劇の分野だけではなく、既成の権威に反逆するすべての若い作家、芸術家、思想家たちをくるみこむレッテルと化して、その動向自体、文壇や劇壇、芸術界などの枠を越えて一つの熱狂的な社会現象にさえなった。六〇年代後半の日本の若者による急進的な政治運動、芸術運動が、イギリスの若者たちの「怒り」を重大なエネルギー源としていたことは言うまでもない。六八年秋の日本のウェスカーはその一つの証左である。

翌一九六九年に入って、一月には東大の安田講堂への機動隊導入。東大の入学試験中止。しかし学生からの授業料を主な財源としている私立大学は入試を行わないわけにはいかない。わたしの大学でも結局機動隊を導入して全共闘による封鎖を解除、ロックアウトを敷いて入学試験を強行したが、そうやってようやく新学期に入ってみても、荒れた教室での授業はままならず、ほうほうのていで夏休みに逃げ込もうとしたあたりで、入澤さんが大学をやめた。パリへの留学をすぐ目の前に控えて、彼は大学人としての良心にかけて、ひとつの選択をあえてしたのである。

で、どうする君は、と学部長がたずねる。入澤さんがやめれば、留学の順番はアミダの連れのわたしである。わたしには入澤さんのように大学をやめる勇気はどうしてもなかった。さればといって学部長にそれではと答えるにしてはなんの準備もできていない。しかしここでせっかくの順番を見送れば、今度はいつめぐってくるかわからない留学である。行きなさいよ、なにもぼくに義理立てすることはないですよ、と入澤さんは言ってくれる。いいからさっさと行っちゃえよ、と三神先生もけしかける。

わたしは、一年前に大学に出した研究計画書に、麗々しくも「シェイクスピアの書誌学的研究」の題目を掲げていた。十五年前、小津次郎さんがストラットフォードのシェイクスピア・インスティテュートに留学して、それまで日本にまったく紹介されていなかった書誌学研究の成果を持ち帰り、精力的に論文を発表して、わたしなどは目から鱗の落ちる思いの連続であった。せめてそのあとにつづきたいと、そんな題目を選んでみたのだったが、それにはいくらなんでも半年ぐらいの準備が必要である。

いいからさっさと行っちゃえよとは、そういう事情を三神先生が知っていたからで、三神先生はそれこそさっさと小津さんに電話してくれた。小津さんも早速インスティテュートで同僚だったという若い学者あてに紹介状を書いてくれた。相手はロンドン大学のキングズ・カレジのR・F・ヒル。わたしはその紹介状一枚を頼りに単身羽田を飛び立つ破目になった。気がついたら、まっさらな頭でたった一人、一〇月初めのロンドンにほうり出されていたというわけである。

ロンドンはちょうどダストマンのストライキ中、街路樹の落葉が歩道に山のようにうず高く積もったままだった。サクサクと落葉の山をかき分けかき分け、パブからとりあえずの宿に向かいながら、わたしは故郷の越後の細い道、降り積った雪をかき分けかき分けとぼとぼ学校まで歩いた子供の頃を思い出していた。

ロンドン大学のキングズ・カレジは、ユニヴァーシティ・カレジと並んでロンドン大学の双璧ということになっている。昭和の初め福原麟太郎先生が学んだカレジだ。わたしのあとにも、亡くなった東大の中野里皓史さん、東京学芸大の岡本靖正さん、東京女子大の楠明子さんなど、錚々たるシェイクスピア学者が留学している。やはり芝居の勉強というと、オックスフォードやケンブリッジにくらべて、ロンドンはウェストエンドの劇場街をかかえた地の利があるということなのだろう。特にキングズは、オールドウィッチのクレセントに面していて、ロイヤル・シェイクスピア劇団(RSC)のロンドンの劇場オールドウィッチをはじめ、ストランド、ダッチェスがすぐ目の前、ドルーリー・レインとコヴェント・ガーデンの両劇場もわずか数分の距離である。踵をめぐらしてウォールターー・ブリッジを渡れば、国立劇場劇団（NT）の当時の本拠劇場オールド・ヴィックがすぐそこに控えている。そういう立地条件では、準備まっさらさらのわたしなど、とても腰を落ち着けてシェイクスピアの書誌学的研究に打ちこめるわけがなかった。錚々たる留学生の連続の中での能天気な落後者。

じっさいわたしの落後は瞬く間のす早さだった。小津さんからの紹介状を手に無事ヒル先生を訪ね、簡単な打ち合せをすませてから、廊下でふと読書室を見つけて、なるほど、福原先生もここで勉強したのだろうなどと、多少得意な気分で中に入ったとたん、わたしはたちまち絶望感に打ちのめされてしまった。名前は読書室だが、学生用の小図書館と言った方がわかりがいいか。広い本棚が、梯子を渡した二階を含めてぐるりと部屋を取り巻いていて、そこに、わたしなどではとうてい手の届かぬ古期以来の語学の文献がびっしりと積まれている。そこから順々に時代が降って、ようやくチョーサーのあたりでほっとしたが、シェイクスピアの文献など、このカレジではほとんど揃える気がないらしい。シェイクスピア以降の近代の作家についてはもちろん皆無。国文学の研究者であればこの程度のことは先刻承知の常識なのだろうが、わたしは、英文学研究の奥深さもわきまえず、準備もなにもないままに書誌学的研究などという題目を掲げた自分がなんとも気恥かしくて、思わず足がすくんだ。いや、文献だけのことならば、大英博物館図書館があるし、オックスフォード、ケンブリッジに足を延ばすこともできなくはない。シェイクスピア・インスティテュートはバーミンガム大学に移っていたが、ヒル先生に頼めば利用の便宜をはかってくれるだろう。そういう文献のことなのではなく、わたしは伝統の重みの実感に足がすくんでなかなか先に進めなくなったのだ。

なかなか先に進めなくなったわたしは、そのぶん観劇に精出すことになった。観劇などと言っては、せっかくわたしをイギリスに派遣してくれた大学に申し訳ないから、せめて舞台の実際的研究とでも言い直すことにしよう。そしてじっさい、帰国後のわたしの研究成果報告書では、題目が「舞台及び演出の実際的研究」に化けてしまった。その成果の一端らしきものはやがて『ロンドンの劇場』(研究社)という本にまとめられる。というような次第で、わたしのロンドンの観劇の最初はオールドウィッチ劇場の『トロイラスとクレシダ』ジョン・バートン演出。次もやはりオールドウィッチの『復讐者の悲劇』トレヴァー・ナン演出。

バートンもナンも、その頃のRSCを背負って立っていた若い才能だったから、それはもう両方ともみごとな舞台で、キングズ・カレジの読書室の憂鬱は一挙にけし飛んだ。なんのことはない、いろいろ理屈を並べてみても、要するに根っからの芝居好きなのである。とくに『復讐者の悲劇』の方は、わたしが留学中に見た最高の舞台のひとつに挙げていいほどの出来だったが、初演は一九六六年、ちょうどその年にイギリスに滞在していた三神先生から評判は聞いていた。わたし自身留学直前にこれを訳して四月に出版したばかりだったし、せりふはびしびし耳から入る、演出の手の内も、テキストがていねいにわかっているぶん十分に透けて見えてくる。ナンは、この年前半の『冬の夜ばなし』(この舞台はRSCの日本初来演の演目になった)と、この『復讐者の悲劇』で、『プレイズ・アンド・プレイヤーズ』の最高演出賞を受賞した。

ここで、みごとな舞台というその「みごと」の内容にもうすこし立ち入っておくことにする。たまたま、日本シェイクスピア協会の *Shakespeare News* に「ロンドン便り」の稿を求められ、わたしは、当時編集担当の中野里皓史さんにあてた手紙文の形で次のように書いた。

ピーター・ブルックの『リア王』以来シェイクスピアの舞台に革新がもたらされた、ということを日本で読みもし、聞いてもきたのですが、このマケレンの大時代な演技(注、マケレンは最近名優の評判高いイアン・マケレン、当時は新進の人気役者、ここでの舞台は『リチャード二世』)に固唾をのんでいる観客を見ていると、狐につままれたような不思議な気のすることも事実です。ありようは、一方にそういう深くて厚い底辺の観客層があり、他方にRSCなどの尖鋭な実験がある、ということなのでしょうか。しかしそのRSCの『復讐者の悲劇』にせよ、あるいは『トロイラスとクレシダ』にせよ、前衛を無理に意識した、強引な、作品の自己への引きつけはけっしてみられない。むしろ、新しい解釈とはいっても、この時代の幅広い観客層の納得に裏打ちされた穏健な舞台のような気がするのです。……演劇というはるかに巨大な流れが、その折その折の束の間の実験、革新を貪婪に飲みこんで、それをこともなく消化しながら、微動だにせずに、確実に、はるかな伝統の流れをずしずしと進んでいく、そんな感じがするのです。

(一九七〇年三月二一日)

いま読み返してみると、「前衛」と「伝統」とをただ単純に対立させているだけで、汗顔の至りだが、じっさいにこの「ロンドン便り」を書いた三月末までにはもちろん多くの舞台に接している。中でもオールド・ヴィック（NT）の『浮世の習い』マイケル・ランガム演出の観劇体験が、いまの伝統のとらえ方に影響するところが大きかったように思う。コングリーヴのこの作品は王政復古期の最後を飾る代表作、福原麟太郎訳（『世間道』）があるにはあるが、あまり読まれていない（注、その後角倉康夫訳『世のならわし』〔京都アポロン社一九九二〕、笹山隆訳『世の習い』〔岩波文庫二〇〇五〕が出版されている）。わたしは大学院の学生の頃さっと走り読みした程度。人物関係がややこしく入り組んでいて、はじめて舞台に接したぐらいでは王政復古期の風習喜劇の面白さの中核になかなか参入できないもどかしさが残ったが、それでもNTの中堅俳優たちの演技に、イギリス演劇の奥深さを垣間見る思いがした。それに、舞台そのものが、RSCの『トロイラスとクレシダ』や『復讐者の悲劇』に比べてはるかに低調で、演出に現代的な才気が乏しかった分、かえってイギリス演劇の舞台伝統がびしびしとまっさらな頭に迫ってくるところがあった。

なるほど伝統の奥深さ、こうとなっては徹底的に演劇史を読み直さなくては――そう思い定めてウェストエンドの町並みを心を落ち着けて歩いてみると、通りは自信満々に落ち着きはらっていて、その名前がまた、ベタートン通り、マクリン通り、ケンブル通り、キーン通り、そしてギャリック通りと、それこそ王政復古期以来の演劇史の名優の名前が奥ゆかしく読みこんである。ふと立ち寄ってみる演劇書専門の古本屋には、好事家向きの研究書がうずく高く埃をかぶって無造作に積まれている。歴史の伝統のそらおそろしさ。ここでキングズ・カレジの読書室での足のすくみを感じなかったのは、根っからの芝居好きの血のせいと言えばいいか、それとも、役者がらみの低次元の話についつい誘いこまれる度しがたい性向のせいと言えばいいか。それにしても思い出すのは、小津さんが生前、ぼくはじつはロンドンで芝居を見て回るよりも古本屋漁りが好きなんだと述懐していたこと。もちろん小津さんの言う古本屋は、わたしが喜々として立ち寄るようになった演劇専門の古本屋だけのことではない。

そうやって、王政復古期から一八世紀、さらにはロマン派の試作劇(たとえばワーズワズの『辺境の人たち』)、それピネロにモーム、カワードなどなど、舞台の「実際的研究」に精出しながら、そのうちはっと気がついたのは「怒れる若者たち」のことだった。

残念なことに、それが見ようにも見られぬのである。地方劇場やアマチュア劇団にまで足を延ばせばなんとか当ったのかもしれないが、結局わたしは、留学の一年間をとおして、オズボーンは一本も見ていない。アーデンも見ていない。ピンターは『風景』と『沈黙』の二本立てだけ。ウェスカーも『友よ』の一本だけ。『怒りをこめてふり返れ』のロイヤル・コート劇場は、主として「第二の波」の世代の劇作家によって占められていたが、その頃の彼らは、オズボーンたちの噴出した「怒り」を、ウェルメイド的な戯曲の枠内にきちんと納めようとしているようにわたしには思われた。ピーター・ホール演出のピンターの二本立てにしても、これはRSCのオールドウィッチの演目であったが、その端正な落ち着きといい、数年前の『帰郷』とくらべてピンター自身の変化は明らかに見てとれた。ウェスカーの『友よ』を見たのは、彼自身の苦闘と挫折の跡をそのまま建物にとどめているラウンドハウス劇場である。だだっ広い観客席にまばらな人影、椅子には資金集めのアピールの紙がのせられていて、それは秋の落葉を思わせた。

紅蓮のテント劇場が騒然たる町にそそり立ち、若者たちの反逆のエネルギーがものみなを焼きつくさんばかりの勢いだった日本の東京とくらべて、面妖なほどのロンドンの落ち着き。フリンジのエネルギーも、ここロンドンではウェストエンドの商業劇街にやわらかにくるみこまれ、むしろ演劇界全体の大きな調和の中の一部になっているようにさえみえてくる。中野里さんへの手紙の結びに「演劇というはるかに巨大な流れが、その折その折の束の間の実験、革新を貪婪に飲みこんで、それをこともなく消化しながら、微動だにせずに、確実に、はるかな伝統の流れをずしずしと進んでいく、そんな感じがするのです」と書いたのは、ロンドンのそういう自信満々の落ち着きに圧倒されたからなのである。

今の文章は、わたしの留学みやげとなった『ロンドンの劇場』にも、少し表現を変えて出てくる。

ロンドンの劇場の奥はさぐればさぐるほど大奥のように悠然と奥深く、気の遠くなるような長い歴史の伝統が、テムズ川の流れそのままに、そのときその折の新しい演劇の渦をこともなく飲みこみ消化しながら、行くものかくのごときか昼夜をおかず、いまや世界の先端をきってずしずしと確かな足どりでの歩みをすすめている。「気の遠くなるような長い歴史の伝統」の表現には、あるいはキングズ・カレジの読書室の衝撃が影響しているのかもしれない。

わたしは、帰国してからしばらくして、演劇雑誌の編集者から誘われるまま劇評の筆をとるようになった。

(『悲劇喜劇』一九九七年二月号)

III

研究社英米文學叢書
20
HAMLET
BY
WILLIAM SHAKESPEARE
文學博士
市河三喜註釋
KENKYUSHA

研究社「英米文學叢書」*Hamlet* カバー表、1949年1月出版　（研究社）

わたしの翻訳

わたしの卒論はミルトンである。わたしは英文科の学生として、ジョイスやウルフを特に喜んで読んでいた。ハックスリーもその中の一人だった。だが卒論の対象となると現代文学は騒々しすぎると内心思っていた。チョーサーは付焼刃の語学的訓練ではとうてい無理としても、やはりここはじっくりと古典の方がいい。それでミルトンを選んでしまったのには、ミルトンの語る *biographia literaria* が当時のわたしに大変わかりよかったということがある。その語り口は確かに鼻もちならぬというか、自己正当化の傲慢にはしばしばうんざりするほどで、人間ミルトンに対するエリオットの反感も当然のことと思われたが、その傲慢というのも、彼の人生の波瀾万丈を豊かに味つけする一つの重大な要素なのではないか。時代との葛藤にしても、三世紀半の歴史的距離がわたしの皮相的な理解を容易にしてくれるところがあった。'Eyeless in Gaza — A Study in *Samson Agonistes*' というのがわたしの卒論の題名である。わたしは 'Milton Agonistes' という表現をことのほか好んだ。そこから自然と *Samson Agonistes* に導かれ、ついでにハックスリーの小説を巻き添えにした。ハックスリーの時間操作の技法もわたしの興味に適った。'Anthony will go.' が卒論の最後の締めの文章だったことは今でもよく覚えている。なんのことはない、青くさい文学青年のはったりだけの感想文。ついでに、修士論文の題名は 'Development of Milton's Epic Plan' で、こちらは多少とも研究論文の体裁だったのかもしれない。シェイクスピアを訳している現在のわたしからすれば、同じハックスリーの小説でも *Brave New World* を引き合いに出した方がふさわしかっただろうに、その頃からわたしには未来小説に拒否反応があった。ウルフの *Orlando* は大いに面白がったが、ジョージ・オーウェルの(最近また急に題名が話題になってきている) *Nineteen Eighty-Four* など読むに耐えなかった。

わたしはアメリカのモダン・ライブラリー版でミルトンを読んだ。散文も入っているので買ったのだったが、今にして思えば安直な編纂の版だった。'than' が古綴りのまま 'then' に印刷されているので、はじめずいぶん誤植の多いことだといぶかしんだのも今は思い出である。わたしのブランクヴァースはミルトン仕込みである。シェイクスピアもいくらか読んではいたが、リズムと言うにはあまりに水のように平明であり過ぎて、ブランクヴァースを意識することが稀だった。その変幻自在の実際に真剣に魅了されることになるのは、やはり翻訳の現場に入ってからである。

わたしはエリオットのミルトン非難をひと通り心得ていた。「感受性の分離」のミルトンの責任も、言われてみればおそらくそのとおりだと思った(それにしても *The Family Reunion* にしろ *The*

Cocktail Party にしろエリオットの詩劇のなんとまあ面白くなかったこと）。「ミルトン式万里の長城」の比喩にしても、それこそ土井晩翠の「萬里の長城の歌」を旧制中学生の頃からそらんじていたわたしとしては、言い得て妙という賛同の思いであった。佶屈聱牙の長城の歩行に疲れると、わたしはモダン・ライブラリーのページを前にめくって、ミルトンの青春の詩作を拾い読みした。わたしが最も好んだのは、英文学史上の四大哀歌の一つとされる 'Lycidas' だった。友人の死を悼むその対象の友人の姿が若いミルトン自身の自画像と重なり合ううち、やがてみずからの祖国の現状への烈しい憤りがほとばしり、しかしそれも青春のみずみずしい希望のうちに静まって、最後はあざやかな色彩のカプレットで閉じられる。今も手元にあるモダン・ライブラリー版で引くなら、'At last he rose, and twitch'd his Mantle blew: / To morrow to fresh Woods, and Pastures new.'――ここの 'blew' を 'blue' の異綴りと察して、青いマントを翻して緑の牧場へと出ていく若い牧者の姿をわたしは眼前に思い浮べた。ミルトンはイタリアへの「大旅行」に出かけるところである。いつか本を出すことがあったら、大いに気取ってこの二行を最後に引用しようと、わたしは貧しい机に頬杖を突いて思った。

　せっかくのその 'Lycidas' が死者への真率な哀しみに欠けているとサミュエル・ジョンソンが評しているのを読んで、わたしは少々索漠たる思いだった。ジョンソン大博士はその頃からわたしの最も畏敬するイギリスの文人だったから。今度の「対訳・注解」の全十巻のためにわたしは四世紀にわたる厖大なシェイクスピアの訓詁の学の集積に対面することになったが、いちばん面白かったのは、力強い偏見と独断に満ちた、しかしときにはみごと正鵠を射ていて思わず快哉を叫びたくなるような、わがジョンソン大博士の注釈だった。ついでにここで日本の注釈についてもぜひふれておきたい。いまさらながらわたしが驚嘆したのは、「対訳・評註」を銘打った齋藤勇著『リア王』(開文社)である。初版は一九五五年、わたしが参照したのは一九七四年の改訂第三版。勤勉な厳格がページの隅々からこぼれ落ちるよう。校正のぎりぎりの時点まで新しい研究の収集に専念していたことがたとえば参考書目表からよくわかる。初版は東大での最後の二年間の演習に基づいているとどこかで読んだことがあるが、そうなると、その演習で鍛えられた方たちをわたしはすぐ上の先達としてシェイクスピアの翻訳を志したことになる。もう一冊挙げるとすれば富原芳彰補注・第二次アーデン復刻版『マクベス』(紀伊國屋書店一九六九)。簡潔に凝縮された四十一ページの補注から、わたしはかつての東京文理大の演習の教室の張り詰めた空気を想像した。その教室の主宰者の著作集第二巻『ヂョンソン大博士』はわたしの愛読の一冊である。

「英語青年」休刊の記事切り抜きて書斎に入りぬ黙して夫は――

ついこの春先に、「朝日歌壇」佐佐木幸綱選歌の第一首にこの絶唱を見出し、わたしにもしみじみと感慨があった。

＊

わたしの翻訳の最初は、シェイクスピアのライバル劇作家ベン・ジョンソンの『ヴォルポーネ』である。注釈の類はほとんど出版されていなかったから、それこそ一語一語『オックスフォード大辞典』に当りながら、ずいぶん手間がかかった。それからしばらくしてシェイクスピアを訳してみたら、今度は面白いように筆が進む。なにしろ注釈は一応揃っている。参照すべき先行訳もある。だがそれよりもなによりも、シェイクスピアのブランクヴァースのリズムが、流れるように変幻自在にこちらのリズムを引き出してくれる、そういう安心感があった。作家には作家それぞれに独特のリズムがある。一方訳者の側にもそれぞれの感覚におのずと備わった独特のリズムがあるだろう。リズムとリズムとの間には相性のようなものが働いて、たとえば先の「万里の長城」との連想で言えば、ミルトンなら土井晩翠のリズムがふさわしいのかもしれなかった。

わたしは田舎の城下町の旧制中学生として、「萬里の長城の歌」や「星落秋風五丈原」、それに「千曲川旅情のうた」などをそらんじるほどに愛誦したが、少年のそんな城跡散策のついでのリズムなどではなく、四月に入学したばかりの教室でいきなり万葉のリズムを叩き込まれるという強烈な体験をした。入学の年は一九四四年、つまり敗戦の前年の昭和一九年である。その年から中等学校の教科書が国定になった。わたしの一年上の国語教科書はたしか岩波書店版だったと思う。英語は三省堂版か。旧制中学といっても年齢は現在の中学生と変らないから乱暴と言えばじつに乱暴な話、「天地《あめつち》の分れし時ゆ 神さびて」――いま岩波文庫の『新訓万葉集』で確かめたら巻三の三一七番山部赤人の長歌である。五・七のリズムがのびやかに「……白雲もい行きはばかり 時じ

くぞ雪は降りける 語り継ぎ」と続いて「言い継ぎ行かむ不盡《ふじ》の高嶺は」の七・七で納まる。博識な国語担当の先生の「時じくぞ」の解も懇切を極めて、わたしは中学一年の稚い感性で、日本の文学の奥の深さ、古語の床しさ、なによりもその雄勁のリズムに驚嘆し、感動したのだから、戦時下の文部省の「少国民教育」は十二分に所期の効果を収めたことになる。反歌の「田兒の浦ゆ……」も、ほんのわずかな字句の相違だが百人一首で憶えていた平板な叙景から富士がにわかにむくむくと聳え立つよう、万葉の五・七のリズムはたちまち驚嘆と感動のうちにわたしの体の一部になった。秋に入ってからは『平家物語』巻第七「忠度都落」がうれしかったが、これは教材としては当時の旧制中学の常識というものだったろう。「前途程遠し、思ひを雁山の夕べの雲に馳す」は級友のほとんどのそらんじるところとなった。この国定教科書は敗戦とともに放逐されたはずだから、いきなり万葉のリズムに際会するなどの幸運は、昭和一九年入学と、次の昭和二〇年入学のわずか二世代に限られていただろう。僥倖と言うべきか。もっとも坪内逍遙は逍遙なりに、福田恆存は恆存なりに、また木下順二は木下なりに、無数の僥倖に囲まれた上でのシェイクスピアのリズムだったのだろうが。

わたしのリズムの僥倖には旧制高校の教室ということがあった。一九四八(昭和二三)年が最後の旧制高校入学の年である。国語は『日本永代蔵』の講読。それに国文法史の入門的講義があった。漢文のテキストは『論語』と『唐詩選』。西鶴を教わったのは、一高で芥川龍之介と同級だったという江戸文学の研究者・羽鳥先生で、西鶴の文章をいかにも江戸文学のやわらかなリズムで読んで下さる。「折ふしは春の山、二月初午の日、泉州に立たせ給ふ水間寺の観音に、貴賤男女参詣《まう》でける。皆信心にはあらず、欲の道づれ、はるかなる苔路、……」と、その名調子を皆でまねしてふざけ合った。野坂昭如はわたしの同級である。のちに彼が小説を書き始めて直木賞を取ったとき、あ、羽鳥さんの西鶴だ、と、わたしは皆に言った。昭和二三年は珍妙な年で、新制の高等学校も発足し、旧と新とが並行していた。その新制の国語の教科書に、ジュリアン・デュヴィヴィエがハリウッドで作ったオムニバス映画『運命の饗宴』のエピソードの一つ、それがなんと日本語に翻訳されたシナリオの形で取り上げられているのを窺い知った。正直言って助かったという思いだった。しかし、その僥倖も束の間、旧制高校は占領軍の指令でその年の秋口に廃校が決った。わたしは一年で放り出されて、新制の中学校の代用教員になった。

ようやく教室で次のリズムに巡り合ったのは、明治学院の夜間部の授業である。わたしは出席常ならず、出席してもうとうとすることが多かった。*Paradise Lost* の講読は三年生の秋学期だった。童謡詩人の平林武雄先生が端正なお声でミルトンのブランクヴァースを講じて下さる。ある夜、うつらうつらの耳に聞きなれぬ多音節の固有名詞が響いてきて、どうやらそれが異教の怪物の名らしいと察するうちに、トマス・ホッブズの書名で知ったリヴァイアサンが出てきた。大悪魔セイタンは天から落とされていま反逆の友らとともに火の湖に大きく横たわっている。その横臥の姿はノルウェーの荒海にまどろむ巨大なリヴァイアサンさながら、夜の闇に飲まれた小舟の船長はこれを島かと見まがい、鱗の皮に碇を据えて風下にしばしの泊《とま》り、'while Night / Invests the Sea, and wished Morn delayes:』(引用は相変らず手元のモダン・ライブラリーから。それにしてもなんとまあ読みづらい大文字の氾濫)。ここの最後の小さな比喩が、折から秋の夜寒のとき、わたしの心を奇妙にとらえた。帰りの電車の中、ブランクヴァースのリズムに乗って開巻劈頭の有名な第一行から読み返し読み返し、ここの比喩の個所もその暗い夜の荒海のイメージとともに暗唱のリズムの対象となった。早速参照した戦前の新潮社「世界文学全集」繁野天來訳『失樂園』では「折しも夜は／海を包み、待たるる朝の歩み遅し」と晩翠ふうに訳されているのも当りだった。たとえば万葉の「時じくぞ雪は降りける」、それに西鶴の「はるかなる苔路」、ついでに藤・晩をはじめ愛誦の詩歌もここで加えて、リズムとともに用語の奥深さ、床しさ。「杳《はる》か、という文字は『遙か』と違って、ほの暗い奥深さ、という香りを持っている。木の上に日がある杲という字は明るいこと、真中に日がくると東という字、そして木の下に日がくる杳は薄暗がり、であるのだそうだ。薄明の深い奥から重く伝わってくる古典の響き、その響きをどのように聞き、どのように理解し、さらにはどのように楽しむか」(木下順二、『子午線の祀り』「第五次公演パンフレット」)——そして、その先にわたしも付け加えれば、その響きをどのようにシェイクスピアの訳に取り込むか。四百年前のシェイクスピアの用語の感覚との杳かなる共鳴——

＊

わたしの最初のシェイクスピアは、たまたまシェイクスピア生誕四百年記念の年(一九六四)、筑摩書房「世界古典文学全集」の三神勲訳『じゃじゃ馬ならし』の下訳である。その前のベン・ジョンソン『ヴォルポーネ』も筑摩書房「世界文学大系」の下訳だった。『じゃじゃ馬ならし』の次はやはり筑摩書房「世界古典文学全集」の『ヘンリー六世・第二部』で、これは小津次郎氏との共訳。そのとき小津さんが、テキストはアーデン版(第二次)にしましょうと言った。『じゃじゃ馬ならし』のときはウィルソンの新ケンブリッジ版(第二次ケンブリッジ版)をテキストにしたが、読みにいくつか問題が出てきて困った。特にト書きがうるさすぎた。まだこの作品の第二次アーデン版も、もちろんほかの版も出ていないときだったので、とにかくウィルソンに従って下訳をしながら、いずれ本格的に訳に取りかかるとすれば、なんとしてもテキストの問題に取り組まなくてはならないだろうなと漠然と感じていた。それだけに、小津さんの今度の示唆はその後の一つの指針になった。続いて『シンベリン』、これも筑摩の「世界古典文学全集」の三神勲訳、わたしは第五幕八百五十行を手伝った。テキストは小津さんに従って第二次アーデン版にした。もう一作、河出書房の「世界文学全集」の『ヘンリー五世』がある。三神先生が第一幕と第三幕、それにプロローグとエピローグ、わたしが第二幕、第四幕、第五幕と分担を決めた。テキストは第二次アーデン版を主に新ケンブリッジ版を参照するという方法をとった。翻訳自体はリズムに乗って楽しかったが、テキストの問題が常に大きな不安になってのしかかっていた。だが仕事が受身だったし、まだ自分で編纂に乗り出すほどの勇気はない。

わたし自身の納得に基づくわたし自身のシェイクスピア訳への志が次第に大きくふくらんだのは、やはりイギリス留学中である。本場のシェイクスピアなどという表現はいまさら使いたくないが、イギリスの舞台のシェイクスピアのデクラメーションがわたしの日本語のリズムの感覚を刺戟してやまなかった。しかし帰国してからはほかにもなにかと仕事が出てくるし、それに勤務先で役職がついて回って、なかなか腰を据えてシェイクスピアに取りかかるだけの精神的な余裕が生れてこない。それは、翻訳をするならするでその前にテキストの編纂という大事があると覚悟していたから。ようやく世紀があらたまったあたりで勤務先の役職にけりがついて、あとはやりたい仕事をやりたいだけ、そのやりたい仕事の大きな一つにシェイクスピアの全訳を思い定めた。翻訳、その前にテキスト編纂、するとそれに付随して注釈が必要になるだろう。ならばいっそ「対訳・注解」でいこう。「対訳・注解」にまず代表作を十篇選ぶ。最初の作品は『マクベス』、となって、二〇〇二年一月二日をいよいよ仕事始めの日とした。

三神先生は茶飲み話の席などでよくマクベスの祟りを冗談の種にすることを好んだ。歌舞伎のお岩稲荷詣での話ではないが、マクベスの名前も楽屋ではその祟りを怖れて直接呼ぶことを避けるという。スコットランドのあの男と言うのが常だという。ぼくも『マクベス』を訳して胃潰瘍にやられたよ、芥川（比呂志）さんの病気もたしかマクベスの後だったぜ、というあたりで先生の陽気な冗談話が落ちになる。そんならわたしもまず『マクベス』で運試し、幸いにも健康を維持して次にテキスト編纂の最難関の『ハムレット』と『リア王』へ進んで、配本開始が二〇〇四年の九月、宣伝用のパンフレットには麗々しくも二〇〇六年九月完結予定を謳った。とても順調な配本とはいかなかった。二冊ずつの約束が一冊になり、それも一年以上間隔が空いたときもあった。ポープの『イリアッド』の翻訳が予定の六倍もかかったのを、サミュエル・ジョンソンが「ポープ伝」で弁護している文章がいかにもジョンソンらしくて面白い。「予測された可能性と実際の仕事量との間には、一般に甚だしい懸隔のあるのを常とする」と大博士はいかにも尤もらしく言うのである。ついでにもう一つ、『イギリス文学史』をはじめ多くの名著労作を持つ日本の碩学は、「対訳・評註」の『リア王』の「はしがき」で、「この本ほど手のかかったことは私には珍しい」としみじみ述懐していた。いわんや鈍根菲才のわが身においてをや。わたしがようよう最終配本の『あらし』の出版に辿り着いたのは今年二〇〇九年の四月だから、わたしの選集は延々七年の歳月を要したことになる。

四月のそのめでたい日付をわたしは二三日とした。四月二三日というのは、よく知られているようにシェイクスピア記念日に当る。じつはその前の九冊も、子供じみていると笑われそうだが、奥付の日付を、月は違っても全部二三日に揃えていた。たまたま『あらし』の校正中に、木下順二改訳講談社版『テンペスト』の巻の奥付にふと目をやったら、日付が一九八九年七月二三日となっている。あ、と思ってあわてて他の七巻の日付を確かめると、四月二三日はなかったものの全部が二三日に揃えてあった。わたしは木下さんの謹厳な顔を思い浮かべて、あの木下さんもと思わず笑いのこぼれるのを禁じ得なかった。

最後はやっぱり苦労話になってしまう。七年間の苦労のうち、注解もそれは大変だったが、いちばんの大変はテキストの編纂だった。編纂には原則がなくては叶わない。だがいったん定めた原則は、常に例外の連続に見舞われ、あらたに変更を迫られる。作品ごとの違いというだけではない。同一作品の、それこそ一行一行、句読点を含めて一語一語、そのたびに原則に立ち返っては原則の見直しを考えあぐねる。その苦労の一端はそれぞれの巻のテキストの解説の項に簡単にまとめて書いた。これが翻訳だけなら大したことではないのにと、わたしはよくひとりごちた。この対訳・注解の全体で、たとえば訳だけの手間の四倍の労力を費しているとする。するともうシェイクスピア四十巻の全訳を果したことになるなとわたしはひとり嘯《うそぶ》いて、しばしば自らを慰めた。

＊

「対訳・注解」全十巻の企画を研究社に持ち込んだのは、たしか二〇〇一年の春頃だったと思う。当時の社長・浜松義昭氏と編集部の吉田尚志氏が懇切に応対して下さり、六月の末に企画が決った。それから見本組やら、わたしの方も雑用を片づけたりで、仕事始めに二〇〇二年一月二日大安の日を卜した。それから延々七年余り、途中で演劇雑誌の時評対談や連載劇評、そのほか、ジョンソン博士の文章ではないが時間をとられることがなにかと多く、予定は遅れに遅れて研究社に迷惑をかけ続けた。ひたすら恐縮のほかない。

編集を担当して下さったのは、前半の四冊が黒岩佳代子氏、後半の六冊と本書が髙橋麻古氏、わたしは望みうる最高の編集者を得た。見開きページの左右にテキストと訳を対にして配し、それだけでも大変な編集なのに、下欄に脚注まで加わって、しかもわたしは組み入れる脚注の行数にいちいち細かくこだわったから、ただでさえ赤字だらけのわたしの校正は毎回全面赤字で埋まった。これだけわがままな校正をよく辛抱堪忍して、正確無比な編集を成就して下さった。研究社印刷のご苦労も大変だったと思う。わたしの責任である内容の点はともかく、これだけみごとに美しく整った編集・印刷は、こんな時世のことだから、この先将来叶わないだろうと思う、もう絶対に。装丁もわたしのめんどうな要望にていねいに応じて下さった。

配本に入る一年ほど前、この出版の意図するところを広く江湖に知ってもらいたいと、『英語青年』と『悲劇喜劇』にそれぞれ四回の連載をお願いした。『英語青年』の津田正氏、『悲劇喜劇』の高田正吾氏・岩嵜誠氏からその連載のことだけでなくずいぶん多くのご好意を頂戴している。全十巻を終えるときにも『英語青年』を引き継いだ星野龍氏に二回の連載をお願いしたが、それが紙媒体による『英語青年』の最終の二号だったというのも因縁である。

企画が決ってから二月ほどして浜松氏が退任・退職され、その後の進行を現編集部長・吉田氏が万事円滑に引き継いで下さった。社長・関戸雅男氏も企画を強力に推進して下さった。研究社全社を挙げてのご支援にあらためて心から感謝する。

浜松氏は退職のあともこの企画の進行を気にしていて下さった。退職の挨拶状には「シェイクスピアが気になりますが、側面支援をします」とわざわざ書き添えてあった。それが二〇〇七年一〇月一五日にあわただしく旅立たれ、わたしは『オセロー』と『あらし』と、それにこの『シェイクスピアの翻訳』を氏のご霊前に供える仕儀になった。人はそういう余儀のない別れが避けられぬものなのだろうか。謹んで氏のご冥福を祈る。

＊

'At last he rose and twitched his mantle blue; / Tomorrow to fresh woods and pastures new.'
——最後に掲げるこの二行はモダン・ライブラリーから離れてわたしの編纂による。

《著 者 紹 介》

大 場 建 治（おおば　けんじ）

1931年生まれ。明治学院大学名誉教授・演劇評論家。著書に、『ロンドンの劇場』（研究社）、『シェイクスピアへの招待』（東書選書）、『英国俳優物語――エドマンド・キーン伝』（晶文社）、『シェイクスピアの贋作』（岩波書店）、『シェイクスピアを観る』（岩波新書）、『シェイクスピアの墓を暴く女』（集英社新書）、『研究社　シェイクスピア辞典』（編著、研究社）、『シェイクスピア大事典』（編著、日本図書センター）、『対訳・注解　研究社シェイクスピア選集』全10巻（研究社）など。

KENKYUSHA

〈検印省略〉

シェイクスピアの翻訳《ほんやく》

二〇〇九年七月二十三日　初版発行

著　者　大《おお》場《ば》建《けん》治《じ》

発行者　関　戸　雅　男

発行所　株式会社　研　究　社

〒一〇二―八一五二
東京都千代田区富士見二―一一―三

電話　（編集）〇三―三二八八・七七一一
　　　（営業）〇三―三二八八・七七七七

振替　〇〇一五〇―九―二六七一〇

http://www.kenkyusha.co.jp/

装丁　金子泰明

印刷所　研究社印刷株式会社

ISBN 978-4-327-48155-1　C3098
Printed in Japan

対訳・注解

研究社 シェイクスピア選集（全 10 巻）

大場 建治　テキスト編纂・翻訳・注釈・解説　《B6 判 上製》

1884 年、坪内逍遙による最初のシェイクスピア翻訳出版から 120 年。シェイクスピア研究 400 年の成果を踏まえ、シェイクスピアのテキスト編纂から詳細な注釈、日本語対訳までを総合的に編集した全 10 作品のシリーズ。

左ページにテキストを、右ページに日本語訳を配置した対訳版。舞台写真などを含む図版も加え、演劇関係者はもとより、初学者にも原文を楽しむことができるよう工夫されている。また、創作年代・材源に関する解説や、巻末の補注などは研究者及びシェイクスピア愛好者にも有益。

【全巻構成】

1	あらし *The Tempest*	274 頁	定価 3,150 円（本体 3,000 円＋税）
2	真夏の夜の夢 *A Midsummer Night's Dream*	276 頁	定価 3,150 円（本体 3,000 円＋税）
3	ヴェニスの商人 *The Merchant of Venice*	310 頁	定価 3,360 円（本体 3,200 円＋税）
4	宴の夜 *Twelfth Night*	298 頁	定価 3,360 円（本体 3,200 円＋税）
5	ロミオとジュリエット *Romeo and Juliet*	372 頁	定価 3,780 円（本体 3,600 円＋税）
6	ジューリアス・シーザー *Julius Caesar*	314 頁	定価 3,360 円（本体 3,200 円＋税）
7	マクベス *Macbeth*	280 頁	定価 3,150 円（本体 3,000 円＋税）
8	ハムレット *Hamlet*	436 頁	定価 3,990 円（本体 3,800 円＋税）
9	リア王 *King Lear*	382 頁	定価 3,780 円（本体 3,600 円＋税）
10	オセロー *Othello*	382 頁	定価 3,780 円（本体 3,600 円＋税）